FRANCKE

Beverly Lewis

Dem Glück entgegen

FRANCKE
Verlag der Francke-Buchhandlung GmbH

2. Auflage 2002
ISBN 3-86122-502-6

Originaltitel: The Crossroad

Published by Bethany House Publishers, Minneapolis, USA

35037 Marburg an der Lahn
Deutsch von Silvia Lutz
Umschlaggestaltung: Henri Oetjen, Design Studio Lemgo
Satz: Verlag der Francke-Buchhandlung GmbH
Druck: Wiener Verlag, Himberg, Österreich

Francke-Lesereise

Prolog: Rachel Yoder

Schon mein ganzes Leben lang üben Wiesen und Wälder eine starke Anziehungskraft auf mich aus. Wie herrlich sind doch dichte grüne Ahornwälder! Und Trauerweiden, besonders wenn sie am Bachufer wachsen. Als junges Mädchen schlich ich mich oft aus dem Haus, wenn die herrlichen Strahlen der Morgensonne über die Hügel in der Ferne spitzten und blitzschnell durch die Schatten der hohen Baumwipfel in der Morgendämmerung huschten. Jene Spaziergänge am frühen Morgen und die Sorglosigkeit, die mich mitten im Wald erfüllte, weckten in mir eine unbändige Lebensfreude.

Jetzt, als junge Witwe und Mutter, bin ich vernünftiger und begnüge mich damit, meinen Eltern zu helfen, das Gästehaus am Obstgarten zu betreiben, und meine sechsjährige Tochter Annie, nach Gottes Weisungen ... und nach den Weisungen der Beachy-Amisch zu erziehen. Außerdem helfe ich innerhalb der Amischgemeinschaft, wo ich nur kann. Ich gebe mein Bestes, um zusammen mit Mama mit dem Nähen, Flicken, der Gartenarbeit, dem Einmachen, Kochen und dem Hausputz auf dem Laufenden zu bleiben, auch wenn die Sache mit meinen Augen immer noch nicht besser geworden ist.

In letzter Zeit vermisse ich meine Morgenspaziergänge sehr, aber ich wage nicht, so etwas gegenüber Mama oder Papa zu erwähnen. Damit sie nicht wieder anfangen, zu drängen und mich überreden zu wollen, dass ich Blue Johnny oder einem anderen Zauberdoktor in unserer Gegend einen Besuch abstatte. Für mich ist dieses Thema ein für alle Mal erledigt, denn ich kenne jetzt endlich die ganze Geschichte über meinen Großonkel Gabriel Esh. Das alles verdanke ich einer unschuldigen, kleinen Postkarte. Im Innersten meines Herzens weiß ich, dass Wunderheilungen und Blue Johnnys „schwarzes Kästchen" einfach nichts für mich sind. Für keinen von uns, um genau zu sein.

Ach, in letzter Zeit war bei uns hier so viel los. Am Erntedanktag wäre mein kleiner Neffe, Josua Beiler, fast im kalten Teich hinter Bischof Glicks Haus ertrunken, wo gerade die Hochzeit von einer Enkeltochter des Bischofs gefeiert wurde. So wie ich Lizzys Jungen kenne, vermute ich, dass der kleine Josua einfach versucht hatte, das Eis zum Knacken zu bringen.

Meine Annie erzählte, ihr Vetter Josua habe „wie ein Ochse gebrüllt und mit den Armen in der Luft herumgefuchtelt“ und sich furchtbar aufgeführt, weil er nass wurde und schrecklich fror. Es war wirklich ein Wunder, dass unser mennonitischer Nachbar genau in der Minute am Teich vorbeifuhr, als Josua übermütig über das Eis schlitterte und durch die Eisschicht in das eiskalte Wasser einbrach. Ja, das Leben des Jungen blieb verschont. Ein Wunder kurz vor Weihnachten.

Letzte Woche gab es erneut ziemlich viel Aufregung, als einige Frauen bei Lavina Troyer waren, der entfernten Kusine meines Vaters. Wir schlachteten Hühner. Einer der Jugendlichen, die halfen, den Hühnern den Kopf abzuhacken, sie zu rupfen und die Vögel zu putzen, schnitt sich dabei doch tatsächlich einen Finger ab. Nur gut, dass jemand so geistesgegenwärtig war, den Finger zusammen mit dem fehlenden Stück zu verbinden und den Jungen eilig ins Bezirkskrankenhaus zu bringen.

Gestern dann stieß unser kleiner Cockerspaniel Copper das Vogelbad im Hof hinter dem Haus um und zerbrach dabei mehrere Terrakottatöpfe. Mama schimpfte den armen Hund dermaßen aus, dass man ihr fast nicht zuhören konnte. Aber das ist nun einmal ihre Art. So geht sie mit fast jedem Konflikt um: Sie packt den Bullen bei den Hörnern und zeigt ihm, wer das Sagen hat.

Abgesehen von diesen Missgeschicken hatten wir wirklich einen schönen Herbst. Aber erst gestern bemerkte Mama, dass „der eisige Wind kommt und die letzten Herbstblumen erfrieren. Das ist gar nicht schön.“

Natürlich gebe ich ihr Recht, auch wenn ich die erfrorenen Blüten genauso wenig sehen kann, wie ich das Gesicht meines kleinen Mädchens erkennen kann. Aber ich erinnere mich trotzdem gut, wie der erste Frost die Blumen in den Blumenbeeten dunkel färbte und runzelig machte.

Mama und ich backten mit Annies Hilfe, die sich auf einen Küchenstuhl stellte, um größer zu sein, ein Blech Kekse, die wir unseren Pensionsgästen zum Nachmittagstee servierten. Wir krönten den Vormittag mit einer dampfenden Tasse heißen Kakao. Während der ganzen Zeit beklagte Mama sich darüber, dass die Monate vor der Tür stünden, in denen der Schnee über das Land weht.

Mein Herz fühlt sich dagegen eher an, als stünde der Frühling vor der Tür, auch wenn ich nicht genau weiß, was über mich gekommen ist. Selbst die kleine Annie scheint zu bemerken, dass ich mehr Schwung und Lebensfreude habe. Mama dagegen benimmt sich, als wäre sie rundweg verärgert über mich. Wenn ich mit meinen Vermutungen Recht habe, dann bildet sie sich ein, dass die Ursache für meine neue Energie und Freude im zurückliegenden September zu suchen ist. Damals war ein Journalist aus New York bei uns im Gästehaus am Obstgarten als Pensionsgast abgestiegen. Zugegeben, Philip Bradley löste wirklich einiges hier aus, als er die Postkarte mit Gabriel Eshs Liebeserklärung an seine Verlobte fand. Ich bin überzeugt, dass Gott diese alte Postkarte Philip in die Hand gegeben hat. Ehrlich gesagt ist es mir ziemlich gleichgültig, was die Amisch sagen oder denken, oder irgendjemand sonst. Zu einem Zeitpunkt, wie man sich keinen besseren hätte vorstellen können, entdeckte er Großonkel Gabriels Geschichte, die viel zu lange unter einer Decke des Schweigens verborgen gewesen war.

„Rachel“, sagte mein Vater gestern Abend beim Essen. „Du hast ja keine Ahnung, was dieser Kerl aus New York angerichtet hat, als er einfach kam, Gabriels Karte fand und neugierig in der Vergangenheit herumwühlte. Nicht die geringste Ahnung!“

Und ob ich eine Ahnung habe. Ich bin fest davon überzeugt, dass Philip Bradley das Beste war, was Bird-in-Hand in den letzten Jahren widerfahren ist. Und dabei spielt es keine Rolle, ob er jemals zurückkehrt, um noch mehr Artikel über das Leben der

Amisch zu schreiben. Tatsache ist, dass er im Leben von ziemlich vielen Menschen hier einiges verändert hat. Besonders in meinem Leben.

Teil 1

Es ist die Gabe, einfach zu sein,
es ist die Gabe, frei zu sein,
es ist die Gabe, dorthin zu kommen,
wo wir sein sollen.
Und wenn wir uns selbst finden,
dort, wo unser Platz ist,
dann ist das im Tal
der Liebe und der Freude.
Wenn wir wahre Einfachheit erlangen,
uns beugen und uns bücken,
werden wir nicht beschämt.
Wenn wir uns ändern, ist uns das eine Freude,
weil wir endlich Frieden finden.

Shaker Hymn, 1848

1

Manhattans Wolkenkratzer schauten höhnisch auf ihn herab, als er die Tür des Taxis aufstieß und die enge, dicht befahrene Straße überquerte. Hinter ihm schlängelten sich gelbe Taxis im Zickzackkurs zwischen undefinierbaren Fahrspuren hin und her und hupten um die Wette. Seite an Seite warteten die neuesten Automodelle, auf Hochglanz polierte Limousinen, schmutzbespritzte Lieferwagen und modern eingerichtete Touristenbusse an der Ampel auf grünes Licht. Jedes Gefährt stieß seine Abgase in die Luft, und jedes trug seinen Teil zu dem Chaos bei, das für das Geschäftsviertel von New York City so typisch ist.

Die Glastüren, die in das Lafayette-Gebäude führten, in dem die Redaktionsbüros der Zeitschrift *Family Life Magazine* im vierunddreißigsten Stock untergebracht waren, drehten sich und ließen eine schier endlose Menschenflut passieren, die wellenartig in das Gebäude oder aus dem Gebäude strömte.

Philip Bradley zog seinen Mantel enger um seinen großen, schlanken Körper. Er drängte sich mitten durch das Menschengewühl und versuchte, sich gegen den bitteren Dezemberwind zu wappnen. In der Überdachung vor dem Eingang nickte er dem Mitarbeiter der Heilsarmee mit dem Weihnachtsmannkostüm aus rotem Samt zu, der eine kleine, aber ziemlich laute Glocke schellte und mit seinem „Klingeling" seinen Teil zu dem allgemeinen Geräuschpegel beitrug.

„Frohe Weihnachten", rief der Möchtegern-Weihnachtsmann Philip zu. Der junge Journalist steckte einen Fünf-Dollar-Schein – seine erste Spende in dieser Weihnachtszeit – in die Spendendose.

„Der Herr segne Sie", bedankte sich der Weihnachtsmann.

Der Herr segne Sie ...

Diese Worte waren Philip in den letzten Monaten nicht mehr aus dem Kopf gegangen. Als er sie jetzt wieder hörte, wanderten seine Gedanken sofort zu der bescheidenen, schönen amischen

Frau zurück, die er während seines Aufenthalts in einer amischen Frühstückspension in Lancaster County kennen gelernt hatte. Eine junge Witwe mit einer wunderbaren kleinen Tochter, Annie. Rachel Yoder lebte in der stillen Gemeinde Bird-in-Hand auf dem Lande. Im Auftrag seiner Zeitschrift war er nach Pennsylvania gefahren, um über amische Weihnachtsbräuche zu recherchieren. Dabei hatte er – wie er damals glaubte, rein zufällig – im Gästehaus am Obstgarten an der Olde Mill Road gewohnt, das Rachels Eltern betrieben.

„Der Herr segne Sie immer", das waren Rachels Abschiedsworte gewesen. Die Folgen ihres Segens und der anmutigen Art, mit der sie ihren christlichen Glauben bezeugte, klangen unaufhörlich in seinem Kopf wider. Sogar so sehr, dass Philip angefangen hatte, wieder in seiner Bibel zu lesen, die jahrelang unbeachtet in seinem Regel gestanden hatte. Er besuchte jetzt auch mit seiner verheirateten Schwester und deren Familie den Gottesdienst. Und das ausgerechnet in der Gemeinde, über die er sich früher insgeheim immer lustig gemacht hatte.

Im Inneren der Empfangshalle, die im Stil eines hohen Säulenganges erbaut war, eilten Geschäftsleute, Männer und Frauen, hin und her. Ihre auf Hochglanz polierten Schuhe klapperten und klickten auf den glänzenden gefliesten Gängen.

Die Sicherheitswache grüßte Philip mit einem Nicken und einem „Guten Morgen, Mr. Bradley." Philip erwiderte das Lächeln und den Gruß und begab sich zu den Aufzügen, vor denen sich eine große wartende Menschentraube bis in die Vorhalle hinein ausbreitete.

Obwohl er kein ungeduldiger Mensch war, warf Philip einen Blick auf seine Uhr und fragte sich, wie weit er wohl wäre, wenn er seine Wohnung nicht zwanzig Minuten früher als gewöhnlich verlassen hätte. Er nahm sich vor, am nächsten Tag noch einmal zehn Minuten früher aufzustehen. Diese Maßnahme könnte ihm helfen, bei dem ständig zunehmenden Verkehr, der sich anscheinend von Woche zu Woche verschlimmerte, dem täglich wachsenden Stress ein wenig vorzubeugen.

Philip nahm seine Aktentasche in die andere Hand und wartete, bis er in den Aufzug steigen konnte. Während er hier in der Menschentraube stand, musste er an einen Morgenspaziergang denken, den er vor nicht allzu langer Zeit in Lancaster County unternommen hatte. Jener Tag war für ihn außergewöhnlich gewesen. Die angenehme Erinnerung daran hatte sich fest in sein Gedächtnis eingeprägt: Die Stille und Schönheit, als er dem überwältigenden, majestätischen Aufgang der Sonne über dem Horizont beigewohnt hatte, die sich über die Hügel in der Ferne ergoss und einen rosafarbenen Glanz über die Erde legte.

Das war etwas ganz Besonderes, dachte er und erinnerte sich an die Sprechweise der Amisch. Er konnte die Bilder dieser einzigen, kurzen Woche und die Gefühle, die sie bei ihm ausgelöst hatten, nicht von sich abschütteln. Er wusste nicht warum. War es der ruhige, langsamere Tagesablauf, nach dem er sich sehnte? Der frische Geruch nach Kühen und Erde?

Philip ertappte sich dabei, dass er an Rachel dachte und sie vermisste – wenn auch gewiss nicht in dem Sinn, dass er in sie verliebt gewesen wäre. Dessen war er sich ganz sicher. Ihn und die junge amische Frau trennten Welten. Sowohl Philip als auch Susanna Zook, Rachels resolute Mutter, hatten diese alles entscheidende Tatsache genau im selben Augenblick erkannt. Trotzdem waren diese angenehmen Gedanken so stark, dass er sie gewaltsam aus seinem Kopf verbannen musste, um sich auf seine Arbeit als Journalist konzentrieren zu können.

„Bradley!“, rief ihm ein Mann, der nur zwei Meter vor den Fahrstuhltüren stand, über die Köpfe der anderen Wartenden hinweg zu.

„Hallo, Henning“, erwiderte Philip mit einem Grinsen. Richard Henning war ein führender Fotograf für die Zeitschrift. Er hatte rote Haare und ein Ziegenbärtchen und war ein ausgezeichneter Künstler, wenn auch manchmal vielleicht etwas übereifrig. Aber die meisten New Yorker Fotojournalisten waren dafür bekannt, dass sie ehrgeizig und aufdringlich waren. Das mussten sie auch, wenn sie etwas erreichen wollten.

„Ich habe gerade deinen Amischartikel gelesen. Wenn du so weitermachst, dann arbeite ich eines Tages für *dich*", meinte Henning.

„Dir könnte Schlimmeres passieren", erwiderte Philip scherzhaft.

Die Fahrstuhltüren öffneten sich, und sie drängten sich gemeinsam mit den anderen Wartenden hinein.

Philip drehte sich zu Henning um und fragte ihn leise: „Also ... hat dir mein Weihnachtsartikel gefallen?"

„Ja, freilich, aber die Fotos waren schwach. Du hast ihnen nicht viel Material mitgebracht, mit dem sie etwas hätten anfangen können. Darüber wollte ich mit dir noch sprechen."

„Aha. Jetzt kommt das dicke Ende", grinste Philip.

„Nein, so meine ich es nicht. Lass mich bitte ausreden. Ich denke an eine Fotoreportage ... in der die Amisch dargestellt werden."

Als er die Amisch erwähnte, drehten sich einige Köpfe im Fahrstuhl neugierig um. Henning senkte die Stimme. „Ich denke, wir könnten Farrar, Straus & Giroux dafür interessieren, wenn du dabei bist."

Philip zuckte innerlich zusammen. Höchstwahrscheinlich hatte der junge Fotograf keine Ahnung von den Amisch und ihrem Lebensstil. Wahrscheinlich wusste er nicht, dass sie entsetzt zurückschrecken würden, wenn sie das Motiv eines Fotografen werden sollten.

Die Fahrstuhltüren öffneten sich im vierunddreißigsten Stockwerk und spie die Menschenmasse hinaus in die langen Gänge. Philip folgte Henning am Anwaltsbüro von Abrahams und Hampshire vorbei zu den Doppeltüren, die zur Redaktion des *Family Life Magazine* führten. Dahinter befand sich ein riesiger Raum, in dem sich die Kabinen mit eifrigen Journalisten und Redakteuren dicht aneinander drängten. In dem gesamten Raum herrschte ein nicht verebbender Geräuschpegel aus summenden Computern, klingelnden Telefonen, piependen Handys, lauten Stimmen und klappernden Schuhen, die eilig zwischen den einzelnen Schreibtischen unterwegs waren. Philip grüßte mehrere Mitarbeiter in seiner Abteilung mit einer freundlichen Handbewegung. Dann wandte er sich an Henning und winkte ihm, in seine Kabine zu kommen.

Henning lief in die entgegengesetzte Richtung davon. „Bin in einer Minute wieder da!“, rief er und war verschwunden.

Philips Schreibecke war voll gestopft mit allen notwendigen Dingen, die ein Journalist für seine Arbeit brauchte: Zeitungsausschnitte, Notizen für Interviews, E-Mail-Adressen und Telefonnummern. Sein Computer stand startbereit in der Mitte des Schreibtisches. Links daneben ein Telefon und rechts ein Familienfoto seiner verheirateten Schwester in einem Eichenrahmen, daneben ein großer roter Behälter mit Bleistiften und Kugelschreibern. Auf dem Foto war Janice zu sehen, die ihre hellbraunen Haare auf einer Seite zurückgebürstet hatte, sowie ihr großer blonder Mann, Kenneth, der auf dem Bild breit lächelte, und ihre aufgeweckte, blonde Tochter, die zwölfjährige Kari.

Eine sommersprossige Brünette in einem blauen Marinehosenanzug klopfte an Philips Tür, als er gerade seinen Computer einschaltete. „Gute Arbeit, Phil.“

Er schaute auf und lächelte Beth an, eine der besten Redakteurinnen der Zeitschrift. „Danke ... aber *Sie* sorgen doch dafür, dass ich gut herauskomme.“

„Und, stimmt es, was man sich erzählt?“, fragte sie, ohne auf das Lob einzugehen.

Philip kratzte sich am Kinn. „Also, gut, ich beiße an. Was erzählt man sich?“

„Dass Sie zu den Amisch ziehen.“ Sie stand unbeweglich im Türrahmen, als warte sie ernsthaft auf eine Antwort.

„Mein Einspännerführerschein wurde mir noch nicht zugeschickt. Bis dahin werden alle weiteren Pläne vertagt.“

Beth lachte. „Fordern Sie mich nicht auf, mit Ihnen eine Runde zu drehen.“ Sie drohte ihm scherzhaft mit dem Finger und verschwand dann quer durch den Raum.

Philip drehte sich wieder zu seinem Schreibtisch herum und

blätterte auf der Suche nach seinem Interviewpartner für diesen Nachmittag in seinem Terminplaner: Der Kongressabgeordnete Thomason, Senator des US-Bundesstaates New York. Ein Mann, der mit achtundfünfzig Jahren Adoptivvater geworden war. Die perfekte Geschichte für die Vatertagsausgabe im nächsten Juni.

Inzwischen war Henning zurück. Wie ein hungriger junger Wolf saß er auf einem Stuhl in der Ecke der Kabine, schlürfte aus einer Tasse Kaffee und schaute Philip aufmerksam an.

„Ich kenne diesen Blick", schmunzelte Philip.

Hennings Ausdruck wurde zweifelnd. „Ich komme also mit diesen unglaublich guten Ideen zu dir, und du hast nichts Besseres zu tun, als sie sofort abzuwürgen. Und so etwas nennst du Freundschaft?"

Philip stieß ein übertriebenes Seufzen aus. „Einverstanden, schieß los."

Henning fing an zu lächeln. Er nahm seine beste Überredungshaltung ein. „Meine Idee sieht folgendermaßen aus ... "

Philip stöhnte.

„Kurz gesagt: Ich mache die Fotos. Du schreibst den Text. Thema: die Amisch."

„Das ist schon geschehen."

„Aber nicht so, wie *ich* es machen könnte", entgegnete Henning. „Wir gehen weiter in die Tiefe. Vielleicht finden wir eine amische Familie, die uns ein paar Tage bei sich wohnen lässt. Dann erleben wir sie hautnah und persönlich. Nichts von diesem oberflächlichen und gekünstelten Zeug. Wir bringen mehr Menschlichkeit in das Thema."

„Mit Bildern", murmelte Philip.

„Mit vielen Bildern", erwiderte Henning ohne zu überlegen. „So wie ich es sehe, sind die Amisch ein begehrtes Thema. Die Leute sind einfach verrückt nach einem einfachen und schlichten Lebensstil." Er lachte. „Jeder lechzt nach Erdverbundenheit, nach ungekünstelter Natürlichkeit."

Was dieser Mann sagte, klang richtig. Vielleicht hatte die ständige Überbetonung der Technik bei den Menschen eine Gegenbewegung ausgelöst. *Sehnen wir uns nicht alle nach einem einfacheren Leben, einem langsameren Tempo?*

Philip betrachtete Henning. „Rechne dieses Mal nicht mit mir."

„Das ist alles? Du schickst mich einfach wieder fort?"

Mit einem Kopfschütteln sagte Philip: „Ich fühle mich bei der Sache einfach nicht wohl."

Henning rieb mit dem Zeigefinger unter seiner Nase. „Ich kann dir nicht folgen, Phil. Ich dachte, du seist hin und weg von der amischen Lebensweise. Bob sagt, du redest von nichts anderem ... amisch hier, Pferd und Einspänner dort."

Bob Snell, ihr Redaktionsleiter, hatte also Rick Henning von Philips Begeisterung erzählt. „Die meisten Amisch halten nicht viel von Fotografen", erklärte Philip. „Es wäre einfach keine besonders gute Idee, mit deinen hochmodernen Kameras um sie herumzuschleichen. Leute zu fotografieren, die sich dafür entschieden haben, sich von der Außenwelt abzusondern. Und zu dieser Außenwelt gehören ganz zufällig auch freischaffende Fotografen."

Hennings Unterkiefer klappte nach unten. „Willst du damit sagen, dass ich mich nicht auf eine Weide stellen und das achtzehnte Jahrhundert vor mein Zoom bekommen kann?"

„Du *könntest* vielleicht schon, aber du *solltest* nicht." Philip atmete tief ein und laut hörbar wieder aus.

„Warte noch einen Augenblick. Könnten wir nicht versuchen, ihre Erlaubnis zu bekommen? Es wäre doch wenigstens einen Versuch wert."

Philip überraschte die Hartnäckigkeit seines Freundes nicht. „Wessen Erlaubnis?", fragte er.

„Du hast dich doch mit ein paar Amisch getroffen ... einige, die du interviewt hast, oder? Besorge dir einfach ihre Erlaubnis. Das kann doch nicht so schwer sein."

Philip dachte an die kleine Annie Yoder und ihre verwitwete Mutter Rachel. Er dachte an die scharfzüngige Susanna Zook und ihren vollbärtigen Ehemann Benjamin. Er schüttelte den Kopf und schaute geradewegs Hennings lange Nase an. „Du verstehst mich wirklich nicht, Richard, nicht wahr? Wir sind für die Amisch Außenstehende. Zwei Männer, denen sie nie vertrauen würden, und schon gar nicht, wenn einer von ihnen mit einer gezückten Kamera in der Hand zu ihnen kommt. Tut mir Leid, aber ich habe kein Interesse, ihren Lebensstil auszuschlachten, um ein paar Dollars mehr zu verdienen."

„Aber die Amisch schlachten sich doch selbst aus. Hast du die Tourismusanzeigen in Ohio gelesen? Der Tourismus macht einen großen Teil ihres Lebensunterhaltes aus."

Philip beharrte auf seinem Standpunkt. „Es gibt Grenzen."

„Meinetwegen. Wie du willst." Henning stand auf und wandte sich zum Gehen. „Aber ich komme wieder."

Philip zerknüllte einen leeren Pappbecher und warf damit. Henning bückte sich, um dem Geschoss auszuweichen, und eilte hinaus auf den Gang.

Nun konzentrierte Philip seine Aufmerksamkeit wieder auf sein aktuelles Projekt: drei Seiten ansprechender, auf die Familie ausgerichteter Fragen an Senator Thomason zu Papier zu bringen. Etwas, mit dem er diesen Politiker ansprechen und für seine Sache gewinnen könnte. Fragen, bei denen sich der Senator zurücklehnen und gemütlich über die rumänischen Zwillingsmädchen im Kleinkindalter plaudern würde, die er und seine Frau vor kurzem adoptiert hatten. Philip begab sich ohne Umschweife an die Arbeit und verbannte Henning und seinen törichten Vorschlag aus seinem Denken.

2

Rachel Yoder saß neben Lavina Troyer in dem geschlossenen amischen Einspänner der alten Frau und war in einen dicken Wollumhang eingehüllt. Sie waren auf der Beechdale Road in Richtung Süden zu Lavinas Haus unterwegs, wo sie an diesem Vormittag miteinander backen wollten. Nur sie beide.

„Wenn man lügt, kommt nie etwas Gutes heraus", sagte Lavina wie aus heiterem Himmel.

Rachel spitzte erwartungsvoll die Ohren. Sie hatte die sonderbare Verwandte ihres Vaters in letzter Zeit etwas besser kennen gelernt. Die Entdeckung einer alten Postkarte hatte die zwei Frauen näher zusammengeführt.

„Es ist eine furchtbare Schande ... dass die Amisch damals überhaupt nicht auf Gabriels Predigten hörten."

Vermutlich hatten sogar ziemlich viele auf seine Predigten gehört, überlegte Rachel, denn es gab seitdem eine relativ große Gruppe amischer Mennoniten hier in der Gegend. Sie rieb die Hände mit den dicken Handschuhen aneinander und versuchte, sie unter ihrer Decke zu wärmen. „Onkel Gabriel hatte ein gutes Herz", bemerkte sie.

„Und er hatte überhaupt keine Scheu, das Evangelium zu predigen. Aber das war lange, bevor du geboren wurdest."

Rachel dachte über Lavinas Worte nach. „Eine Frage lässt mir einfach keine Ruhe." Sie schwieg einen Augenblick und überlegte, ob dies der richtige Zeitpunkt sei, der alten Frau von den Gedanken zu erzählen, die sie beschäftigten. Fast jeder in der Gemeinde hatte für Lavina nur ein mitleidiges, abfälliges Lächeln übrig. Sogar Seth Fischer, der betagte Älteste der Gemeinde. Lavina war langsam im Denken. Sie musste sich beim Lesen und Schreiben sehr anstrengen und brauchte mehr Zeit als die meisten anderen, um eine Antwort zu formulieren. Beweis dafür war die Tatsache, dass sie bei fast jeder Schulprüfung, die sie von der ersten bis zur achten Klasse hatte schreiben müssen, schlecht abgeschnitten hatte. Dabei war es egal, ob sie bei den Prüfungen richtige oder falsche Antworten ankreuzen musste, ob es sich um einen Test handelte, bei dem sie unter verschiedenen Möglichkeiten die Richtige herausfinden sollte, oder ob sie die Lücken in einem Lückentext ausfüllen musste.

„Na ... hat es dir die Sprache verschlagen?"

Lavina war vertrauenswürdig. Das wusste Rachel ganz genau. Aber trotzdem zögerte sie, das auszusprechen, was ihr auf dem Herzen lag. „Du lachst mich auch bestimmt nicht aus, wenn ich es sage?"

„Über Gabriel und seine heimlichen Gebete habe ich auch nie gelacht."

Rachel war ehrlich dankbar, dass sie mit jemandem offen über ihren geheimnisvollen Verwandten sprechen konnte. Den jungen Mann, der von Natur aus genauso zurückhaltend und scheu gewesen war wie sie, der aber später ziemlich kühn geworden war und mit seinen Predigten gegen Wunderheiler und Aberglauben die Gemeinde stark aufgerüttelt hatte. Lavina war eine der wenigen in der Amischgemeinde, die die ganze Wahrheit über Gabriel Esh kannten und die Ereignisse der Vergangenheit mit einem verständnisvollen Blick betrachteten. Die auch die geistlichen Zusammenhänge erkannten, was bei den Amisch nicht allzu häufig der Fall war.

Lavina hatte vor einiger Zeit angefangen, die Gemeinde der Beachy-Amisch zu besuchen. Sie hatte der *Alten Ordnung* den Rücken gekehrt, auch wenn sie im Augenblick noch mit vielen Frauen aus ihrem früheren Gemeindebezirk zusammen war. Sie durfte sogar die Frauen zu Arbeitseinsätzen in ihr Bauernhaus einladen. Einige Leute vermuteten, dass sie sich den Beachy-Amisch angeschlossen habe, weil sie geistig beschränkt sei und es einfach nicht besser wisse.

Aber in den vergangenen Wochen, in denen Lavina mit ihrem Pferd und Einspänner jeden Sonntag zum Gästehaus am Obstgarten kam, um Rachel und Annie zum Gottesdienst abzuholen, verstand Rachel diese Frau und ihr Denken immer besser. Lavinas

Glaube hatte nicht das Geringste damit zu tun, dass sie in manchen Dingen langsam war. Immerhin stand in der Heiligen Schrift: „Wenn ihr nicht werdet wie die Kinder, werdet ihr nicht in das Himmelreich kommen.“ Die Leute konnten sich also noch so sehr den Mund darüber zerreißen, dass Lavina zurückgeblieben sei, aber wenn man es ehrlich beurteilte, dann war die grauhaarige Frau die freundlichste Person, die Rachel kannte. Ganz anders als ihre eigene Mutter. Obwohl Rachel vermutete, dass Susanna Zooks Wutausbrüche in letzter Zeit eher darauf zurückzuführen waren, dass sie wegen irgendeiner Sache gereizt war. Sie bedeuteten nicht, dass sie ihre jüngste Tochter nicht lieb hätte.

„Wenn dir nicht wohl dabei ist, es mir zu erzählen, dann ist das auch in Ordnung“, fügte Lavina jetzt leiser hinzu.

„Danke, das ist lieb von dir.“ Rachel atmete die eisige Luft ein und war sicher, dass Lavina keiner Menschenseele etwas davon erzählen würde. Nicht, wenn Rachel sie bat, es für sich zu behalten. Sie holte tief Luft und wagte einen Vorstoß. „Ich bete dafür, dass ich wieder sehen kann ... dass der Herr mir mein Augenlicht wieder schenkt.“

Lavina sprach kein Wort.

„Ich höre Kassetten mit Bibeltexten und lerne Bibelverse auswendig, in denen steht, dass Gott Menschen heilt.“

„Es gefällt mir gar nicht, was manche Leute über deine Blindheit sagen, Rachel. Das ist furchtbar deprimierend.“

Rachel wusste, wovon Lavina sprach. Sogar ihre eigenen Geschwister argwöhnten, sie wäre genauso verrückt, wie Lavina unintelligent war. „Aber ich *will* wirklich wieder sehen“, sagte sie mit einer für sie untypischen Kühnheit. „Und wenn Gott will, werde ich das auch. Davon bin ich überzeugt.“

Es tat gut, Lavina diese heimlichen Gedanken anzuvertrauen. Es war so wohltuend zu wissen, dass die Frau nicht verständnislos seufzen oder sie durchdringend anstarren würde. Ja, es tat gut, über ihren Wunsch zu sprechen, denn der Weg zu ihrer Heilung könnte lang und beschwerlich sein. Das sagte ihr ein starkes, beunruhigendes Gefühl.

„Ich werde für dich beten", war alles, was Lavina antwortete, während das Pferd sie zu der Kreuzung der Beechdale Road mit der Bundesstraße 340 zog.

Rachel spürte, wie ihre Muskeln sich entspannten. Sie hatte ihre tiefsten Wünsche einer Schwester im Herrn anvertraut. Ihr *anderer* geheimer Wunsch müsste verborgen, schweigend in ihrem Herzen vergraben bleiben.

* * *

Bis zum späten Vormittag waren mehrere Strudel fertig gebacken und konnten in der Gefriertruhe verstaut werden. Während der ganzen Zeit unterhielt sich Rachel mit Lavina, obwohl es die meiste Zeit ein einseitiges Gespräch war. „Was hältst du von der Idee, mit mir Adele Herr zu besuchen?", fragte sie.

Lavina ließ sich viel Zeit mit einer Antwort. „Bist du sicher ... du willst ... nach Reading fahren?"

„Ich dachte, wir könnten einen mennonitischen Fahrer bitten, uns gegen Bezahlung dorthin zu bringen. Dann könnten wir uns dort einen schönen Vormittag machen."

„Ein furchtbar weiter Weg", murmelte Lavina. „Ich ... ich weiß nicht recht."

„Wir müssen uns ja nicht jetzt auf der Stelle entscheiden, nicht wahr?" Rachel kicherte leise und war selbst über ihre Entschlossenheit überrascht. „Denke einfach darüber nach. Wenn der Herr es für gut hält, dass wir zu ihr fahren, können wir ja ein paar köstliche Sachen mitnehmen. Vielleicht einen Korb voll Essen, das wir unter den Leuten im Altersheim verteilen. Als Weihnachtsüberraschung sozusagen."

Wieder schwieg Lavina eine ganze Weile. Während Rachel das Geschirr spülte, überlegte sie, ob sie vielleicht zu weit gegangen sei. Vielleicht sollte sie die Idee, die englische Verlobte ihres Großonkels zu besuchen, wieder fallen lassen. Vielleicht wollte Lavina lieber nicht riskieren, dass die Schmerzen jener Tage und die inzwischen gut verheilten Wunden wieder aufbrächen.

Rachel begann, eine Weile zu summen. Sie trocknete sich die Hände ab und bat Gott um Weisheit. Sie wollte der alten Frau die Angst nehmen. Sie selbst wurde ja auch unruhig, wenn sie in unbekannte Gegenden vordrang.

„Adele hat meine Apfelbutter immer gut geschmeckt", bemerkte Lavina schließlich.

Rachel tastete sich mit den Füßen und mit Hilfe ihres Blindenstocks über den Linoleumfußboden der großen Küche. Sie kannte die Einrichtung. Sie wusste, wo der Tisch und die Bänke standen. Der Holzofen, das Waschbecken, die Arbeitsfläche und auch der batteriebetriebene Kühlschrank. Sie kannte diese Küche genauso gut wie die Küche zu Hause. Schon seit einiger Zeit strahlte die Sonne gleich neben dem Tisch, der auf zwei Holzböcken stand, kräftig durch die Fenster auf der Ostseite ins Haus. Ganz sicher würde sie die wärmenden Strahlen auf ihrem Rücken fühlen, wenn sie sich auf die Holzbank setzte.

„Ich bekam einen Brief von Adele ... vor ein paar Wochen", erzählte Lavina.

Rachel freute sich, diese interessante Neuigkeit zu hören. „Was hat sie denn geschrieben, wenn ich fragen darf?"

„Der Arzt gab ihr ein anderes Medikament. Es scheint ein wenig zu helfen."

Rachel war neugierig, auch wenn sie zu zurückhaltend war, um weiter nachzufragen. Hatte Adele in ihrem Brief irgendetwas über Philip Bradley geschrieben?

Aber Lavina hing anderen Gedanken nach. „Manchmal frage ich mich, ob die Leute, die von Adeles und Gabriels Liebe zueinander wussten, sich nie fragten, warum sie und ich uns in all den Jahren nie besucht haben", bemerkte sie.

„Diese Frage habe ich mir auch schon gestellt."

„Adele und ich haben uns nicht so viel geschrieben. Meist nur Weihnachtskarten und Geburtstagsgrüße."

Rachel spitzte die Ohren. Die alte Frau redete ja plötzlich wie ein Buch.

„Es war nicht meine Idee, dass Adele in Reading blieb und

mich kein einziges Mal besuchte. Aber ... nun ja, wir haben ihre einzige, große Liebe umgebracht. Deshalb ist es nur verständlich, dass sie nicht zurückkommen wollte. Nicht hierher."

„Aber du hast sie eingeladen, nicht wahr?"

Lavina schwieg wieder. Dann antwortete sie. „Adele war damit zufrieden, nahe bei ihrem Elternhaus in der Schule zu unterrichten."

Das konnte Rachel verstehen. Sie war ebenfalls sehr heimatverbunden. „Ist sie je aus Reading fortgezogen?"

„Soweit ich weiß nicht." Lavina seufzte, und ihr Atem kam etwas mühsam. „Ich bezweifle, dass sie Seth Fischer Gabriels Tod je vergeben hat."

„Meine Güte, warum denn nicht?"

„Wir lüften heute einige Geheimnisse, was? Ich habe auch ein Geheimnis." Lavina atmete erneut tief ein. „Es belastet mich schon seit Jahren."

Rachel spürte eine innere Anspannung in sich aufsteigen. Was würde Lavina jetzt wohl erzählen?

„Adele schrieb mir einmal ... über Seth Fischer und Gabriel."

„Wirklich?"

„Ja. Ich hole lieber den Brief ... Dann kannst du besser verstehen, was ich meine", erklärte Lavina und verließ mit diesen Worten die Küche.

Rachel hörte die schnellen Schritte auf der Treppe. Nach einigen Minuten kam die alte Frau zurück. „1963, ein Jahr nach Gabriels Tod, schrieb mir Adele diesen Brief."

Lavina faltete den Brief auseinander und begann mit großer Mühe, die Worte zu lesen: „‚Etwas sagt mir, dass ... die Beziehung zwischen Seth Fischer und Gabriel vor dem Unfall ... furchtbar angespannt war. Vielleicht weißt du es nicht, aber Gabriel hat mir einmal erzählt ... dass Seth Fischer ... ihm mehrmals mit dem Tod drohte.'"

Rachel war entsetzt. „Er hat ihm mit dem Tod gedroht? Weswegen denn?" Sie dachte an Adeles Geschichte zurück. Was hatte sie zu dieser ganzen Sache gesagt?

„Es war kein Geheimnis ... Einige Amisch glaubten, Seth Fischer habe Gabriel mit einem Fluch belegt.“ Lavinas Stimme zitterte.

Rachel bekam plötzlich keine Luft mehr, so als hätte ihr jemand einen Hieb in den Magen versetzt. „Seth Fischer? Einen Fluch? So etwas will ich überhaupt nicht hören.“

„Ich habe es nie geglaubt. Wenigstens wollte ich es nicht glauben. Und jetzt, nach so langer Zeit, ist es ziemlich schwer, mit Bestimmtheit sagen zu können, was damals passiert ist.“

„Weil fast alle, die etwas darüber wussten, schon längst gestorben sind?“, fragte Rachel.

„Ja.“

„Seth Fischer lebt noch“, erklärte Rachel in der Hoffnung, von dem einzigen Menschen, der etwas über den frühen Tod ihres Großonkels wusste, mehr über diese Geschichte zu erfahren.

„Nun ... mit *ihm* kann man wohl nicht darüber sprechen.“

„Das kann ich mir denken. Gabriel starb so plötzlich ... ich muss sagen, ich halte das für sehr seltsam“, erwiderte Rachel. „Es kam viel zu abrupt. Kurz nachdem er anfing, so vehement gegen die Wunderheiler zu predigen. Das mutet einen wirklich sehr befremdlich an.“

„Am besten belassen wir es einfach dabei.“

Es dabei belassen ...

Lavinas Worte hallten in Rachels Kopf wider. Ihr eigener Vater hatte etwas Ähnliches gesagt, als sie ihm Fragen nach Gabriels ungerechter Belegung mit dem Gemeindebann und seinem Ausschluss aus der Gemeinschaft gestellt hatte. Rachel wusste von Adele, welchen Standpunkt ihr Vater und andere bei der überstürzten Vorgehensweise gegen Gabriel Esh vertreten hatten.

Das Gespräch der Frauen wandte sich schließlich wieder alltäglichen Themen zu. „Kommst du nächste Woche zum Stepptag bei Tante Lea?“, fragte Rachel.

„Wenn ich vorher nicht das Zeitliche segne. Und wenn sie den Bann, mit dem sie mich nun mal belegt haben, nicht verschärfen." Lavina lachte ein wenig, was Rachel noch mehr Unbehagen bereitete.

„Ich finde, wir sollten nicht über plötzliches Sterben oder den Gemeindebann sprechen", sagte Rachel schnell. „Hüten wir lieber unsere Zunge."

„Damit hast du wahrscheinlich Recht."

„Der Herr hat mir in letzter Zeit in der Bibel einiges gezeigt, das mir keine Ruhe lässt."

Lavina ergriff wieder das Wort. „Man erzählt sich, dass deine Kusine dir eigenartige Lehren einflößt, die sie selbst glaubt."

„Ich brauche wohl nicht lange zu raten, wer so etwas erzählt." Rachel wusste ganz genau, dass Mama und Tante Lea solche Gerüchte verbreiteten. „Es wird nicht mehr lang dauern, dann wissen es alle Amisch. Das, was ich glaube, habe ich nicht einfach von Esther übernommen ... Es ist tief in meinem eigenen Herzen verwurzelt."

„Dein Großonkel würde vor Freude jubeln ... wenn er dich jetzt sehen könnte. Ein Mitglied aus seiner eigenen Familie, das direkt vor Seth Fischers Nase für Jesus das Wort ergreift. Das zeigt doch nur wieder, dass Gott zu jeder Zeit Menschen beruft, die das Licht weitertragen, egal, wie arg der alte Feind sich bemüht, die Fackel der Wahrheit auszulöschen."

Rachel wünschte, sie könnte das himmlische Strahlen sehen, das sich jetzt bestimmt über Lavinas längliches, schlankes Gesicht zog. Ihr ganzes Leben lang hatte sie noch nie gehört, dass die geistig etwas zurückgebliebene Frau sich so leicht, so vernünftig ausgedrückt hatte.

Lavina stand auf und schenkte schwarzen Kaffee ein und stellte ein paar selbst gebackene Zimtkekse auf den Tisch. „Vielleicht hast du Recht. Wir könnten wirklich ein paar Weihnachtsgeschenke verteilen ... in Reading."

Rachels Herz schlug schneller. „Du willst also tatsächlich Adele besuchen?"

„Vor einer Minute wusste ich es zwar selbst noch nicht ... aber ja, ich glaube schon!"

Rachel wusste nicht, was über die Kusine ihres Vaters gekommen war, aber sie hatte gewiss nicht die Absicht, Lavinas Entscheidung in Frage zu stellen.

„Dann werde ich ein paar Sachen backen, die wir mitnehmen können." Lavina machte ein schlürfendes Geräusch mit ihrem Kaffee. „Es wird bestimmt sehr schön, das liebe englische Mädchen wieder zu sehen."

Das liebe englische Mädchen. Bei dieser Bemerkung musste Rachel unwillkürlich lächeln. Natürlich hatte die alte Frau Adele Herr als die junge Baptistin in Erinnerung, die vor so vielen Jahren als Aushilfslehrerin an die Schule in Bird-in-Hand gekommen war. „Adele war eine so nette Dame, als ich sie im September kennen lernte. Aber ich glaube, es war sehr schwer für sie, diese traurige Geschichte aus ihrem Leben zu erzählen."

Sie schwiegen eine Weile. Rachel genoss den Kaffeegeruch, der die Küche erfüllte.

Schließlich kam Lavina wieder auf Adeles Brief zu sprechen. „Sie bekommt Briefe und sogar Postkarten von ihrem Freund aus New York."

„Ist das vielleicht ... der Journalist, der im Herbst hier war?" Rachel bemühte sich, ihre plötzliche Aufregung nicht zu zeigen.

„Ja, genau der. Sie schreibt, Philip sei fast wie ein Sohn für sie geworden. Und er geht wieder in die Kirche und liest sogar in seiner Bibel."

„Nun, das ist ... " Rachel leckte sich den Zucker von den Fingern.

„Anscheinend sind die beiden in kurzer Zeit sehr gute Freunde geworden ... Immerhin war er derjenige, der Gabriels Postkarte fand."

„Das überrascht mich nicht im Geringsten", erwiderte Rachel. Ehe sie zu viel verriete, schwieg sie schnell wieder. Es ging niemanden etwas an, wie oft ihre Gedanken zu den ersten Herbsttagen zurückwanderten, in denen Philip Bradley Gast in der Frühstückspension war.

Als sie eine zweite Tasse Kaffee ausgetrunken und mehr als genug von dem süßen Gebäck genascht hatten, stand Rachel auf, um sich die Hände zu waschen. Sie war sehr froh, dass sie heute zu Lavina gekommen war. Anscheinend war der Herr in ihrer beider Leben kräftig am Werk! Wenn sie ehrlich war, musste sie zugeben, dass sie es nett fände, wenn Philip Bradley auch *ihr* einen Brief schriebe. Aber so wie Mama ihn an seinem letzten Tag hier am Telefon abgefertigt hatte, müsste dieser Mann Nerven aus Stahl besitzen, wenn er einen solchen Gedanken auch nur in Betracht ziehen sollte!

3

Kari riss fast im selben Augenblick, in dem sein Finger auf den Klingelknopf drückte, die Tür auf. „Onkel Phil!", kreischte sie begeistert, als hätte sie ihn seit Jahren nicht mehr gesehen. Sie warf die Arme um seinen Hals, und er beugte sich vor und umarmte sie herzlich.

„Hallo, wie geht es denn meinem Sonnenschein?"

Sie ließ ihn los, trat einen Schritt zurück und wirbelte dann im Kreis herum, damit er ihren langen Rock mit dem Blumenmuster bewundern konnte. Die blonden Haare wehten um ihre Schultern. „Was sagst du dazu? Ich habe ihn ohne Mamas Hilfe genäht."

„Toll. Ist *das* der selbst genähte Rock, von dem du mir erzählt hast?" Er betrachtete den Rock. „Dann ... bist du also neben allem anderen, was du kannst, auch noch eine Schneiderin."

Kari strahlte und posierte immer noch zwei Meter vor dem Eingang zum Esszimmer, in dem der Tisch mit Janices bestem Geschirr und großen weißen Servietten gedeckt war. Die Kerzen waren bereits angezündet. Kari hatte den perfekten Hintergrund gewählt, um ihr neu erworbenes hausfrauliches Talent zur Schau zu stellen.

„Oh, meine Güte. Ich glaube, ich bin nicht festlich genug gekleidet für diesen Anlass." Er knöpfte seinen Mantel auf und schaute mit theatralischer Komik an seiner Kleidung hinab: eine lässige Hose und ein Pullover.

Kari kicherte über seine lustige Miene. Ihre blauen Augen funkelten.

„Du bist genau richtig, Phil." Janice kam ins Wohnzimmer und nahm ihm seinen Mantel ab. „Ich hänge ihn für dich auf."

Philip wechselte einen viel sagenden Blick mit Kari, während seine Schwester als perfekte Gastgeberin seinen Mantel in den Schrank im Eingang hängte. „Ich hoffe, du hast Hunger", rief sie über die Schulter, während sie in die Küche zurückeilte.

Kenneth Milburn, sein Schwager, tauchte aus dem Arbeitszimmer auf. „Schön, dass du kommen konntest, Phil. Wir haben uns ja lange nicht mehr gesehen." Er reichte ihm die Hand. Philip erwiderte seinen kräftigen Händedruck.

„Ja, leider seit Wochen nicht mehr", antwortete Philip.

„Das ist viel zu lang", mischte sich Kari ein, die sich immer noch im Kreis drehte. „Es wird höchste Zeit für die Fahrt nach London, findest du nicht, Onkel Phil?"

„London?", fragte er neckend, denn er wusste, dass sie fest darauf zählte, dass er ein früher gegebenes Versprechen einlösen würde.

Ken lächelte. „Lass deinem Onkel doch wenigstens einen Augenblick Zeit, um sich zu setzen und Atem zu holen", tadelte er sie mit einem Augenzwinkern. Dann wandte er sich an Philip. „Ich habe nur Gutes über euren Urlaub in Vermont gehört. Kari und Janice sprachen tagelang von nichts anderem. Und es war lehrreich, was die Sache noch besser macht."

Kari folgte ihrem Vater zum Sofa und setzte sich in eine Ecke, die Beine gemütlich angezogen, während Philip auf dem Sessel ihnen gegenüber Platz nahm. „Papa findet, fast *alles* im Leben sollte lehrreich sein." Kari grinste ihren Vater an. „Wir besichtigten das Robert Todd Lincoln Haus, wo einer von drei noch existierenden Zylindern von Abraham Lincoln ausgestellt wird. Kannst du dir das vorstellen? Mama und ich haben uns von Onkel Phil direkt neben dem Hut fotografieren lassen. Als Andenken für die Nachwelt."

Philip grinste. „Vergiss die Norman-Rockwell-Ausstellung in Arlington nicht", erinnerte er sie. „Sie war auch *lehrreich.*"

Kari griff diesen Wink auf und beschrieb die Illustrationen für das Titelblatt der Zeitschrift *Saturday Evening Post,* die ihnen so gut gefallen hatten. „Wir haben viele Überraschungen entdeckt, als wir in Urgroßvaters Haus wohnten."

Philip erinnerte sich ebenfalls. Sie hatten während ihrer täglichen Spaziergänge durch die Wälder tatsächlich einige faszinierende Schätze entdeckt. Dinge wie ein verrostetes Hufeisen, verlorene Münzen, rote und gelbe Blätter, dazu alte Blechdosen, die sie einsammelten und in Karis Rucksack verstauten, um sie später zum Recyclingcontainer zu bringen. Aber am schönsten bei den Ausflügen waren die fröhlichen Gespräche mit seiner Nichte gewesen. Aus irgendeinem Grund hatte sie Interesse an den Amisch und ihrem schlichten Lebensstil gezeigt, besonders an der Kleidung der Frauen. Er hatte also versucht, ihr alle Einzelheiten, an die er sich erinnerte, zu beschreiben: die Länge von Susannas und Rachels Kleidern, die Farben – wobei er Rachels graue Trauerfarbe nicht erwähnt hatte – das capeähnliche Mieder und die hochgeschlossene, knöchellange Schürze und natürlich die weiße Kopfbedeckung. „Keine Spur von Make-up", hatte er ihr erklärt. „Aber so komisch es klingen mag, das fällt einem überhaupt nicht auf."

„Sind ihre Wangen ganz von selbst rosig?", hatte Kari gefragt.

Er überlegte. „Ja, wahrscheinlich sind sie das."

„Das muss von der vielen Gartenarbeit kommen, die sie verrichten."

Er ließ seine Nichte in diesem Glauben, auch wenn er mit Bestimmtheit wusste, dass Rachel Yoder nicht zu den Frauen gehörte, die ihr Gesicht zum Bräunen in die Sonne hielten. Aber sie war auch ohne so etwas schön und hatte rosige Wangen.

Kari war von seinem Bericht so fasziniert, dass sie noch während ihres Urlaubs in Neuengland beschloss, sich einen Stoff zu kaufen, um sich einen langen Rock zu nähen. Er war mit Janice und Kari in ein Stoffgeschäft gegangen und ihnen von einer Stoffrolle zur nächsten gefolgt, während Kari sich das „perfekte Muster" aussuchte. Das Muster erinnerte Philip an ein Kleid mit Blumendruck, das er in Bird-in-Hand gesehen hatte. Es hatte viel Ähnlichkeit mit dem Kleid, das Emma getragen hatte, die mennonitische Frau aus dem Antiquitätenladen.

Und jetzt führte ihm Kari ihr fertiges Werk vor. „Es ist wirklich so schön, wie du erzählt hast", lobte er sie. „Ich würde sagen, du kannst es mit jeder mennonitischen Frau aufnehmen, die ich kenne!"

Bei diesen Worten brach sie erneut in lautes Gelächter aus. Er merkte, wie sein Gesicht zu glühen begann. „Oh, dann kennst du also eine Frau in Lancaster County." Sie drehte sich um und rief zu ihrer Mutter in die Küche: „Mama! Rate einmal, was ich soeben herausgefunden habe! Onkel Phil hat eine heimliche Liebe bei den Amisch."

Heimliche Liebe ...

Als keine Antwort aus der Küche kam, war Philip mehr als erleichtert. Es war nicht nötig, diesen Teil seines Aufenthalts in Pennsylvania zu enthüllen. Er zog es vor, sein vorübergehendes Interesse an Rachel Yoder für sich zu behalten. Auf diese Weise beugte er wenigstens Missverständnissen vor.

„Welche Note gab dir denn deine Mama für deine Nähkünste?", wechselte er ganz unauffällig das Thema.

„Eine Zwei." Kari zuckte mit den Achseln. „Mama ist mit ihren Noten sehr streng, weißt du."

Philip fragte sich, wie seine Schwester wohl mit dem Privatunterrichtsprogramm zurechtkäme, für das sie und Ken sich dieses Jahr entschieden hatten. „Und wie steht es mit deinen Fremdsprachen?" Theatralisch zog er einen Kugelschreiber und einen winzigen Notizblock aus seiner Hemdtasche.

„Oh, du willst dir Notizen machen?" Schnell warf Kari die Haare zurück. „Ist das ein Interview?"

„Nur eine Kontrolle. Mehr nicht."

Ihr Gesicht strahlte entzückt. „Erzähle Onkel Phil, wie es in der Schule ist, Papa."

Ken nickte lächelnd. „Janice gibt Kari viel zum Schreiben auf, falls dich das interessiert."

„Freut mich, das zu hören." Seine Nichte hatte wirklich Talent zum Schreiben. Sie besaß eine faszinierende Art, ihre Gedanken in Worte zu fassen. „Erzähle mir ein wenig über deine Aufsätze." Er wusste, dass sie welche geschrieben hatte, denn während ihrer Wandertouren hatte sie hier und da eine Andeutung darüber fallen lassen.

„Sie hat auch ein Gedicht geschrieben", mischte sich Ken ein.

„Oh, Papa, *bitte.*“

„Nein, wirklich, Liebes“, fügte Ken hinzu. „Ich glaube, du trittst in die literarischen Fußstapfen deines Onkels.“

Philip hatte seine frühe Laufbahn in der schreibenden Zunft damit begonnen, dass er als Teenager einige Verse zu Papier brachte. Er sah diese Zeit rückblickend als Phase an, die ihm geholfen hatte, mit den Spannungen jener turbulenten Teenagerjahre besser zurechtzukommen. Doch als er dann zwanzig wurde, faszinierte ihn der Journalismus. Nicht Gedichte.

Er steckte seinen Stift und Notizblock wieder weg. „Du bist also ein Mädchen ganz nach meinem Journalistenherzen.“

„Ich bin kein Mädchen mehr, Onkel Phil. Ich bin schon fast ein Teenager!“

„Freue dich deiner Jugend, Kind.“ Diese Bemerkung wurde mit einem Beschuss mit Sofakissen beantwortet. Selbst Ken beteiligte sich an der Kissenschlacht. Er hob die Kissen auf und warf sie auf Kari.

Erst Janices Ruf: „Das Essen ist fertig. Wascht euch die Hände“, setzte ihrem ausgelassenen Spiel ein Ende.

„Es gibt Schweinekoteletts“, verkündete Kari, nachdem sie sich nacheinander die Hände gewaschen hatten.

„Wirklich? Woher hast du das Rezept?“, fragte Philip ohne nachzudenken.

Janices braune Augen funkelten ihn über den Tisch hinweg drohend an. „Was soll das heißen? *Woher?* Es ist *mein* Rezept ... ich benutze es seit fünfzehn Jahren“, fuhr sie ihn an.

Er verriet seine Gedanken nicht: Karis unschuldige Ankündigung und der betörende Duft nach gebratenen Schweinerippchen hatten ihn in Gedanken zu einem anderen Abendessen zurückversetzt. Es war mit einer herrlichen Mischung farbenfroher und köstlicher Beilagen serviert worden: frisch gebackenes Brot und echte Butter, verschiedene Gemüsesorten und reichhaltige Nachspeisen.

* * *

Das Essen war längst beendet, als Philip die Sprache auf ein anderes Thema brachte: die Behandlung von psychisch bedingten Störungen. Besonders psychosomatische Blindheit. Er konnte Susanna Zooks Bemerkungen am Telefon zuerst nicht ganz einordnen, als er an seinem letzten Tag in Lancaster County Rachel noch einmal angerufen hatte, um sich von ihr zu verabschieden. Aber nachdem er sich länger damit befasst hatte, fügten sich die einzelnen Puzzleteile zu einem Bild zusammen. Besonders interessierte ihn jetzt, welche Informationen Ken ihm geben könnte. Immerhin war er Krankenpfleger und arbeitete tagtäglich Seite an Seite mit Ärzten.

„Was weißt du über die Heilungsmöglichkeiten von Krankheiten, die durch Schock ausgelöst wurden?", fragte Philip, als Kari Janice half, den Tisch abzuräumen.

Ken kratzte sich am Kinn und lehnte sich auf seinem Stuhl zurück. „Ich habe gelegentlich im Krankenhaus damit zu tun, aber es kommt nicht oft vor. Warum fragst du?"

Philip zögerte. Wie viel sollte er verraten? Wie viel wusste er tatsächlich über Rachels Blindheit? „Ich glaube, ich bin auf einen Fall von psychosomatisch bedingter Blindheit gestoßen ... in Lancaster County."

Ken runzelte die Stirn. Sein Interesse war nicht zu übersehen. „Weißt du, was diese Blindheit ausgelöst hat?"

„Nicht in allen Einzelheiten. Was ich weiß, ist, dass diese Person mit ansehen musste, wie zwei Familienangehörige starben. Dabei verlor sie auch noch ihr ungeborenes Kind."

Janice tauchte mit Dessertschälchen aus der Küche auf. „War das eine *amische* Frau?", fragte sie.

Philip nickte und hoffte, er müsste nicht allzu viel zu diesem Thema sagen. Er wollte nicht über Rachel Yoder sprechen. Auch nicht mit seiner Familie.

„In so einem Fall kann eigentlich nur ein Psychiater helfen", erwiderte Ken. „Das hängt von der Ursache für diese Störung ab und davon, in welchem Ausmaß das Erlebnis, das die Blindheit ausgelöst hat, verdrängt und geleugnet wird."

Auf diese Terminologie war Philip auf den verschiedenen Webseiten auch gestoßen, die er aufgesucht hatte, als er letzte Nacht auf der Suche nach Informationen über Formen der Hysterie im Internet gewesen war. Hysterie war der Begriff gewesen, den auch Rachels Mutter benutzt hatte. Damals jedoch war er davon ausgegangen, dass sie ihm einfach nur verzweifelte Worte an den Kopf warf. Aber je mehr er darüber nachdachte, umso mehr glaubte er, dass Susanna ihm die Situation sehr deutlich dargestellt hatte.

„Kannst du mir das genauer erklären?" Ken und Janice brauchten nicht zu wissen, wie viel Zeit er bereits mit seinen Nachforschungen im Internet verbracht hatte. Der Eifer, mit dem er vorgegangen war – manchmal war er richtiggehend fieberhaft gewesen – hatte ihn mehr als eine Nacht um den Schlaf gebracht.

Etwas drängte ihn, eine Möglichkeit zu finden, wie er Rachel Yoder helfen könnte. Sie verpasste dazu noch das Leben ihrer Tochter, der kleinen, aufgeweckten Annie. Philip liebte Kinder sehr. Allein schon deshalb betrübte ihn Rachels Blindheit. Er hatte in den letzten Monaten sorgfältig gearbeitet, hatte Berichte von Patienten gelesen, die es mit verschiedenen Behandlungsmethoden probiert hatten, obwohl er vermutete, dass Rachel sich gegen alles wehren würde, was mit Hypnose oder jeder anderen Therapieform aus dem New-Age-Bereich zu tun hatte.

Er würde also weiterhin medizinische Meinungen sondieren, sich mit Ken und Janice unterhalten – natürlich unauffällig und vage ... und vor allem beten. Irgendwann käme er an den Punkt, an dem er sich überlegen müsste, wie er zu der amischen Witwe Kontakt aufnehmen könnte. Das hieß, *falls* er sich entschiede, sich direkt bei ihr zu melden. Er hatte schon daran gedacht, ihr Informationen mit der Post zu schicken, aber da Rachel blind war, war es gut möglich, dass sein Brief ihren Eltern in die Hände fiel und sein Ziel verfehlte.

Durch seine Korrespondenz mit Adele Herr hatte er nebenbei erfahren, dass Adele und Lavina Troyer, Adeles alte amische Freundin, immer noch in Kontakt zueinander standen und sich Briefe schrieben. Lavina wäre vielleicht eine gute Adresse, an die er die Ergebnisse seiner Nachforschungen für Rachel schicken könnte. Aber bis jetzt hatte er noch nichts in dieser Richtung unternommen.

Kens Bemerkung riss ihn aus seinen Gedanken. „Ich würde deiner amischen Bekannten empfehlen, es mit Trauerbewältigung in einer Gruppentherapie zu versuchen."

Trauerbewältigung in einer Gruppentherapie ...

Es war fast unmöglich, sich Rachel in einem Stuhlkreis vorzustellen, umgeben von nichtamischen Leuten, und zu erwarten, dass sie hier, inmitten von lauter Fremden, ihr Herz ausschüttete. Die kulturellen Unterschiede waren einfach zu groß, und sie machte auf ihn einen ziemlich scheuen Eindruck. Nein, er konnte sich nicht vorstellen, dass sie sich auf so etwas einlassen würde. So wie er die Beziehung der amischen Frauen innerhalb der Gemeinschaft beobachtet hatte, bestand zweifellos ein enges Band des Mitgefühls und der Zuneigung unter den amischen Frauen. Höchstwahrscheinlich hatte Rachel bereits viel über ihre Erinnerungen, ihre Trauer und ihre Gefühle gesprochen.

„Ich habe gelesen, dass Trauerbewältigung in Selbsthilfegruppen einem Menschen helfen kann. Er bekommt hier die Bestätigung, dass er nicht verrückt geworden ist, dass er genau die gleichen Symptome durchmacht, die andere Mitglieder in der Gruppe auch bei sich beobachten", erklärte Ken.

„Das stimmt, und dazu kommt das Gefühl der Kameradschaft", mischte sich Janice ein und strich sich die Haare aus dem Gesicht, um sie dann wieder über ihre Schultern fallen zu lassen. „Niemand sollte mit seiner Trauer vollkommen allein gelassen werden."

„Aber man muss aufpassen, dass man nicht zu abhängig von der Gruppe wird", warf Ken ein. „Die Abhängigkeit kann so stark werden, dass man ‚nicht mehr loskommt' und sich ständig um seine Trauer und die Vergangenheit dreht, statt zu reifen und einen Schritt weiter zu gehen."

„Dann muss ich wahrscheinlich irgendwann einmal mit dir

zur Arbeit gehen ... damit du mich deinen Klapsdoktoren vorstellen kannst", witzelte Philip.

Ken antwortete mit einem lauten Lachen auf Philips scherzhafte Bemerkung. „Die einzigen so genannten Klapsdoktoren, die ich kenne, sind Gehirnchirurgen."

Jetzt mussten sie alle drei lachen. Doch dann kam Kari und servierte Janices Überraschungsdessert des Abends: Apfelstrudel, warm aus dem Backofen. Der Zimtgeruch weckte bei Philip erneut sehnsüchtige Erinnerungen und malte die Kulisse aus Lancaster County mit lebhaften Sinneseindrücken vor sein geistiges Auge.

* * *

Philip drehte den Schlüssel im Schloss und öffnete die Tür zu seinem Apartment im dreißigsten Stock in Upper Manhattan. An der Fensterwand bemerkte er, dass sich die Straßenlaternen, die weit unter ihm leuchteten, darin spiegelten. Sie warfen einen silbrigen Schein auf die Wände, Tische und das Sofa im Wohnzimmer.

Er drehte den Schlüssel zweimal im Schloss und verriegelte damit die Tür. Statt die Lichter einzuschalten, wartete er, bis sich seine Augen an die zwielichtige Umgebung gewöhnt hatten. Er tastete sich über den breiten, gefliesten Eingang zum Wohnbereich. Inzwischen konnte er mehr von den Möbeln erkennen: das lange kreidefarbene Sofa und den dazu passenden Sessel, sowie die künstlerischen Schmuckstücke, die er bei verschiedenen Basaren und Kunstausstellungen erstanden hatte. Je weiter er sich tastend zu den Fenstern bewegte, umso mehr konnte er sehen.

Er stand vor dem mittleren Fenster und starrte auf die auch zu dieser späten Stunde immer noch dicht befahrene Straße hinab, in der rote und gelbe Lichter leuchteten. Er dachte an Rachel, die infolge eines traumatischen Erlebnisses blind war. Und er dachte an die kleine Annie, die ihrer Mutter ihre strahlenden

Augen – die Sichtweise eines kleinen Mädchens – auf ihre unkomplizierte Welt lieh. Es stand ihm nicht zu, sich in ihr Leben einzumischen, und das unter dem dünnen Vorwand, ihre Situation verbessern zu wollen. Außerdem könnte es sein, dass Rachel die Aussicht, ihr Augenlicht wiederzubekommen, überhaupt nicht als wünschenswert betrachtete. Auch wenn er sich das nicht vorstellen konnte. Zweifellos hatte sie vor dem Unfall, bei dem ihr Mann und ihr Sohn ums Leben gekommen waren, sehen können. Aber dennoch hatte sie auf ihn so gewirkt, als sei sie zufrieden mit ihrer Blindheit. Natürlich konnte er nur Spekulationen anstellen, denn er hatte kaum Zeit gehabt, um sie wirklich kennen zu lernen. Aber das, was er über sie herausgefunden hatte, faszinierte ihn immer noch: Sie war so natürlich, so ungekünstelt, so bescheiden ... Wenn er ehrlich war, musste er zugeben: Er vermisste Rachels altmodische Art.

In seiner Welt, in der Frauen selbstbewusst und zielstrebig Karriereleitern erklommen, war es erfrischend zu erleben, dass Sanftmut und Freundlichkeit noch existierten, und zwar mitten im Herzen von Pennsylvania.

Trotz des anregenden und offenen Gesprächs mit Senator Thomason an diesem Nachmittag, das er von der ersten bis zur letzten Minute genossen hatte, denn das Schreiben machte ihm wirklich Spaß, erkannte Philip, dass er sich in der Tiefe seiner Seele nach etwas Frischem und Neuem sehnte. Er war an eine unerwartete Weggabelung in seiner journalistischen Laufbahn gekommen: Er kannte seine Gaben, sehnte sich aber gleichzeitig nach einem gesünderen, weniger hektischen Lebensrhythmus und nach einer friedlicheren Umgebung für seine Arbeit. Er hatte vor kurzem in einem Brief an Lily – das heißt Adele, denn so wollte sie jetzt genannt werden – von diesen Gedanken geschrieben. Er hatte ihr beschrieben, wonach seine Seele suchte, und ihr erklärt, wie sehr ihm das Leben in dem Dorf Bird-in-Hand gefallen habe. Außerdem hatte er ihr mit einer Offenheit, die ein junger Mann höchstens gegenüber seiner Mutter oder seinem Vater aufbringt, geschildert, dass er zu seinem Glauben zurückgefunden habe und jetzt wieder mit Gott lebe und ihn immer besser kennen lernen wolle. Er hatte diese Sinnesänderung auch seinen Eltern gegenüber erwähnt. Aber Adele ... Diese Frau hatte etwas an sich, das ihm die Freiheit gab, vollkommen offen mit ihr zu sprechen.

Adele hatte innerhalb weniger Tage auf seinen ehrlichen Brief, in dem er ihr sein Herz ausgeschüttet hatte, geantwortet. *Jeder von uns muss früher oder später eine Entscheidung treffen,* hatte sie geschrieben. *Es freut mich, dass du dich auf Gottes Hilfe bei deiner ‚Weggabelung' verlassen willst. Das hätte ich damals auch tun sollen, als ich geistlich vom richtigen Weg abwich.* Mit dieser Bemerkung spielte sie darauf an, dass sie sich von den Enttäuschungen des Lebens hatte in die Irre führen lassen. Philip hatte diese Stelle so oft gelesen, dass er sie inzwischen auswendig kannte.

Er war dankbar, dass er nicht vor einer solch schmerzlichen Kreuzung stand. Aber er hoffte, wenn es an der Zeit wäre, sich für eine Lebenspartnerin zu entscheiden, dass er dann seine Entscheidung nach Gottes Willen treffen würde.

Eines stand für ihn fest: In den nächsten Wochen müsste er sich bemühen, der Versuchung zu widerstehen, auch nur die leisesten Gedanken an ein schlichtes und einfaches Weihnachten auf dem Lande zu hegen. Und er durfte nicht davon träumen, ein paar kostbare Stunden mit Rachel und ihrer kleinen Tochter in dem malerischen Dorf in Pennsylvania zu verbringen.

Da, wo er an diesem Abend stand, nämlich mitten in New York, waren Rachel Yoder und ihre Amischgemeinschaft Lichtjahre entfernt ...

Schließlich wandte er sich vom Fenster ab. Er versagte sich den Luxus, sich von der Deckenbeleuchtung den Weg zu seinem Schreibtisch zeigen zu lassen. Er schloss die Augen, um ein wenig erahnen zu können, wie es ist, wenn man nicht sehen kann.

Dann tastete er sich weiter und machte mit den Händen seinen Schreibtischstuhl, seinen Schreibtisch und den Computer mit dem Monitor ausfindig. Er hielt die Augen immer noch geschlossen und tastete sich nur mit den Fingerspitzen zum Einschaltknopf und wartete, bis sein Computer startbereit war. Noch bevor er die Augen wieder aufschlug, drehten sich Philips Gedanken schon um seine nächtlichen Nachforschungen zum Thema psychosomatische Störungen mit dem Schwerpunkt hysterische Blindheit.

4

„Was wollen wir denn zu deinem Geburtstag machen?“, fragte Susanna Zook ihre jüngere Schwester Lea, als die zwei Frauen in Leas warmer Küche saßen und Socken stopften.

„Ach, du müsstest mich doch gut genug kennen, um nicht solches Zeug zu reden“, erwiderte Lea. Ihre braunen Augen funkelten ihre Schwester drohend an.

„So, warum denn nicht? Ein Mensch wird nur einmal im Leben sechzig.“

„Er wird auch nur einmal im Leben neunundfünfzig!“ Lea, die ziemlich rundlich gebaut war, stand auf und lachte, während sie daran ging, sich eine weitere Tasse heißen schwarzen Kaffee einzuschenken.

Susanna schüttelte den Kopf. „Ach, komm schon. Das kann doch nicht dein Ernst sein.“

„Mein voller Ernst, Susanna. Tu, was ich sage, und hör mit diesem Geburtstagsunsinn auf.“ Lea stellte zwei dampfende Kaffeetassen auf den Tisch. „Ich finde, ein Mensch sollte mitreden können, wie er feiern will ... oder *nicht* feiern will.“

„Vielleicht sollten wir für ein so eigensinniges Geschöpf wie dich etwas ganz Besonderes veranstalten“, grinste Susanna.

„Hör mir jetzt einmal gut zu: Falls es irgendwo eine Geburtstagsfeier geben sollte oder so etwas Ähnliches, dann weiß ich, wer dahinter steckt!“ Sie drohte Susanna mit dem Finger.

„Himmel, meinetwegen, dann eben nicht, wenn du wirklich nicht feiern willst.“

Leas Gesicht verzog sich zu einem breiten Grinsen. „Genau, jetzt hast du es erfasst: Ich will nicht feiern. Keinen Kuchen, keinen Strudel ... kein gar nichts.“

„Und wie wäre es, wenn wir dir bei unserem Arbeitseinsatz ein Ständchen singen? Was hältst du davon?“ Susanna wusste, dass sie jetzt lieber mit diesem Thema aufhören sollte.

Ohne von ihrer Flickarbeit aufzuschauen, murmelte Lea: „Du gibst nie auf, nicht wahr?“

„Also ... wenn du nicht sagst, dass wir dir *nicht* vorsingen sollen, dann heißt das, dass wir singen können.“ Jetzt hatte sie es gesagt!

Lea schwieg gute fünf Minuten. Also vermutete Susanna, dass es an der Zeit sei, ein anderes Thema anzusprechen. Trotzdem konnte es nicht schaden, den sechzigsten Geburtstag ihrer kleinen Schwester auf Gottes grüner Erde zu ehren. Es wäre ja nicht so wie bei den Mennoniten, die eine große Geburtstagsfeier hielten und lauter solches Zeug. Nein, sie hätten einfach einen geeigneten Anlass, ein gutes Essen vorzubereiten und alle einzuladen.

„Du errätst nie, was Rachel gestern gemurmelt hat“, sagte Susanna so beiläufig wie möglich.

Lea blickte auf, brummte leise und senkte dann den Kopf wieder und konzentrierte sich auf ihre spitze Nadel.

Susanna verstand das Brummen als Aufforderung, über etwas anderes als Geburtstagsfeiern zu sprechen. Also begann sie: „Du kannst dir gar nicht vorstellen, wie überrascht ich war! Rachel sagte in ihrem Zimmer immer und immer wieder: ‚Ich werde sehen ... ich werde sehen!‘ Ich weiß ehrlich nicht, was für einen Reim ich mir darauf machen soll.“

„Ich verstehe nicht, was daran so überraschend sein soll. Immerhin hast du mir in den letzten zwei Jahren immer wieder erzählt, dass sie sich selbst blind gemacht hat, oder?“

„Ja, das habe ich gesagt.“

„Na, dann kann sie sich ja vielleicht auch selbst wieder sehend machen. Wäre das denn nicht möglich?“ Lea meinte es wirklich ernst mit diesen Worten. Ihre dunklen Augen waren aufmerksam auf Susanna gerichtet.

„Wenn du mich fragst: Ich glaube, Rachel ist ganz durcheinander.“ Susanna schwieg daraufhin ganz schnell, denn ihr wurde bewusst, was sie soeben gesagt hatte. Sie wollte nicht zu viel über den Geisteszustand ihrer Tochter verraten, und schon gar nicht, nachdem sich Rachel in letzter Zeit eigenartig benahm ... fast so, als wäre sie verliebt.

„Wie meinst du das, Schwester?", fragte Lea und schaute sie durchdringend an.

Susanna war in die Ecke gedrängt: Sie musste etwas sagen oder es der Phantasie ihrer Schwester überlassen, sich einen Reim aus ihren Andeutungen zu machen, was letztendlich vielleicht noch schlimmer sein könnte. „Ach", fuhr sie schließlich fort. „Du weißt doch, wie das ist, wenn man sich in etwas verrennt, was man nicht haben kann."

Leas Augen leuchteten verstehend. „Sprichst du von Liebe?"

Susanna schluckte schwer. In was für eine Bredouille hatte sie sich nun schon wieder gebracht! „Nun ja, ich bin mir nicht ganz sicher. Aber ... " Sie legte ihr Nähzeug auf ihren Schoß und warf Lea einen ärgerlichen Blick zu. „Rachel ist ein bisschen verwirrt, glaube ich."

„Wegen eines Mannes?"

Susanna zuckte mit den Achseln. „Wer kann das schon sagen?"

„Ich würde sagen, *du* kannst das sagen", entfuhr es Lea. „Und um eines klarzustellen: Du solltest dafür sorgen, dass dieser Mr. Bradley nie wieder hier auftaucht und seine Nase in Sachen steckt, die ihn nichts angehen!"

Susanna war überrascht, dass ihre Schwester anscheinend genau dieselben Vermutungen anstellte wie sie selbst. Und sie hatte eindeutig Recht. Philip Bradley sollte wirklich nicht wieder hier auftauchen und ihre Tochter besuchen. Das Mädchen war in letzter Zeit viel zu verletzlich. Immerhin hatte sie endlich ihre Trauerkleidung abgelegt und trug jetzt wieder die üblichen Amischfarben, Blau und Grün. Selbst das lila Kleid war kürzlich wieder aufgetaucht: an dem Tag, als Lavina kam und Rachel zu sich holte. Nur Rachel allein.

„Du weißt nicht zufällig von einem amischen Witwer hier in Lancaster County, der vielleicht auf der Suche nach einer guten Frau ist ... und nach einer Stieftochter", fragte Susanna.

„Wenn das nicht dem Fass den Boden ausschlägt!"

„Was soll denn das schon wieder heißen?“, fragte Susanna und überlegte, ob sie nicht wieder zu viel gesagt habe.

„Doch, ich glaube, ich wüsste da einen.“ Leas Gesicht war etwas stärker gerötet als sonst. Man hätte fast meinen können, ihre Schwester wäre stundenlang draußen gewesen und hätte Zuckerbohnen oder Tomaten geerntet.

„Also ... welcher Witwer ist das, der ein zweites Mal heiraten will?“ Sie hielt es für das Beste, nicht den Atem anzuhalten und darauf zu achten, dass ihr Gesicht nicht bleich würde. Lea bräuchte nicht zu wissen, wie elend ihr bei dem Gedanken wurde, ihre Tochter und Enkelin durch eine zweite Heirat wieder zu verlieren. Und dann noch wahrscheinlich an einen älteren Mann.

„Er heißt Johannes Lapp. Ein ganz netter amischer Mann, unten in Paradise. Natürlich ist das ein bisschen weit weg von hier ... zu weit, um eine Braut zu umwerben und so. Außerdem gehört er der Alten Ordnung an. Ich weiß also nicht, wie das etwas werden soll. Denn Rachel zieht es ja eher zu den Beachy-Amisch.“

Paradise ...

Susanna atmete erleichtert auf. Ja, dieser Bezirk war wahrscheinlich wirklich zu weit weg für eine Verlobungszeit, in der man sich kennen lernen konnte. Vor allem für Amisch, die sich mit Pferd und Einspänner fortbewegten. Wenn sie nur dieses Thema Lea gegenüber nicht angesprochen hätte! Dann könnte sich dieses Gerücht jetzt nicht in der ganzen Gegend verbreiten. Natürlich konnte sie ihre Schwester schlecht bitten, die Sache für sich zu behalten.

„Am besten überlassen wir es dem Herrn, alles in die richtigen Bahnen zu lenken“, brachte sie mühsam über die Lippen.

„Ja, aber ein bisschen Hilfe durch seine Kinder wird niemandem wehtun, oder?“

Lea hatte sie am Haken.

* * *

Die Sonne verschwand hinter den Wolken, als Susanna in ihren Einspänner stieg, um zu Benjamin nach Hause aufzubrechen. Sie warf einen Blick zum Himmel hinauf und fragte sich, ob die Ankündigung des Wetterberichtes sich als wahr erwiese und der erste Schneesturm dieses Winters bevorstünde. Die starken Stürme waren der Hauptgrund, warum sie der Schnee so störte. Der Wind peitschte ihr den Schnee meist so heftig ins Gesicht, dass sie alle Mühe hatte, vorwärts zu kommen, wenn sie mit Pferd und Einspänner unterwegs war. In letzter Zeit hatte sie sich angewöhnt, häufiger einen mennonitischen Fahrer anzurufen und sich von ihm hierhin oder dorthin fahren zu lassen – hauptsächlich nach Lancaster und manchmal auch hinab nach Gordonville, wo sie dann große Mengen Stoff kaufte, für Benjamins Hosen und Hemden sowie für Kleider für die kleine Annie. Rachel hatte ihre grauen Trauerkleider auch ziemlich abgetragen. Was kein Wunder war, denn sie hatte in den letzten zweieinhalb Jahren Tag für Tag immer wieder dieselben Sachen angezogen.

Ja, es war höchste Zeit, dass Rachel ihre alten Kleider wegwarf oder Putzlappen daraus machte. Susanna hatte sich schon überlegt, ihrer Tochter die Kleider heimlich aus dem Zimmer zu stehlen und dafür zu sorgen, dass sie verschwanden.

Susanna überlegte, ob ihre Tochter vielleicht an einem Punkt angelangt sein könnte, an dem sie auf einen Rat zu ihren immer deutlicher zu Tage tretenden Marotten hören würde. Die Leute redeten in letzter Zeit schon darüber, dass Rachel so viel Zeit mit Lavina verbrachte. Lavina war mit dem Gemeindebann belegt worden, weil sie ihr Taufgelübde gebrochen hatte. Zusammen mit Rachel und Annie besucht sie nun die Beachy-Kirche. Susanna und Ben hatten nie befürwortet, dass Rachel und ihr verstorbener Mann Jakob in die Beachy-Kirche gingen, aber wenigstens hatte Rachel kein Gelübde gebrochen, da sie nie getauft worden war. Trotzdem konnte es für Rachel nicht gut sein, so viel Zeit mit Lavina zu verbringen, auch wenn sie und Lavina entfernte Verwandte waren.

Wenn sie ehrlich war, machte sich Susanna Sorgen, dass einige von Lavinas eigentümlichen Ideen und Verhaltensweisen auf Rachel abfärben könnten. So etwas brauchte das arme Mädchen nun wirklich nicht.

* * *

Rachel räumte das gesamte obere Stockwerk auf, putzte die Badezimmer, schüttelte die Teppichläufer aus und fegte unter jedem Bett. Dann bügelte sie alle Hemden und Hosen ihres Vaters und kochte sogar einen Topf Hühnersuppe, bevor sie den Brotteig in den Backofen schob und nach oben eilte, um einen „Brief" für ihre Kusine Esther Glick in Ohio auf Kassette aufzunehmen.

Vorher vergewisserte sie sich noch, dass Annie unten am Küchentisch beschäftigt war. Das Mädchen fertigte mit seinen Lieblingsstiften kleine Zeichnungen an. Rachel schloss ihre Schlafzimmertür und schaltete den Kassettenrekorder ein.

Hallo Esther!
Herzliche Grüße aus Bird-in-Hand.
Ich kann es kaum erwarten, dir heute zu berichten, was ich erlebt habe. Du hast ja keine Ahnung, wie aufgeregt ich bin! Letzten Donnerstag verbrachte ich einen Teil des Vormittags bei Lavina Troyer, Papas Kusine. Wir kamen ins Gespräch, und sie willigte tatsächlich ein, mit mir die Verlobte unseres Großonkels Gabriel, Adele Herr, zu besuchen. Du erinnerst dich doch gewiss, dass ich dir erzählte, wie dieser Journalist aus New York bei uns wohnte und mich mit zu Adele nahm? Du weißt doch noch, dass sie uns ausführlich erzählte, was Gabriel hier zustieß, als er sich Seth Fischer nicht beugte und sich weigerte, die unheilige „Heilungsgabe" anzunehmen, die Seth Fischer ihm übertragen wollte. Genauso wie ich mich weigere, irgendetwas mit Blue Johnny und seinem schwarzen Zauberkästchen zu tun haben zu wollen!
Ich habe lange und viel darüber nachgedacht, was es mich kosten

könnte, mein Augenlicht wiederzuerlangen. Ich muss dir sagen, Esther: Das ist für mich in letzter Zeit sehr wichtig geworden. Etwas hat sich in mir verändert. Ein neuer Wunsch ist in meinem Herzen aufgekeimt und wird immer stärker: Ich will wirklich wieder sehen. Nicht nur, weil es so schwer ist, in einer sehenden Welt blind zu sein. Das ist es gar nicht mal. Ich möchte sehen, damit ich Annie gut erziehen kann. Und vor allem möchte ich wieder sehen, damit ich eine bessere Zeugin für unseren Herrn bin.

Vielleicht denkst du jetzt, dass ich Gabriel Eshs Platz als Prediger einnehmen will. Wer weiß, vielleicht beruft mich Gott wirklich dazu. Ich bin mir jedoch nicht sicher. Noch nicht. Aber ich vertraue darauf, dass der Herr mir Tag für Tag zeigt, was ich für ihn tun soll.

Ich weiß, dass du und Levi da draußen in Ohio euren Teil dazu beitragt, die Gute Nachricht zu verbreiten. Das Gleiche möchte ich hier auch tun.

Vergiss nicht, wie gern ich diese Predigtkassetten von deinem Pastor höre. Schickst du mir, wenn du kannst, bitte wieder welche?

Einen Moment, ich glaube, ich höre Annie. Sie ruft mich. Ich laufe wohl lieber hinab und schaue, was mit ihr los ist.

Ich spreche später weiter …

Rachel drückte den Aus-Knopf, ließ den Kassettenrekorder auf dem Boden neben ihrer Kommode stehen und eilte aus dem Zimmer und die Treppe hinab zu Annie.

„Ich habe mich schon gefragt, wo du so lange bleibst", jammerte das Kind.

„Es tut mir Leid, Liebes. Ich habe einen Brief für Kusine Esther aufgenommen."

Annie seufzte. „Glaubst du, sie werden jemals zurückkommen und wieder bei uns wohnen?"

„Esther und Levi werden höchstwahrscheinlich in Holmes County bleiben. Aber ich wünschte auch, sie kämen zurück", fügte Rachel schnell hinzu.

„Sie lieben die Landwirtschaft, nicht wahr?“

Rachel nickte. „Das Land zu bearbeiten ist das Schönste, was es gibt.“

Annie schwieg eine Weile. „Werden *wir* jemals wieder Landwirtschaft betreiben, Mama?“

„Nun ... weißt du, wir leben hier bei Opa Ben und Oma Susanna, damit wir ihnen helfen können, ihren Lebensunterhalt zu verdienen ... mit den englischen Gästen.“

„Werden wir für immer bei ihnen wohnen?“

Für immer ...

Darüber hatte Rachel noch nicht nachgedacht. Die meiste Zeit war sie mit ihrer Situation zufrieden, so wie sie war. Sie begnügte sich mit dem Leben, das sie und Annie hier im Gästehaus am Obstgarten führten.

Annie flüsterte: „Vielleicht könnten wir eines Tages auch wieder Landwirtschaft betreiben. Genauso wie Kusine Esther und Levi.“

„Soll das heißen, du hoffst, wir könnten nach Ohio ziehen und bei deinen jungen Kusinen und Vettern, Jakobus und Ada, Maria und Elia, leben?“

„Es wäre doch schön, noch andere Kinder in meinem Alter in der Nähe zu haben, es sei denn ... “ Annie schwieg wieder.

„Es sei denn, was?“

„Also ... ich möchte nicht vorlaut sein, aber ich wünschte mir, eines Tages ein paar Brüder und Schwestern zu haben, so wie mein Vetter Josua sie hat, weißt du?“

Lizzy, Rachels ältere Schwester, und ihr Mann hatten viele Kinder, und es war schon wieder eines unterwegs. „Damit ich dir kleine Geschwister schenken kann, müsste ich einen Ehemann haben. Und du weißt, dass das unmöglich ist“, erwiderte Rachel.

„Weil Papa bei dem Verkehrsunfall getötet wurde?“

„So ist es.“

„Aber bedeutet das, dass du nie einen anderen Mann heiraten kannst?“

Auf Annies kindliche Frage war Rachel nicht vorbereitet. „Also ... ich denke, ich *könnte* schon wieder heiraten, wenn Gott das für richtig hält."

„Warum tust du es dann nicht, Mama? Dann kannst du für mich ein paar Brüder und Schwestern bekommen. Und gleichzeitig ein paar Vettern und Kusinen für Josua."

Rachel musste lächeln. Sie liebte ihr kleines Mädchen sehr. „So einfach, wie du sagst, ist das nicht."

„Wie meinst du das, Mama?"

Sie seufzte und überlegte, wie in aller Welt sie erklären sollte, dass eine Frau nicht einfach beschließen konnte zu heiraten. „Dazu braucht man *zwei* Menschen, einen Mann und eine Frau, die einander sehr lieben."

„Ach so. Dann fehlt doch nur noch einer: der Mann. Habe ich Recht?" Annie kicherte jetzt. „Ich glaube, ich weiß, wo wir den *anderen* finden können."

„Wo denn?", fragte Rachel geistesabwesend.

„In New York City."

Rachels Herz schlug schneller, als Annie Philip Bradleys Heimatstadt erwähnte. „Wie in aller Welt kommst du denn auf diese Idee?"

„Durch Mister Philip", erklärte Annie.

Rachel war sprachlos und verwirrt. „Was ... was meinst du damit?"

„Oh, ich hatte ja ganz vergessen, dass du nicht sehen konntest, was ich gesehen habe, Mama."

Sie war sich nicht im Klaren, was ihre Tochter damit sagen wollte. Und sie fühlte sich plötzlich unwohl. Immerhin saß ihr Vater gleich um die Ecke im Wintergarten. „Wir sollten lieber leiser sprechen", flüsterte sie.

„Es ist niemand in der Nähe", klärte Annie sie bereitwillig auf.

Rachel grinste über das Einfühlungsvermögen ihrer Tochter. Eine weitere Eigenschaft, die in der Familie von Generation zu Generation weitergegeben wurde. Nur dass dies keine fragwürdige Gabe war, wie einige der „Gaben" auf der Seite ihrer Mutter, angefangen mit Gabriels Urgroßvater, dem alten Gabriel Esh, der vor mehreren Generationen ein mächtiger, einflussreicher Wunderheiler in dieser Gemeinde gewesen war. Nein, Gott würde Annie zu seiner Ehre und zu seiner Herrlichkeit gebrauchen. Davon war Rachel fest überzeugt. Sie betete regelmäßig um Segen für ihre Tochter, bis Annie alt genug wäre, selbst ihr Herz und ihr Leben Jesus zu übergeben.

„Ich habe in Mister Philips Augen etwas gesehen, Mama ... so, wie er dich anschaute. Es war etwas wunderbar Schönes darin."

Rachel spürte, wie ihre Wangen zu glühen begannen. „Ich kann mir nicht vorstellen, wie das sein sollte."

„Ich schon, Mama. Er muss in dir gesehen haben, was Papa vor langer Zeit schon sah."

Sie beugte sich vor und nahm ihre Tochter in die Arme. „Du redest ganz dummes Zeug."

„Nein ... nein. Ich habe das nicht erfunden. Ich habe es mit eigenen Augen gesehen!" Rachel setzte sich und nahm Annie auf den Schoß. „Hör mir gut zu, Liebes. Mr. Bradley ist ein *Engländer.* Es ist also vollkommen unmöglich, dass deine Mama ihn heiraten könnte." Sie fühlte sich außer Stande, noch mehr über Liebe und eine glückliche Familie zu sprechen, von der ihr kleines Mädchen anscheinend träumte. „Ich glaube, wir haben jetzt genug über solche Sachen geredet. Machen wir uns jetzt lieber etwas zu essen. Was hältst du davon?"

Aber Annie ließ sich nicht so schnell von diesem Thema abbringen. Sie drückte sich an Rachel und begann, in das Mieder ihrer Schürze zu schluchzen.

„Was ist denn, mein Kleines?" Sie küsste ihre Tochter auf die Stirn und hielt sie fest.

„Ich vermisse ihn so sehr, Mama. Mister Philip ... "

Natürlich konnte Rachel Annie gegenüber nicht zugeben, dass sie ihre Gefühle sehr gut nachempfinden konnte. Sie konnte ihrem geliebten Mädchen nicht sagen, dass sie in Bezug auf Philip Bradley aus New York City aus welchem Grund auch immer ähnliche Gefühle hatte.

5

Der Wetterbericht hatte mit dem Schneesturm den Nagel auf den Kopf getroffen. Susanna war von Herzen froh, dass der Stepptag bei Lea erst am nächsten Morgen anstand, denn der Himmel war bleiern und mit den grauesten Wolken verhangen, die sie je gesehen hatte. Und der Schnee erst! Er fiel in dicken, schweren Flocken!

Also würden sie und Rachel heute dafür sorgen, dass die Küche warm und gemütlich wäre und jede Menge Strudel und Plätzchen gebacken würden. Rachel hatte gefragt, ob sie einer Freundin einen Strudel mitbringen könne. Aber sie hatte nicht verraten, wer diese Freundin war und wohin sie ihn mitnehmen wollte. Überhaupt war ihre Tochter schon den ganzen Morgen auffallend ruhig, fand Susanna. Aber sie beschloss, nicht in sie zu drängen und nicht nach dem Grund für ihr Schweigen zu fragen. Nein, sie würde abwarten, bis der richtige Zeitpunkt käme.

Annie unterhielt sich mit Opa Ben in dem heute überhaupt nicht sonnigen Wintergarten, in dem die Pensionsgäste für gewöhnlich morgens ihr Frühstück einnahmen. Jetzt, mitten im Dezember, waren die Zooks ohne Übernachtungsgäste. Susanna genoss die Pause in ihrem sonst so hektischen Tagesablauf und in ihrer Aufgabe als Pensionswirtin, hinter den Gästen aufzuräumen und dafür zu sorgen, dass jedes Zimmer im Haus bezugsbereit war. Es war wirklich undenkbar, dass irgendjemand, besonders jemand von auswärts, versuchen würde, die Gibbons Road herauf und dann weiter die Olde Mill Road entlangzufahren, um zu ihrem abgeschiedenen Gästehaus am Mühlbach zu gelangen.

Annie kam in diesem Augenblick in die Küche. „Opa Ben sagt, er hat furchtbaren Durst“, verkündete sie.

„Dann bringen wir ihm am besten etwas schönes Kaltes zu trinken.“ Susanna trat an die Spüle und ließ das Wasser ein bisschen laufen, ehe sie ein Glas unter den Hahn hielt.

„Er hat auch großen Hunger", erklärte Annie, wobei ihre blauen Augen verschmitzt funkelten.

„Dann würde ich nur gern wissen, worauf er Hunger hat", lächelte Rachel. „Geh doch bitte und frage ihn."

Das Kind drehte sich um und hüpfte aus der Küche.

„Er spielt mit ihr", flüsterte Susanna Rachel zu. „Gleich wird sie wiederkommen und ein Stück Strudel verlangen. Warte nur ab."

Eine fröhliche Miene huschte über Rachels Gesicht. Susanna ertappte sich dabei, dass sie ihre erwachsene Tochter erstaunt anstarrte. Sie strahlte wirklich über das ganze Gesicht! Susanna konnte sich nicht erinnern, Rachel schon jemals so fröhlich erlebt zu haben. Doch, jetzt erinnerte sie sich. Sie *hatte* Rachel schon einmal so strahlend gesehen. Damals, als Rachel sechzehn war und sich zum ersten Mal mit Jakob Yoder verabredet hatte. Ja, damals hatte sie so gestrahlt ...

Annie kehrte bald zurück und sagte ihnen genau das, was Susanna vorhergesehen hatte. „Opa Ben möchte das erste Stück Apfelstrudel, wenn Oma Susanna nichts dagegen hat, sagt er."

Die zwei Frauen brachen in ein schallendes Gelächter aus.

„Was ist denn so lustig?", fragte Annie mit großen Augen.

„Ach, Liebes, wir machen uns nicht über dich lustig." Susanna winkte mit der Hand ab, lachte aber immer noch so sehr, dass ihr die Tränen in die Augen stiegen. „Ich würde sagen, es ist höchste Zeit für das Mittagessen."

Annie schaute ihre Großmutter vollkommen perplex an. Dann drehte sie sich um und ging zu ihrem Großvater, um ihm die Antwort seiner Frau zu überbringen.

Rachel bückte sich, um Copper zu streicheln. Während sie das tat, hörte Susanna sie flüstern, draußen schneie es so sehr, dass das Hündchen den ganzen Tag im Haus bleiben müsse. „Genauso wie wir."

„Draußen ist es furchtbar kalt", bemerkte Susanna und hoffte, ihre Tochter in ein Gespräch verwickeln zu können.

„Ja, und nach allem, was Lavina sagt, müssen wir wahrscheinlich einen Schlitten an das Pferd spannen, damit wir morgen zu Tante Lea fahren können."

Susanna spähte aus dem Fenster. „Also, wenn es weiterhin so schneit, haben wir dieses Jahr ein weißes Weihnachten."

„Das wäre doch schön, nicht wahr?"

Susanna nickte, hielt aber schnell inne, da ihr bewusst wurde, dass ihre Tochter ihre Bewegung ja nicht sehen konnte. „Es ist wunderbar zu sehen, dass du wieder etwas Farbiges trägst", bemerkte sie leise. „Grün steht dir wirklich gut."

Über Rachels Gesicht zog ein Lächeln. „Danke ... es ist lieb von dir, dass du das sagst."

Erst jetzt überlegte Susanna, ob die Farbe des Kleides der Grund für Rachels Strahlen war. Hatte sie sich so sehr an das farblose Grau und Schwarz gewöhnt, dass sie ganz vergessen hatte, welche rosigen Wangen Rachel in Blau- und Grüntönen haben konnte?

„Ich vermute, morgen bei dem Stepptag wirst du der Mittelpunkt der Gespräche sein", erklärte sie. „Die Frauen haben seit langem nichts anderes als Trauerkleider an dir gesehen."

Rachel sprach kein Wort. Sie saß am Tisch und streichelte immer noch Coppers Rücken.

„Das ist eine so angenehme Veränderung." Sie schwieg einen Augenblick, konnte aber doch nicht an sich halten und drängte weiter. „Bedeutet das, dass du deine Trauer allmählich überwunden hast?"

Rachel blinzelte scheu und antwortete: „Ich bezweifle, dass jemand, der einen geliebten Ehemann und ein Kind verloren hat, je seine Trauer ganz überwinden kann, Mama. Ich kann mir einfach nicht vorstellen, wie das gehen soll."

Rachels Farbwahl bedeutete also nicht das, was Susanna gedacht ... nein, was sie gehofft hatte.

„Ich bin es einfach leid, dass mich die Leute ständig so unverhohlen anstarren", platzte Rachel heraus. „Ich kann ihre Blicke richtig *fühlen.*"

Dieses Geständnis überraschte Susanna. Aber als sie genauer darüber nachdachte, musste sie zugeben, dass sie selbst schon oft genug Zeuge gewesen war, wenn die Frauen Jakob Yoders Witwe mit mitleidvollen Augen angestarrt hatten.

„Lavina ist eine der wenigen Frauen, die das nicht tun", bemerkte Rachel. „Sie ist vielleicht nicht besonders gut in der Schule gewesen, aber in anderen Bereichen ist sie weiser als wir alle."

Es störte Susanna, dieses Lob über die geistig minderbemittelte Kusine ihres Mannes zu hören. Wie weise Lavina war, nun, das war nach all diesen Jahren ja wohl nicht zu übersehen. „Dann sollte sie so klug sein, und den Bischof nicht zwingen, den vorläufigen Gemeindebann über sie zu verhängen. Sie sollte einfach nicht die Beachy-Gemeinde besuchen und das alles."

Rachel atmete hörbar aus. „Lavina will dem Herrn genauso nachfolgen wie wir alle. Vielleicht sogar noch mehr als wir."

„Was soll denn *das* jetzt schon wieder heißen?" Susannas Geduldsfaden wurde immer dünner.

„Sie sucht in der Bibel nach der Wahrheit ... genauso wie Esther und Levi und ich. Lavina hat genauso viel Hunger nach dem Evangelium wie Papa nach dem ersten Stück deines Apfelstrudels."

Susanna wusste wirklich nicht, was sie dazu sagen sollte. Also schwieg sie lieber und wartete mit geübtem Ohr, bis die Zeituhr am Backofen piepste und diesem leidigen Gespräch ein Ende setzte.

* * *

Rachel war froh, dass sie eine Gelegenheit bekam, am Spätnachmittag vor den Vorbereitungen des Abendessens ihre Kassette an Esther fertig zu besprechen. Sie holte ihren Kassettenrekorder hervor und begann an der Stelle, an der sie aufgehört hatte.

Hier bin ich wieder, Esther. Ich musste aufhören und Mama in der Küche beim Backen helfen. Vorher waren Annie und ich in ein langes Gespräch vertieft, aber jetzt erzähle ich da weiter, wo ich aufgehört habe.

Was ich sagen wollte, war: Weißt du oder Levi irgendetwas Genaueres darüber, wie Gabriel Esh damals starb? Der Grund für meine Frage ist etwas, das Lavina neulich sagte. Ihre Worte wirkten auf mich ziemlich beunruhigend. Sie sprach von Seth Fischer und Gabriels Tod. Ich weiß nicht, ob ich das auf einer Kassette sagen sollte, aber ein paar Leute hier in der Gegend hatten anscheinend gewisse Vermutungen über den Grund für den Tod unseres Großonkels. Falls du zufällig etwas darüber weißt, dann sage es mir bitte, ja? Ich überlasse es dir, ob du deine Antwort auf eine Kassette sprechen willst oder nicht ... Du könntest es mir auch sagen, wenn du uns irgendwann wieder einmal besuchst. Da kommt mir gerade eine Idee: Es wäre doch schön, wenn du und Levi und die Kinder zu Weihnachten nach Lancaster County kommen könntet. Denkt doch bitte über diese Idee nach. Was haltet ihr davon?

Der Herr segne dich und beschütze dich und deine Kinder. Ich vermisse dich, Esther. Wirklich! Am besten höre ich jetzt auf.

Deine Kusine aus Pennsylvania

Rachel

* * *

Lea Stoltzfus war es ein *großes* Vergnügen, ihren jüngsten Töchtern, Molly und Sadie Mae, zu erzählen, dass ihre verwitwete Kusine Rachel Yoder ihre Trauer überwunden habe.

„Was soll das denn heißen?“, fragte Sadie Mae und schaute ihre Mutter mit ihren braunen Augen verwundert an. „Sie wird doch bestimmt nicht anfangen, sonntags beim Singen aufzutauchen. Für so etwas ist sie viel zu alt!“

„Nein, das natürlich nicht, aber es heißt, dass du und deine Schwester die Nachricht verbreiten könnt, dass sie nicht mehr in Trauer ist“, sagte Lea schnell und genoss die Aufregung, die ihre Nachricht auslöste.

„Jetzt gibt es also *noch eine* Frau, die einen Mann sucht?“ Mollys

Kinnlade fiel nach unten. „Ich würde sagen, wir behalten diese Neuigkeit lieber für uns."

Sadie Mae zog ihren Stuhl näher an den Holzofen. Sie sah besorgt aus. „Es sind ohnehin nicht genug Männer für uns Mädchen im heiratsfähigen Alter da. Du weißt, dass ich die Wahrheit sage, Mama."

Sadie hatte natürlich Recht, aber das konnte Leas Eifer nicht bremsen. „Ich habe von einem Witwer aus Paradise gehört, der unbedingt wieder heiraten will."

„Wie alt ist er?", fragte Molly.

„Ist er Bauer?", fragte Sadie Mae. „Fast alle jungen Frauen wollen einen Bauern heiraten."

„Einen Bauern, der viel Land besitzt", fügte Molly hinzu.

Die Mädchen brachen in ein lautes Kichern aus.

„Sehr alt ist er noch nicht. Und auch kein Bauer." Lea seufzte und überlegte, ob sie weitersprechen sollte. Immerhin war der dreißigjährige Schmied Johannes Lapp ein entfernter Vetter von Gabriel Esh, ihrem eigenen Onkel. Die Verwandtschaft war so weit entfernt, dass sie Johannes Lapp sogar für eine ihrer Töchter als möglichen Ehemann in Betracht ziehen könnte. Allerdings war er dafür bekannt, dass er gelegentlich Wutausbrüche bekam und immer wollte, dass alles genau nach seinen Vorstellungen lief. Lea wünschte sich für keine ihrer Töchter einen solchen Mann. Außerdem war er für ihre Mädchen wahrscheinlich sowieso zu alt.

Aber bei Rachel Yoder lag die Sache anders. Lea überlegte, ob nicht jemand wie der Schmied Lapp wirklich eine gute Wahl für ihre verwitwete Nichte wäre. Rachel wirkte manchmal so unausgeglichen und bräuchte vielleicht eine feste Hand. Sie *selbst* würde allerdings natürlich nie mit einem Mann wie Johannes Lapp in einen Einspänner steigen.

„Hier gibt es einfach nicht so viele Witwer, Mama", ergriff Molly wieder das Wort. „Rachel ist inzwischen sechsundzwanzig, oder?"

„Fast siebenundzwanzig. Im Februar hat sie Geburtstag."

„Vielleicht ist sie zu alt, um überhaupt noch einmal zu heiraten", warf Sadie Mae ein. „Schaut euch doch Lavina an. Ihr scheint es nichts auszumachen, dass sie eine alte Jungfer ist."

„Einigen macht es mehr aus, anderen weniger", sagte sie und warf einen vorsichtigen Blick auf die Gesichter ihrer Töchter.

„Die älteren Männer schauen sich schon nach einer neuen Frau um, wenn ihre Frau im Sterben liegt", erklärte Sadie Mae. „Aber ich glaube, Rachel hat vielleicht gar nicht so viel Interesse daran, wieder zu heiraten. Immerhin ist sie blind."

Molly nickte zustimmend. „Aber Rachel kann fast alles, was wir auch können."

„Und dabei haben wir immer gedacht, sie sei nicht ganz richtig im Kopf", bemerkte Sadie.

„Ich glaube, eine Frau, die so sehr um ihren ersten Mann getrauert hat, kann einfach keinen anderen Mann lieben." Diese Bemerkung kam von Molly.

„Ja. Aber denk doch einmal an die arme kleine Annie", erwiderte Sadie. „Kannst du dir vorstellen, durch das Leben zu gehen, ohne *einen* Bruder oder *eine* Schwester zu haben?"

Molly verzog das Gesicht. „Das einzige Kind in der Familie zu sein? Ja, ich wüsste wirklich gern, wie das wäre."

Die Mädchen warfen einander abfällige Blicke zu. Lea war verärgert über die beiden. „Also, Mädchen, jetzt hört endlich auf mit eurem Gejammer. Bei allem, was recht ist!"

Sadie Mae stand auf und lief aus der Küche in die Abstellkammer. Molly hingegen eilte die Treppe hinauf. Ihre Füße trampelten viel zu laut auf den Stufen.

„So, jetzt ist die Katze aus dem Sack", murmelte Lea mit einem leichten Grinsen und konzentrierte sich wieder darauf, ein Kreuzstichmuster auf einem Kopfkissen zu sticken. „Es wird nicht lange dauern, bis eine Nachricht aus Paradise kommt."

6

Eine so herrliche Schneelandschaft hatte Annie in ihren ganzen sechs Jahren noch nicht gesehen. Sie saß auf Mamas Schoß in dem Pferdeschlitten und machte es sich zur Aufgabe, ihrer Mutter jede Einzelheit ausführlich zu beschreiben. „Alles ist weiß. Es sieht aus, als läge auf allem ein dicker Zuckerguss!"

„Sind die Bäume auch weiß bedeckt?", fragte Rachel. Beide waren in dicke Wolldecken eingepackt.

„Die Zweige sehen aus wie Eis am Stiel, aber ohne Schokoladenüberzug. Jeder Zweig ist rundherum mit Eis bedeckt. Ehrlich."

„Und die Felder? Erzähle mir, wie die Felder und Wiesen aussehen."

„Ach, wenn ich nur schwarzes Papier hätte, auf das ich jetzt zeichnen könnte. Ich würde den Schnee mit einer weißen Kreide malen. Dann könntest du, wenn du eines Tages wieder sehen kannst, dich an diesen Tag erinnern."

Oma Susanna schnaubte verärgert, aber Annie sprach unbeirrt weiter. „Meine Zeichnung würde genauso aussehen wie das Feld und der Hof da drüben."

„Von Rebekka Zooks Herbstastern ist nicht mehr viel übrig", bemerkte Susanna mit einem geistesabwesenden Seufzen.

„Wie würdest *du* den Schnee heute beschreiben, Oma?", fragte Annie.

„Ach, Schnee ist Schnee", erwiderte ihre Großmutter und fuhr mit der Hand durch die Luft. „Aber ich *würde* sagen, es war der schlimmste Schneesturm, den wir seit mehr als einem Dutzend Jahren hatten."

„Ein Dutzend Jahre?", fragte Annie. „Wie lange ist das?"

„Zwölf Jahre", antwortete ihre Mutter.

„Das ist eine wirklich lange Zeit", sagte Annie und musste in diesem Augenblick wieder an Mister Philip denken. Der nette

Mann aus New York hatte gesagt, dass er vielleicht einmal wiederkommen und sie besuchen würde.

Annie kam *das* wie ein Dutzend Jahre vor.

* * *

Rachel gefiel der Tonfall ihrer Mutter nicht. Er klang, als wäre Susanna immer noch über irgendetwas verärgert.

„Wozu willst du denn den Schnee zeichnen? Damit deine Mama das Bild anschauen kann, *falls* sie jemals wieder sehen kann?", fragte Susanna wie aus heiterem Himmel.

Sie ist immer noch verärgert über mich, dachte Rachel. Und sie war sich auch ziemlich sicher, warum. Susanna hatte vor mehreren Wochen Blue Johnny, den Wunderheiler der Gemeinde, ohne Rachels Erlaubnis heimlich in ihr Schlafzimmer gebracht. Sie hatte ihn aufgefordert, über Rachel seine Zaubersprüche zu sprechen. Wahrscheinlich hatte er auch sein schwarzes Kästchen benutzt, das Kästchen, das angeblich sagen konnte, was bei einem Menschen nicht stimmte, und es heilen konnte.

Anfangs hatte Rachel nicht gewusst, ob sie das alles nur geträumt oder wirklich erlebt hatte. Aber dann war sie zu ihrem Vater gegangen und hatte ihn gefragt, und er hatte es ihr bestätigt. Blue Johnny hatte ihr in jener Nacht tatsächlich kurz das Augenlicht wiedergebracht. Rachel hatte das alles also nicht geträumt. Und jetzt war ihre Mutter immer noch wütend wegen Rachels ablehnender Haltung Blue Johnny gegenüber. Aber noch wütender war sie, weil Papa Rachel alles verraten hatte.

Rachel war froh über ihre kühne Entscheidung, *diese* Heilung abzulehnen. Dieses dunkle und verworrene Erlebnis hatte sie veranlasst, ihre Heilung im Licht der Bibel zu betrachten. Mit Esthers Hilfe konnte sie das auch. Sie fing an, sich auf Gottes Verheißungen zu stellen und rechnete jeden Tag damit, dass Gott ihre Augen heilen würde und sie wieder sehen könnte. Wann das sein würde, lag ganz bei Gott.

„Ich werde ein Bild von den verschneiten Feldern für Mama

malen, sobald wir zu Großtante Lea kommen", riss Annie Rachel aus ihren Gedanken.

„Das ist sehr lieb", flüsterte Rachel ihrem kleinen Mädchen zu. „Jetzt reden wir aber lieber nicht mehr davon."

Susanna ließ die Zügel schnalzen, um die Stute zu einer schnelleren Gangart anzutreiben. Rachel hielt es für töricht, das bei diesem Wetter von dem Tier zu verlangen. Die Straße war gewiss schneebedeckt, und für das Pferd war es ohnehin sehr schwer, vorwärts zu kommen. Nur gut, dass sie keinen weiten Weg vor sich hatten.

* * *

Das Stimmengewirr bei dem Stepptag drehte sich vor allem um Rachel und darum, dass sie ihre Trauerkleider abgelegt hatte. „Sie sieht herrlich gesund aus", sagte eine Kusine ihrer Mutter.

„Ja, und sie muss auch an ihre Kleine denken", bemerkte eine andere. „Wir wissen jetzt also, was dieses Kleid bedeutet."

Rachel war betroffen, dass die Frauen so offen über ihre Situation sprachen. Später stellte sie fest, dass ihre Mutter ebenfalls aufgebracht war. Jedoch war Susanna eher verärgert, was ihren seit Wochen anhaltenden Missmut nur noch verstärkte.

Während der ganzen Zeit schnitten, nähten und stickten die Frauen. Sie wollten eine große Quiltdecke nähen, das Dahlienmuster. Sie saßen zu zwölft um den Rahmen. Rachel beschäftigte sich mit den Kindern in der Küche und trug damit ihren Teil zu dem Gemeinschaftswerk bei.

„Mama wird *nicht* wieder heiraten", hörte sie Annie einem der anderen Kinder zuflüstern.

„Woher willst du das wissen?", kam die vorwitzige Gegenfrage.

„Ich weiß es eben."

Rachel hielt den Atem an und überlegte, was sie sagen oder tun könnte, um die Kinder von diesem Thema abzulenken. Aber gerade, als sie eingreifen und die Mädchen auf etwas anderes zu sprechen bringen wollte, kam Lavina in die Küche.

„Alles bereit ... für unseren Ausflug morgen?“, fragte die ältere Frau.

Rachel nickte in die Richtung, aus der Lavinas Stimme kam. „Was meinst du? Fahren wir bei diesem vielen Schnee?“

„Wenn du lieber nicht fahren möchtest ... “

„Warten wir ab, wie morgen das Wetter ist. Ich habe gestern Nachmittag in dem Pflegeheim angerufen. Die Schwester sagte, Adele könne es kaum erwarten, dich zu sehen.“

„Und dich auch ... ganz bestimmt.“

Rachel lächelte und wünschte, sie könnte den Blick in den Augen der alten Frau sehen. „Du freust dich genauso auf sie wie ich, glaube ich.“ Sie beugte sich vor und sprach leiser weiter: „Ich habe Esther gefragt, ob sie etwas über die Sache wisse, von der du neulich sprachst.“

Lavina schwieg.

„Über die Probleme zwischen Seth Fischer und Gabriel.“ Sie fühlte sich nicht wohl dabei, die Namen zu nennen, während die Kinder um sie herum spielten.

„Sei lieber vorsichtig ... mit wem du sprichst“, warnte Lavina und war verschwunden.

Ihre Worte hallten lange in Rachels Ohren wider. Erst als die Stepperinnen in der Mitte des Vormittags eine Pause einlegten, wurde sie aus ihren Gedanken gerissen.

Das unablässige Gerede über verschiedene amische Witwer in Lancaster und Umgebung machte Rachel nervös. Nein, nicht nur nervös: Sie war richtig aufgebracht. Sie hatte kein Interesse daran, wieder zu heiraten. Und schon gar nicht einen älteren Mann irgendwo in einem anderen Gemeindebezirk.

* * *

Als nach dem Essen großzügige Portionen eines hellen Sahnekuchens und eines Schokoladenmokkastrudels serviert wurden, fiel Lavina die entschlossene Miene in Susanna Zooks rundem Gesicht auf. Mitten in der Küche begann Susanna, ein Geburtstagsständchen für Lea anzustimmen, und forderte alle auf mitzusingen.

Die überrumpelte Lea verschränkte die Arme vor ihrer üppigen Brust und versuchte, höflich zu bleiben. Sie schaute nicht unbedingt finster drein, so wie sie es bei manch anderen Gelegenheiten in der Vergangenheit schon getan hatte. Ihre Gesichtsfarbe nahm eher eine verlegene Röte an. Lea vermied es, ihrer älteren Schwester in die Augen zu schauen. Aber es war unübersehbar, dass das Geburtstagskind pikiert war. Auch wenn es das nicht allzu offen zeigte, um den anderen die Freude nicht zu verderben.

Schweigend beobachtete Lavina, wie sich diese Szene vor ihr abspielte. Sie rutschte hinter den langen Küchentisch und machte Rachel ausfindig. Hinter dem Sitzplatz der jungen Frau auf der Bank blieb sie schweigend stehen und lauschte dem Geplauder, mischte sich aber nicht in das Gespräch ein. Sie war in den Reihen der Alten Ordnung eine mit dem Bann belegte Frau. Bald wäre die sechswöchige vorläufige Bannzeit abgelaufen, und sie müsste sich entscheiden, ob sie vor dem betagten Ältesten Seth Fischer, den Predigern und den Gemeindemitgliedern niederknien und ihre Schuld bekennen würde oder nicht.

Als sie sich jetzt alles so durch den Kopf gehen ließ, wurde ihr bewusst, dass sie ihr „falsches Handeln“ nicht bereute. Die einzige Übertretung, die sie sich hatte zu Schulden kommen lassen, war, dass sie mit Rachel und Annie die Beachy-Amisch-Gemeinde besuchte. Sie sah nicht ein, warum sie auf die Atmosphäre, die von Gebet geprägt und durchdrungen war, und auf die wöchentlichen Sonntagspredigten, die sie zutiefst ansprachen, verzichten sollte. Außerdem lernte sie viel Neues über Gottes Gnade, Liebe und Erlösung.

Wenn sie nicht Buße täte und vor den Ältesten niederkniete, müsste sie sich damit abfinden, dass sie mit dem Gemeindebann belegt würde. Wobei sie vermutete, dass die Amisch sie nicht so streng behandeln würden, wie der benachbarte Gemeindebezirk es vor einiger Zeit mit einer jungen Frau getan hatte. Die Gemeindemitglieder hier wären großzügiger und würden berücksichtigen, dass sie nicht übermäßig intelligent war. Trotzdem müsste sie mit der Schande leben, dass sie die einzige Person in ihrer gesamten Familie war, die mit dem Bann belegt worden war.

Die Gemeinschaft mit Rachel hatte in den letzten Wochen diesen Schmerz etwas gelindert. Rachel Yoder war ihr so lieb wie kaum jemand in der Gemeinde, abgesehen von ein paar älteren Verwandten und vielen, vielen Nichten und Neffen. Es war eigentlich auch keine große Überraschung, dass Rachel so nett war. Lavina hätte das wissen können, denn sie hatte im Laufe der Jahre schon mit manch einer Frau aus dem Hause Yoder und Zook Seite an Seite Bohnen geschält, Apfelsaft eingekocht und Getreide geerntet. Ja, sie hatte mit angesehen, wie Rachel von einem kleinen Mädchen mit einer sauberen, weißen, gestärkten Schürze und einer winzigen Kopfbedeckung zu einer strahlenden jungen Braut herangewachsen war, deren hellbraune Augen schon beim flüchtigsten Blick von Jakob Yoder leuchteten. Sie hatte nur nie eine Gelegenheit gehabt, Rachel so gut kennen zu lernen, da der Altersunterschied zwischen beiden so groß war.

Jetzt, da Gabriels Geschichte sozusagen ans Licht gekommen war, konnte Lavina offen mit Rachel darüber sprechen. Morgen würden sie gemeinsam Adele Herr besuchen. Ihre erste Begegnung mit ihrer alten Freundin seit ungefähr vierzig Jahren.

Der Gedanke, nach so langer Zeit die Frau wieder zu sehen, die Gabriel geliebt hatte, versetzte ihr ein seltsames Gefühl in der Magengegend. Aber sie wollte Rachel nicht enttäuschen und sie auf jeden Fall nach Reading begleiten. Der Besuch würde sicher traurige Gefühle wecken, aber viel wichtiger war: Sie wusste, es wäre eine Gelegenheit, den Schmerz einer anderen Frau, die viel gelitten hatte, zu teilen.

Sie beugte sich vor und fragte Rachel: „Magst du noch ein Stück Strudel?“

Rachel nickte. „Aber warum versteckst du dich denn hinter der Bank?“

„Ich dachte, das sei kein schlechter Platz ... um aus dem Weg zu sein, weißt du."

„Wegen des Gemeindebannes?", fragte Rachel leise.

„Ja, wegen des Bannes."

„Ich wünschte, so etwas gäbe es nicht", murmelte Rachel. Sie schwieg einen Augenblick. Sie sah aus, als denke sie angestrengt über etwas nach. Dann fügte sie hinzu: „Wenn ich es mir recht überlege, hätte ich dieses Mal gern auch etwas Vanilleeis zu meinem Strudel. Aber nur, wenn es dir keine zu großen Umstände macht."

Lavina nahm die Dessertschüssel der jüngeren Frau. „Das macht mir überhaupt nichts aus." Sie ging los, um Rachel diesen Gefallen zu tun. Sie hätte Benjamins und Susannas verwitweter Tochter wirklich gern noch mehr geholfen. Sie würde fast alles tun, um Rachel zu helfen, ihr Augenlicht wiederzuerlangen. Aber bis so etwas auch nur in den Bereich des Möglichen rücken würde, könnte sie wahrscheinlich nichts anderes tun, als der jungen Frau eine gute Freundin sein. Mit ihr nach Reading zu fahren und Adele zu besuchen, war bestimmt ein guter Anfang.

Lavina wusste, warum sie innerlich so mit sich gerungen hatte, als Rachel das erste Mal vorschlug, Adele zu besuchen. Es gab eigentlich nur einen einzigen Grund dafür. Sie hatte Adele Herr im Laufe der Jahre einige Karten und Briefe geschrieben. Es beschämte sie, dass sie keine gute Briefeschreiberin war, aber sie hätte die Frau von Herzen gern persönlich besucht. Immerhin hatte sie damals vorgeschlagen, dass sie sich regelmäßig besuchen würden. Damals kurz nachdem sie und Adele Gabriel auf dem Friedhof, nur wenige Häuserblöcke vom Haus der Herrs entfernt, begraben hatten. Die Amisch bevorzugten persönliche Besuche, und diese Form des Kontakts war Lavina gewohnt. Aber Adele hatte in einem Brief geschrieben, dass ihr nicht wohl dabei wäre, nach Lancaster County zurückzukehren. Dafür hatte sie mehrere gute Gründe.

Noch etwas anderes beschäftigte Lavina, während sie beim Schokoladenmokkastrudel wartete, bis sie an die Reihe käme.

Adele Herr war die Frau, die Gabriel, *ihr* Gabriel, geliebt hatte, die Frau, der er einen Heiratsantrag gemacht hatte und die er hatte heiraten wollen. Und nicht seine erste Freundin und Vertraute. Nicht das große und schlaksige amische Mädchen, das eine Klasse über ihm war. Aber trotz allem wusste Lavina, dass er sie auch geliebt hatte. Auf seine ihm eigene, wunderbar gute Art hatte er sie auch geliebt.

Als kleiner Junge hatte er ihr seine stille Zuneigung gezeigt, als sie noch miteinander in die Schule gingen. Vor sechzig Jahren. Sie hatte die Karten, die er für sie gemacht hatte, aufgehoben. Sie bewahrte sie in einer wertvollen, groben Holzkiste auf, die Gabriel Esh selbst angefertigt hatte. Als sie eines Winters an Grippe erkrankt gewesen war, und zu anderen Gelegenheiten, als sie an Windpocken und Keuchhusten litt, hatte sie sich sehr über seine kleinen Karten gefreut. Manchmal hatte er einen Reim geschrieben, andere Male hatte er sie einfach mit seiner kindlichen Handschrift unterschrieben und darüber Weizenfelder im Sommer, über die Ufer tretende Bäche im Frühling oder bunte Wälder im Herbst gezeichnet.

Gabriel war ihre einzige Hoffnung auf Liebe gewesen, und genau zu der Zeit, als sie dachte, er könnte sie tatsächlich zu einer Fahrt in seinem offenen Einspänner einladen, war das englische Mädchen aus Reading aufgetaucht und hatte die Stelle als Aushilfslehrerin in dem nahe gelegenen Schulhaus, in dem alle Kinder in einem Raum unterrichtet wurden, angetreten. Gabriel hatte plötzlich nur noch Augen für Adele gehabt. Das fand Lavina ungerecht.

In den ersten Tagen hatte Lavina versucht, um Gabriels willen „normal“ zu wirken. Was das genau war, wusste sie nicht. Sie konnte die Leute, die eine durchschnittliche oder höhere Intelligenz besaßen, beobachten und nachahmen. Sie erinnerte sich daran, dass sie daran gearbeitet hatte, ihre Aussprache zu verbessern. Sie hatte in den Teich gleich südlich von der Scheune ihres Vaters geschaut. An diesem Tag hatte nicht der leiseste Wind in den Weiden um den Teich geweht. Aus dem glänzenden Wasser hatten sie graublaue Augen angestarrt. Das schmale Gesicht war von einer weißen Haube auf weizenblonden Haaren umrahmt gewesen.

Sie hatte ihr Aussehen im Teich genau betrachtet, da ihre Mutter nichts davon hielt, dass man sich lange im Spiegel bewunderte. Während sie am Teich saß, hatte sie sich eine Frage nach der anderen gestellt und so getan, als wäre sie eine ihrer Klassenkameradinnen. Dann hatte sie versucht, sich die entsprechenden Antworten auszudenken. Nach dieser Erfahrung glaubte sie, ihre Übungen hätten sich bezahlt gemacht. Wenigstens in jenem Sommer. Denn Gabriel hatte sie gefragt, ob sie mit ihm fischen gehen wolle, und ob sie ihm helfen würde, Würmer als Köder zu suchen.

Sie hatte sich an jenem sonnigen Sommertag zwingen müssen, schnell eine Antwort über die Lippen zu bringen. „Ja, ich komme mit“, hatte sie gesagt, aus Angst, er könnte im nächsten Augenblick seine Meinung wieder ändern. „Wetten, dass ich die Würmer schneller ausgraben kann als du!“

Er hatte ihre Bemerkung als Herausforderung verstanden, wie es fast jeder Junge getan hätte. Und so hatten sie einen ganzen Nachmittag damit verbracht, nach Fischködern zu graben. Ihre Hände hatten knöcheltief im Schlamm gesteckt und einen glitschigen Wurm nach dem anderen herausgezogen. Natürlich hatte sich der ganze Schmutz gelohnt, denn immerhin hatte sie den Tag mit dem schönsten amischen Jungen auf Gottes weiter Erde verbracht!

* * *

Mit einem Stück Schokoladenstrudel und Vanilleeis auf dem Teller kehrte sie zu Rachel zurück. Lavina stellte die Nachspeise vor ihr ab. Wie dankbar konnte sie doch sein, dass sie dabei war, eine Frau besser kennen zu lernen, die Gabriel nicht nur in ihrem Aussehen ähnelte, sondern auch in ihrem Temperament und in ihrem Verhalten. Es war fast zu schön, um wahr zu sein. Und bei den Gerüchten, dass Blue Johnny seine Zauberdoktorei und sein böses „schwarzes Kästchen“ auf jemand Jüngeren übertragen wolle, dachte sie ernsthaft über Familienbindungen, Sünden der Vorväter und ähnliches nach. Über die Dinge, von denen Rachels Kusine Esther auf der Kassette an Rachel gesprochen hatte. Einige der Dinge, die Rachel Yoder inzwischen auch glaubte.

Sie berührte leicht Rachels Schulter. „Magst du einen Kaffee ... zu dieser zweiten Portion?“

Rachel lächelte sie dankbar an. „Danke, der Strudel reicht im Augenblick.“

Lavina, die immer noch vornübergebeugt war, flüsterte: „Leas Geburtstagsständchen hat mich auf eine Idee gebracht ... “

„Ja?“

„Ich erzähle es dir morgen ... auf der Fahrt zu Adele.“

„Ich werde dich daran erinnern“, lächelte Rachel und tastete nach ihrer Gabel. „Was ist mit dem Schnee? Schneit es immer noch so stark?“

Lavina drehte sich um und schaute aus dem Fenster. Der Schneefall hatte deutlich nachgelassen. „Es scheint, als lächle der Herr im Himmel auf uns herab, wenn wir morgen fahren wollen.“

„Er segnet *jeden* unserer Tage. Egal, ob es schneit oder nicht“, erwiderte Rachel mit einem Kopfnicken.

In diesem Augenblick kam Annie mit einem Bild zu ihnen, das sie von einem schneebedeckten Feld mit grauen Wolken am Himmel gezeichnet hatte, an dem drei Vögel flogen. „Schau“, sagte das kleine Mädchen. „Ich habe ein Winterbild gemalt. Es ist für Mama, wenn sie wieder sehen kann.“

Die Zeichnung erinnerte Lavina an Gabriels Kunstwerke aus der dritten Klasse. Neben seinen selbst gebastelten Karten hatte sie auch seine Zeichnungen aufgehoben und sie in der handgearbeiteten Kiste aufbewahrt, damit sie sie ihr Leben lang immer wieder anschauen konnte.

Rachel sagte zu ihrer Tochter: „Ja, male nur weiter schöne Bilder, Annie, mein Liebes. Denn eines Tages werde ich wieder sehen. Ich glaube ganz fest daran.“

Lavina konnte sich eines Lächelns nicht erwehren, als Annie ihrer Mama um den Hals fiel und sie umarmte. Sie spürte das bekannte traurige Ziehen in ihrer Brust wegen all der Kinder, die ihr nie geboren worden waren. „Komm jetzt, Annie", sagte sie. „Hast du dir ein Stück von Tante Leas Schokoladenstrudel geholt?"

Annie grinste und zeigte dabei eine Zahnlücke. „Ja, ich habe mir sogar zwei Stücke geholt. Er schmeckt köstlich!"

Wie die Mutter, so die Tochter, dachte Lavina. Sie freute sich jetzt noch mehr darauf, jemandem Gabriels Zeichnungen zu zeigen. Zum Beispiel der Urgroßnichte des verstorbenen Mannes, Annie Yoder.

Und vielleicht auch Adele Herr ...

* * *

Es war ein langer und anstrengender Tag gewesen. Er hatte alle Hände voll zu tun gehabt, seinen Text zu überarbeiten, Interviews vorzubereiten, durchzuführen und dann auszuarbeiten. Aber trotzdem saß Philip jetzt in seiner Wohnung und trug die vielen Informationen zusammen, die er in Pennsylvania in Erfahrung gebracht hatte. Jede Information stand in direktem Zusammenhang mit Gabriel Eshs faszinierender Geschichte, einem Mann, der von seinen eigenen Leuten abgelehnt und verraten worden war. Er hatte die Geschichte ins Rollen gebracht, als er ganz harmlos an einer widerspenstigen Schublade eines alten Schreibtisches in seinem Zimmer in dem amischen Gästehaus gerüttelt hatte.

Er lächelte bei der Unzahl von Notizen, die er niedergekritzelt hatte. Sogar auf eine Papierserviette aus dem Familienrestaurant in Bird-in-Hand hatte er Notizen gemacht. Er war in das Gebiet von Lancaster County gefahren, um für seine Zeitschrift Recherchen anzustellen, und war mit zahlreichen Ideen und Beobachtungen über den amischen Lebensstil nach New York zurückgekehrt. Diese unkomplizierte Amischgemeinschaft, in der Respekt für die Meinung und die Person des anderen an der Tagesordnung standen, in der von einem Menschen erwartet wurde, dass er gewissenhaft, höflich, großzügig und verantwortungsbewusst war. In der das ländliche Leben in seiner ganzen Fülle hautnah erlebt werden konnte. In der die Zeit stillzustehen schien.

Als er die Visitenkarte von Emmas Antiquitätenladen entdeckte, betrachtete er die Adresse und die Telefonnummer. Dabei fiel ihm auf, dass keine Faxnummer oder E-Mail-Adresse darauf zu finden war. Emma, eine junge Mennonitin, hatte ihm die Karte gegeben, als er sich in ihrem Geschäft umsah, weil er einen alten Schreibtisch mit Rolladen ähnlich dem Schreibtisch in der amischen Frühstückspension gesucht hatte. Emma hatte ihm erklärt, dass der Schreibtisch vermutlich ein Einzelstück war. Trotzdem hatte er gehofft, etwas Vergleichbares zu finden. Er hatte in mehreren New Yorker Antiquitätenläden und den entsprechenden Geschäften in der Columbus Avenue in der Nähe des Lincoln Center und in den angrenzenden Straßen gesucht. Später hatte er seine Suche in Vermont fortgesetzt, wohin er und seine Schwester und Nichte gefahren waren, um die Farbenpracht des Herbstes zu genießen. Aber er hatte nichts gefunden, das sich mit dem großartigen Möbelstück in seinem Gästezimmer in Benjamin und Susanna Zooks Frühstückspension vergleichen ließe.

Er spürte den Wunsch, zum Telefon zu greifen und den Antiquitätenladen in Bird-in-Hand anzurufen und sich zu erkundigen, ob Emma vielleicht in letzter Zeit andere Schreibtische geliefert bekommen habe.

Zu spät für dieses Jahr, befand er und entschied sich gegen einen solchen Anruf. Er erinnerte sich, dass Läden im Gebiet um Lancaster, besonders die Läden, die vor allem für Touristen gedacht waren, während der Wintermonate oft geschlossen waren.

Philip lehnte sich auf seinem Stuhl zurück und faltete die Hände hinter dem Kopf. Seufzend schaute er sich in seinem Apartment um. Große, in Sonderanfertigung gebaute Schränke aus gekalkter Eiche zierten eine ganze Seite des Raumes. Regale mit handgemachten modernen Töpferarbeiten und schmiedeeisernen Kunstwerken, die er von anerkannten Künstlern erworben hatte, erinnerten ihn an seine vielen Reisen. Hinter ihm stach eine seidene Silhouette aus ovalen Blättern in hellgelben und grünen Tönen von der weißen Wand ab. Rechts neben ihm ließ eine Fensterfront das Tageslicht in den Raum strömen. Nachts spiegelten sich die Lichter von Tausenden von Fenstern darin. Normalerweise ließ er die Designerjalousien rund um die Uhr offen. Heute jedoch stand er nach einer Weile auf und zog an der Schnur, um die vielen Menschen, den Lärm und das Dröhnen der Stadt, das ihn umgab und das ihn zu ersticken drohte, auszusperren.

Er setzte sich wieder an seinen Schreibtisch und dachte an Lancaster County, wo die Bauern mit ihren Kühen sprachen und mit den Hühnern zu Bett gingen. Eine ganz andere Welt. Und, was eigentlich gar nicht so sehr überraschte, eine Welt, die er mehr vermisste, als er sich einzugestehen wagte.

Er starrte das Telefon an und überlegte, ob es zu spät wäre, um in Reading in Pennsylvania anzurufen. Er wollte wieder mit seiner guten Freundin Adele Herr sprechen.

7

So weit sie zurückdenken konnte, war Rachel immer sehr früh aufgewacht. Meistens war sie schon wach, bevor der Hahn krähte. Jedoch begrüßte sie jetzt an den Wintermorgen nicht mehr wie früher eine eisige Kälte. Diese Zeiten waren in dem gemütlichen, warmen Schlafzimmer, das sie und Annie im Gästehaus am Obstgarten teilten, vorbei.

Ihre Kindheit und Jugend in dem alten zugigen Bauernhaus ihres Vaters war da schon anders gewesen. Dort waren die Holzfußböden so kalt gewesen wie ein zugefrorener Teich. Das hatte sie am eigenen Leib zu Genüge erfahren. Als Kind hatte sie oft tapfer ihre große Zehe unter der Bettdecke hervorgesteckt, dann aber schnell ihren nackten Fuß zurückgezogen und ihn wieder unter die warmen Decken gekuschelt. Allein schon bei dem Gedanken an das morgendliche Aufstehen hatte sie gezittert. Sie hatte ihre älteren Schwestern angefleht, ihr eine lange Unterhose und warme Socken zu bringen, und gewartet, bis ihre Bitte erfüllt wurde. Dafür hatte sie auch gelegentlichen Spott in Kauf genommen. So war sie immer schon angezogen, bevor sie aus dem Bett stieg. Ähnlich verbrachte sie den größten Teil ihrer Kindheit und Jugend: scheu und in sich gekehrt.

An diesem Dezembermorgen trieb ein eisiger Wind leichte Schneeflocken über das Land und erinnerte sie erneut an jene Kindertage. Sie war wie üblich früh aufgestanden und hatte sich für die Fahrt nach Reading warm eingepackt. Dankbar hielt sie sich am Arm des mennonitischen Fahrers fest, als er sie an der Tür abholte. Es war Calvin Witwer, den sie normalerweise baten, sie gegen Bezahlung irgendwo hinzufahren.

„Im Augenblick schneit es gar nicht so stark“, bemerkte er, während sie zu seinem wartenden Wagen gingen.

„Sind die Straßen geräumt?“

„Geräumt und gestreut. Es dürfte also wirklich keine Probleme geben, Sie wohlbehalten nach Reading zu bringen.“ Calvin half ihr in das warme Auto, und sie fuhren los, um Lavina abzuholen.

Rachels Gedanken wanderten zu dem Tag zurück, an dem sie das erste Mal allein mit ihrem Vater fortgefahren war. Es war ebenfalls ein Wintertag gewesen. Mitte Januar. Sie war ungefähr acht gewesen und hatte noch Nadeln und Faden gebraucht, weil sie mit ihren Schwestern Lizzy und Maria üben wollte, einen Quilt zu nähen.

„Komm mit!", hatte ihr Vater sie aufgefordert und angeboten, auf dem Weg nach Bird-in-Hand in Beilers Krämerladen Halt zu machen.

„Ich brauche nur ein paar Nähnadeln und Faden", hatte sie erwidert und war die Stufen der hinteren Veranda hinab zu dem wartenden Wagen gehüpft.

Mama war zur Hintertür gekommen und hatte ihr freundlich zugerufen, dass sie ruhig mitfahren dürfe. „Viel Spaß mit deinem Papa."

Rachel, zurückhaltend wie immer, begriff erst da, dass weder eines ihrer Geschwister noch ihre Mama an diesem Morgen mitfuhr. Nur sie und Papa fuhren los.

„Komm schon, Rachel, spring hinauf. Ich helfe dir." Papa half ihr in den geschlossenen grauen Einspänner und deckte sie gut mit mehreren warmen Decken zu.

Sie erinnerte sich, dass sie sich an *diesem* Tag erwachsener gefühlt hatte als je zuvor in ihrem jungen Leben. Papa nahm sie zu einer Fahrt im Einspänner mit. Nur sie allein. Glaubte er, sein kleines Mädchen sei für ein solches Abenteuer an einem verschneiten Tag schon groß genug?

Das Pferd trabte langsamer als sonst, aber das schien ihren Vater nicht zu stören. Er war freundlich zu dem Tier und ließ die Stute so schnell laufen, wie sie wollte. Das Schönste dabei war, dass Papa ganz viel redete. Er brach kein einziges Mal ab, um sie etwas zu fragen, denn sie war viel zu scheu, um ihm zu antworten. Aber an diesem Tag, an diesem Tag hatte sie angefangen, ihre Meinung über Gespräche mit Erwachsenen zu ändern. Mit einem Erwachsenen zu sprechen erschien ihr plötzlich überhaupt nicht mehr so beängstigend.

Vielleicht war es der Schnee, der leise wie ein Vorhang um sie herum zu Boden fiel, während sie die Straße entlang fuhren. Vielleicht war es aber auch Papas Stimme, die sie beruhigte. Sie klang so ausgeglichen und lenkte Rachels Gedanken von sich selbst ab. Sie wusste es nicht, aber irgendetwas an dieser winterlichen Fahrt zum Markt war in ihrer kindlichen Erinnerung haften geblieben.

Als sie an dem kleinen Geschäft ankamen, standen bereits zwei andere Einspänner vor der Tür. Die Leute, die hier einkauften, kochten gern alles selbst, sagte ihre Mama immer. Als ob es eine andere Möglichkeit zu kochen gäbe! Der Ladenbesitzer, Josef Beiler, schien das auch zu wissen. Nachdem Rachel genau die Nähnadeln gefunden hatte, die sie wollte, und drei Rollen guten Fadens, wanderte sie zu den anderen Regalen hinüber, während Papa sich mit Josef unterhielt.

Was gab es hier nicht alles zu entdecken! Sie machte große Augen. Wer hätte gedacht, dass es so viele verschiedene Bohnen gab! Insgesamt sieben Sorten. Und zehn verschiedene Nudelarten und daneben sechs Mehlsorten. Dazu die unterschiedlichen Sorten getrocknetes Obst, darunter auch Rosinen und Datteln. Nüsse und jede Menge andere trockene Waren, weißer und brauner Zucker, Backpulver und Salz, standen auf den langen Holztheken. Dazu zahllose Gewürze, Körner und Pulver.

Natürlich gab es auch fertige Backwaren, in unmittelbarer Konkurrenz zu Großmutter Smuckers Bäckerei nebenan. Aber das hielt Josef Beiler nicht davon ab, die besten Zimtbrötchen diesseits der Ronks Road zu verkaufen. Dank Josefs wunderbarer Frau, die herüberkam und mit Rachel plauderte, konnte sie sich selbst davon überzeugen, wie köstlich die Zimtbrötchen schmeckten.

„Schau nur, wen wir hier haben", sagte die Frau mit den blauen Augen. „Du musst Ben Zooks jüngstes Mädchen sein."

Rachel wusste wirklich nicht, ob sie der freundlichen Mrs. Beiler mit einem Kopfnicken oder nur mit einem Blick antworten sollte.

„Hat es dir die Sprache verschlagen?", fragte die Frau.

Rachel schüttelte den Kopf.

„Ich habe etwas für dich, Mädchen." Die Ladenbesitzerin winkte Rachel, ihr zu folgen. „So lange du lebst, wirst du keine besseren Brötchen bekommen als Nancy Beilers Zimtbrötchen."

Jetzt wusste Rachel also, wie die Frau hieß, und sie vergaß es nie, denn an diesem Tag behauptete Nancy Beiler, dass Rachel das „liebste kleine Mädchen" sei, das sie je gesehen habe.

„Und wenn du wieder einmal eine kostenlose Probe von meinen Süßigkeiten willst, dann musst du nur Tante Nancy rufen, und schon komme ich gelaufen."

Rachel war sich sicher, ohne ein Wort darüber zu verlieren, dass sie die netteste Frau auf der ganzen Welt kennen gelernt habe. Sie vergaß nie, wie diese süßen Zimtbrötchen in ihrem kleinen Mund zergingen. Und Tante Nancy hielt auch ihr Wort, was die kostenlosen Proben anging. Sie kam sogar an dem Tag vor Rachels Hochzeit mit Jakob Yoder vorbei, ihnen alles Gute zu wünschen.

Hin und wieder musste Rachel auch heute noch an Tante Nancy denken und fragte sich, was wohl aus ihr geworden sei. Denn im letzten Jahr hatte niemand mehr ein Wort über Josefs Frau verloren. Es ging Rachel wahrscheinlich nichts an, aber trotzdem hätte sie es gern gewusst.

„Haben Sie eigentlich schon einmal von Nancy Beiler drüben an der Stumptown Road gehört?", fragte Rachel, die aus ihren Kindheitserinnerungen in die Gegenwart zurückkehrte.

„Das Letzte, was ich gehört habe, war, dass Josef Beiler jetzt keine Backwaren mehr in seinem Geschäft verkauft."

„Oh? Warum denn nicht mehr?"

„Seine Frau hat die Alte Ordnung verlassen."

Das überraschte Rachel sehr. Sie hatte nichts von einem Gemeindebann in dieser Gegend gehört. „Wann war denn das?"

„Vor ungefähr zwei Jahren, wenn ich mich recht erinnere. Mrs.

Beiler ist von hier weggegangen und hat sich den Amisch der Neuen Ordnung drüben in der Nähe von Gap angeschlossen."

„Wenn ich nur wüsste, wo sie wohnt", murmelte Rachel leise. „Ich vermisse sie."

„Ich glaube, ich könnte das für Sie herausfinden."

Sie freute sich, das zu hören, und sagte, das wäre wirklich sehr nett von ihm. Sie konnte sich bei der Erinnerung an dieses wunderbare erste Mal allein beim Einkaufen ein Lächeln nicht verkneifen. Nur Papa und seine kleine Rachel an einem kalten und verschneiten Januartag.

* * *

Als die zwei Frauen gemütlich auf dem Rücksitz Platz genommen hatten, begannen sie, über alles zu sprechen, was ihnen auf dem Herzen lag: Lavina sprach in ihrer langsamen, ruhigen Art, und Rachel half ihr gelegentlich auf die Sprünge, wenn ihre Gedanken abzuschweifen begannen.

„Du wolltest mir heute doch etwas erzählen", erinnerte Rachel sie nach einer Weile mit leiser Stimme.

Lavina schwieg, bevor sie zu sprechen begann. „Ich habe nachgedacht ... über Seth Fischer. Das wollte ich dir erzählen."

„Was ist mit Seth Fischer?"

„Es geht um seine ewige Seele", kam die unerwartete Antwort. „Aber ich weiß einfach nicht, wie ich das, was ich mir überlegt habe, in die Tat umsetzen soll."

„Was hast du dir denn überlegt?", fragte Rachel interessiert.

„Ich bete für ihn."

Rachel gestand, dass sie ebenfalls für den alten Mann betete. „Ich habe sogar schon überlegt, wann ein guter Zeitpunkt sein könnte, mit ihm zu sprechen. Ich will auf keinen Fall, dass er versucht, mich zu überreden, ich solle mir von Blue Johnny seine Zaubergabe übertragen lassen."

Lavina schwieg.

Rachel flüsterte: „Du glaubst doch nicht wirklich, dass er das tun würde? Dass er versuchen könnte, mich dazu zu zwingen, oder?“

Nach einer langen Pause antwortete Lavina: „Ich glaube nicht, dass irgendjemand einen anderen zwingen kann, eine Gabe anzunehmen, sei sie nun heilig oder unheilig.“

Rachel dachte über diese Bemerkung nach. „Ich möchte nicht mit ansehen müssen, wie diese Zauberei hier in der Gegend weiterhin ihr Unwesen treibt. Nach dem, was zwischen Blue Johnny und mir vorgefallen ist, würde ich einen Besuch bei Seth Fischer nur dann wagen, wenn es ganz klar und eindeutig Gottes Wille wäre.“

„Ich mache dir keinen Vorwurf, dass du so denkst.“ Lavinas Stimme klang angespannt.

Rachel fragte sich, ob der Gedanke, den dreiundneunzigjährigen Mann zu besuchen, die Frau nervös machte. „Geht es dir gut?“

„Ich glaube, mir geht es nicht gut, wenn ich den Auftrag des Herrn nicht befolge und nicht mit dem alten Seth Fischer spreche ... noch bevor sein nächster Geburtstag kommt. Und der kommt ziemlich bald.“

Das war es also, was Lavina beunruhigte. Sie machte sich Sorgen, dass der alte Mann sterben könnte, ohne die Wahrheit über Gottes Sohn und die Erlösung seiner Seele zu hören.

„Wenn du das Gefühl hast, dass der Herr dich dazu auffordert, dann solltest du nicht mehr lange warten“, entgegnete Rachel.

„Ich kann mir nicht denken, wie ich das allein bewältigen sollte. Immerhin bin ich mit dem Gemeindebann belegt. Ich bezweifle, dass Seth Fischer mir auch nur sagen würde, wie viel Uhr es ist.“

„Ich komme mit.“ Rachel hatte diese Worte ausgesprochen, bevor sie auch nur darüber nachdenken konnte, in welche Situation sie sich selbst damit brachte.

„Danke, Rachel. Ich hatte den Eindruck, dass du so entscheiden würdest.“

Unsicher, ob ihre Eltern mit den Plänen, die sie und Lavina gerade schmiedeten, einverstanden wären, lehnte sich Rachel auf dem Sitz zurück und betete leise. *Guter Herr, hilf mir, bei dieser ganzen Sache nichts Falsches zu tun. Bitte, führe und leite Lavina und mich. Amen.*

* * *

„Ich sage dir: Wenn diese gebannte Frau nicht irgendetwas im Schilde führt, dann heiße ich nicht Susanna Esh Zook!" Sie stürmte die Treppe hinab. Ein beunruhigender Gedanke nach dem anderen schoss ihr durch den Kopf.

„Es ist doch nicht deine Sache, dir darüber den Kopf zu zerbrechen", rief Benjamin vom zweiten Stockwerk herab, wo er mit einem Schraubenschlüssel hantierte.

Susanna wusste, wenn sie nicht aufhörte, würde früher oder später die kleine Annie zwei und zwei zusammenzählen und sich ausrechnen, dass ihre Großeltern über Rachel und Lavina diskutierten. „Am besten sprechen wir darüber, wenn wir allein sind", entgegnete Susanna und blieb am Fuß der langen Treppe stehen. Sie würde ihrem Mann das letzte Wort überlassen.

„Du hast Recht, Susie. Wir sollten vor du-weißt-schon-wem kein großes Aufsehen darum machen", sagte Ben und ließ sie damit stehen, um den Duschkopf in einem der Gästebadezimmer zu reparieren.

Susanna konnte einfach nicht vergessen, dass Lavina Rachel beeinflusste, zu dieser eitlen Frau dort oben in Reading Kontakt aufzunehmen, die sich zum Sterben in solch ein Pflegeheim zurückgezogen hatte. Die Amisch würden nicht einmal im Traum daran denken, ihre Kranken und Alten im Stich zu lassen. Das war für sie überhaupt kein Thema. Sie schufen ihnen unter ihrem eigenen Dach Platz und ein Zuhause.

Aber andererseits wusste Adele Herr natürlich nicht aus eigener Erfahrung, wie die Amisch der Alten Ordnung lebten, denn sie hatte Gabriels Heiratsantrag damals abgelehnt. Und das war auch gut so gewesen. Die Amisch hätten sie gleich zusammen mit dem jungen Prediger mit dem Bann belegt. Und sie hätten

Gabriel umso härter mit dem Bann belegt, wenn er eine Frau außerhalb der amischen Kirche geheiratet hätte. Aber dann war der Unruhestifter auf seinem Weg zu einer Gemeinde irgendwo in Gordonville, wo er predigen wollte, getötet worden. Zweifellos war das Gottes Art gewesen, die Stimme einer ungehorsamen Seele zum Schweigen zu bringen, obwohl Susanna sehr wohl verschiedene Berichte über die Hintergründe dieses Unfalls gehört hatte.

Trotzdem wollte Susanna nicht darüber reden, nicht einmal mit ihrem weisen und klugen Mann. Sowohl sie als auch Benjamin zogen es vor, nie über die abergläubischen Gerüchte zu sprechen, die Gabriel Eshs früher Tod ausgelöst hatte. Ja, am besten ließ man solche Dinge auf sich beruhen. Immerhin würde Seth Fischer bald vierundneunzig werden. Wenn er einmal gestorben wäre, wüsste außer Benjamin und Susanna nur noch ein Mensch von den seltsamen Umständen von Gabriels Tod. Das war auch gut so. Es war keine Geschichte, die ein neugieriger New Yorker Reporter ausgraben und in die er sich verbeißen könnte. So weit sie wusste, war ihre Schwester Lea die Einzige, die eine Ahnung davon hatte. Das Geheimnis war bei diesen vier Menschen gut aufgehoben. So viel stand fest.

Mit einem Seufzen flitzten Susannas Gedanken von einem Problem zum nächsten. Sie malte sich aus, dass Rachel und Lavina höchstwahrscheinlich in diesem Augenblick auf ihrer Fahrt in Richtung Norden über all die Dinge sprachen, die Philip Bradley in Gang gebracht hatte, als er diese unselige Postkarte entdeckte. Dinge, über die man am besten schwieg und die man schnell vergaß. Allein schon das Wissen, dass Rachel, Lavina und wer-weiß-wer-sonst-noch-alles über dieses Problem sprachen, bereitete Susanna Kopfzerbrechen. Sie war sich sicher, dass der alte Seth Fischer einen Wutanfall bekäme, wenn er von den Gerüchten hören würde, die in Umlauf waren. Er würde sich furchtbar darüber aufregen.

Sie könnte sich immer noch ohrfeigen, dass sie diesem jungen Mann die Postkarte damals nicht aus der Hand gerissen hatte!

Was in aller Welt hatte sie nur davon abgehalten? Diese Nachricht, geschrieben in ihrem amischen Dialekt, an dieses gottlose baptistische Mädchen, das die ganze Gemeinde in Aufruhr versetzt hatte. Adele Herr hatte sich in die große Hoffnung der amischen Gemeinde verliebt. Wenn Gabriel Esh nicht seine begehrlichen Augen auf sie geworfen hätte ... wer weiß, wie die Wunderheilungen in dieser Gegend dann aufgeblüht wären? Es war nicht so, dass sie nicht schon mehrere Wunderheiler in der Gegend gehabt hätten. Aber die Gemeinde war gewachsen. Viele Ehepaare hatten acht Kinder und mehr. Ja, sie brauchten wirklich einen weiteren Wunderheiler. Und bei den vielen Begabungen, die ihre Tochter besaß, sollte doch bestimmt jemand anderes als ausgerechnet ihre Mutter Rachel überreden können, diese angesehene Stellung einzunehmen.

* * *

In dem kleinen, sonnigen Zimmer mit der Nummer 147 im Fairview-Pflegeheim saß Lavina neben Rachel auf einem Stuhl. Adele Herr wohnte nun seit gut zwei Jahren hier. An einer Wand stand ein Krankenhausbett. Die Patientin hatte sich für den Besuch zurechtgemacht. Sie trug ein hellrosa Bettjäckchen um ihre schmalen Schultern. Die Farbe betonte eine leichte rosa Färbung auf ihren Wangen, auch wenn Lavina vermutete, dass diese Röte aufgemalt war, so wie sich die meisten weltlichen Frauen bemalten. Adeles Augen waren blau wie immer. Auch ihr Lächeln war das Gleiche wie früher.

Am anderen Ende des Zimmers hingen Pflanzen neben einem Fenster mit breiten Jalousien. Es gab keine Vorhänge. Eine Kommode mit einem vergoldeten, ovalen, antiken Spiegel stand neben dem Bett, so dass der Spiegel in die andere Richtung zeigte. Lavina fand das gut. So musste sich die alte Frau nicht ständig ansehen, wo sie doch so furchtbar dünn und schlecht aussah. Spiegel verrieten viel zu viel, besonders in ihrem und in Adeles Alter. Am besten hielt man sich von ihnen fern. Sie waren eine kalte Erinnerung an die Jugend, die jeder früher oder später verlieren muss.

Ja, es war wirklich gut, dass Rachel sie heute hierher mitgenommen hatte. Andernfalls hätte sie die magere kleine Frau, die zwischen ihren Bettkissen saß, wohl kaum wieder erkannt. Sie vermutete jedoch, dass Adele Herr nicht unbedingt wegen ihres Alters so ganz anders aussah, als sie sie in Erinnerung hatte. Nein, sie war einfach nicht mehr das Mädchen, das vor vierzig Jahren ein Zimmer in Lavinas Bauernhaus gemietet hatte. Die Enttäuschungen in ihrem Leben waren für die gravierenden Veränderungen in Adeles Gesicht verantwortlich.

Lavina hatte die Hand der lieben Frau gedrückt, sobald sie das Zimmer betreten hatte. „Du hast es Rachel zu verdanken, dass wir heute zu Besuch hier sind“, erklärte sie. „Es war *ihre* Idee, hierher zu kommen und ein wenig Vorweihnachtsfreude zu verbreiten.“

Rachel schmunzelte. Sie blinzelte, als würde sie sich umsehen, obwohl sie nichts sehen konnte. „Aber *Lavina* konnte es nicht erwarten, ihre Torte und ihre köstliche Apfelbutter mitzubringen ... für dich und deine Freunde hier.“ Sowohl Rachel als auch Lavina hatten Körbe mit selbst gemachten Köstlichkeiten im Gepäck, bei denen einem das Wasser im Mund zusammenlief.

Adele lächelte amüsiert. „Was spielt es schon für eine Rolle, wer von euch auf diese Idee kam? Hauptsache, ihr beide seid hier. Ich kann euch gar nicht sagen, wie sehr ich mich freue! Du kannst dir nicht vorstellen, wie schön es ist, dich wieder zu sehen, Lavina. Und dich auch, Rachel.“

„Sollen wir dich Lily oder Adele nennen?“, fragte Rachel unvermittelt.

Die alte Frau seufzte. Dann lächelte sie. „Ich verstehe gut, warum du das fragst, Rachel. Aber ehrlich gesagt, ziehe ich ‚Adele‘ vor. Der Name ‚Lily‘ war eine Krücke. Ich muss mich jetzt nicht mehr hinter meinem zweiten Vornamen verstecken. Der Herr hat mich von dieser Unsicherheit befreit. Selbst das Pflegepersonal hat eingewilligt, sozusagen meinen Namen geändert!“

Lavina hoffte, sie starre Adele nicht zu unhöflich an. Aber sie konnte die Augen von der Frau in dem Krankenhausbett einfach nicht abwenden. War das wirklich Adele Herr, die Frau, die Gabriel Esh damals geliebt hatte? Sie betrachtete deren Gesichtszüge noch genauer. Konnte dies tatsächlich das junge Mädchen sein, das vor so vielen Jahren nach Bird-in-Hand gekommen war und in der Schule unterrichtet hatte? Sie hatte sich stärker verändert, als Lavina es bei einer so schönen Frau für möglich gehalten hätte. Natürlich wurden sie alle älter, und wer war *sie* schon, dass sie sich solche hochnäsigen Gedanken erlauben konnte, denn sie hatte selbst jede Menge Falten im Gesicht. Genug, um Adele *und* Rachel ein paar davon abzugeben!

Adeles früher kastanienbraune Haare waren jetzt schneeweiß mit silbernen Strähnen, alles zu einem kurzen Schnitt zurückgekämmt.

Lavina wandte sich wieder dem Gespräch zu. Sie hörte aufmerksam zu, als Adele die Rede auf Philip Bradley brachte, den Reporter aus New York, von dem sie sowohl aus Adeles Briefen als auch von Susanna Zook beim Apfelsaftkochen vor ein paar Wochen gehört hatte.

„Ich habe daran gedacht, meinen neuen Freund Philip zu Besuch einzuladen“, erklärte Adele mit leuchtenden Augen.

„Das wäre bestimmt nett“, bemerkte Lavina.

Rachel sagte nichts.

„Er könnte zu unserer Weihnachtsfeier kommen“, fuhr Adele fort. „Vielleicht würde er gern einen Artikel über uns alte Leute schreiben.“

Lavina bemerkte die plötzliche Röte in Rachels Gesicht und fragte sich, was *das* wohl zu bedeuten habe.

Adele blickte zu einer Pinnwand neben ihrem Bett auf und deutet auf eine leicht vergilbte Karte. „Da ist die Postkarte, die Philip fand. Diese Karte hat alles verändert ... wirklich *alles.*“ Sie sprach weiter: „Philip ist so ein ehrlicher Mensch. Er folgt jetzt wieder Jesus nach.“

„Soll das heißen, dass er das vorher nicht getan hat?“, fragte

Lavina, die ein wenig verunsichert war, weil Rachel kaum ein Wort sprach.

„Er schrieb, dass er sich zwar als Junge zu Jesus Christus bekannt habe, sich aber im Laufe der Jahre immer mehr von ihm entfernte." Adele drehte den Kopf und schien Rachel zu beobachten. Irgendwann trafen sich Lavinas und Adeles Augen. Die zwei Frauen zuckten mit den Achseln, und Adele sprach weiter: „Philip besucht jetzt zweimal in der Woche einen Männerbibelkreis, schrieb er. Seine Briefe sind voller Fragen, und in letzter Zeit hat er mich sogar ein paar Mal angerufen."

Schließlich fand Rachel ihre Sprache wieder. „Was für Fragen sind das?"

„Fragen über das Leben, nennt er sie", antwortete Adele und wechselte wieder einen kurzen Blick mit Lavina. „Er bereitet sich auf einen geistlichen Dienst vor."

Lavina war nicht ganz sicher, was Adele damit meinte. „Will er Prediger werden?", fragte sie.

„Nein, ich glaube, Prediger will er nicht werden. Aber er fühlt sich zu etwas berufen. Nur zu was er berufen ist, das muss er erst noch herausfinden. Er ist aber fest entschlossen, den Weg zu gehen, den Gott ihn führt. Das schließe ich aus unserem Briefwechsel."

Lavina fand diese Information sehr aufschlussreich. Aber noch mehr interessierte sie, was denn plötzlich in Rachel gefahren sei. Warum verschloss sie sich dermaßen? Hatte eine von ihnen etwas Falsches gesagt?

Sie betrachtete die schöne blinde Frau und überlegte, wann Rachel das erste Mal so auffällig errötet war. Dann fiel es ihr wieder ein, und diese Erkenntnis gab ihr zu denken.

* * *

Als Rachel hörte, wie Adele in so strahlenden Worten von Philip sprach, war es um sie geschehen. Sie merkte, dass ihr Gesicht warm wurde. Adele schilderte die Eigenschaften des Mannes aus

New York so positiv. Ja, ihr waren Philips Offenheit und Ehrlichkeit ebenfalls aufgefallen. Und sie war so froh zu hören, dass er wieder zu seinem Glauben an den Herrn zurückgefunden hatte. Sie war sogar ein wenig überrascht, als sie hörte, dass er von dem Leben mit Gott, das er als Kind begonnen hatte, abgekommen war. Und als Adele erwähnte, dass sie ihn möglicherweise zu Weihnachten einladen wolle, hatte es ihr endgültig die Sprache verschlagen. Es war ja wirklich nur ein Katzensprung von Reading nach Lancaster. Natürlich wäre es töricht zu glauben, dass er auch sie besuchen käme. Er konnte ja nicht wissen, wie oft sie an ihn dachte, wie gut sie sich an seine gewählten Worte erinnerte und an seinen liebevollen Umgang mit Annie ... und auch mit ihr.

Lavinas Worte holten sie in die Gegenwart zurück. Sie richtete sich auf ihrem Stuhl auf und atmete tief ein. Oh, sie hoffte, die Röte wäre wieder aus ihren Wangen gewichen, damit die zwei Frauen ihr gut gehütetes Geheimnis nicht erraten würden.

„Ich bin schuld an dem, was auf Gabriels Grabstein geschrieben steht", erklärte Lavina gerade. „Der arme Junge konnte ja nicht mehr selbst für sich sprechen ... aber er muss gewusst haben, wie sehr du ihn geliebt hast, Adele."

Rachel fand es sehr ehrlich von Lavina, dass sie der Frau, die so viel Trauriges durchgemacht hatte, ihre wahren Gefühle offenbarte. Sie dagegen konnte nicht einmal daran denken, *ihre* Gefühle zu offenbaren. Nein, es wäre nicht vorsichtig, irgendein Interesse an Philip zu zeigen. Der Briefwechsel lief zwischen Adele und ihm, und sie konnte gut verstehen, warum er den Kontakt zu dieser netten und freundlichen Frau pflegte. Adele Herr war wie eine weise ältere Verwandte für Philip. Adele ihrerseits hatte offensichtlich ebenfalls einen lieben Freund gefunden.

Sie freute sich aufrichtig über die Freundschaft der beiden. Alles, was einer Frau, die in ihrem Leben so viel verloren hatte, ein wenig Freude bereitete, war gut.

Trotzdem wünschte Rachel, sie wäre nicht so angespannt, seit sie Philip Bradleys Namen gehört hatte. Vor allem, als sie hörte, er habe Adele Herr aus New York angerufen und mit ihr über „Lebensfragen“ gesprochen. Solche Bemerkungen weckten in ihr eine starke Sehnsucht, ihn besser kennen zu lernen und sein Gesicht zu *sehen.* Aber natürlich lag es in Gottes Hand, ihr wieder ihr Augenlicht zurückzugeben. Allein in seiner Hand.

8

Freitag, 17. Dezember
Lieber Philip,
wie geht es dir? Du behältst hoffentlich trotz deiner vielen Termine einen klaren Kopf. Ich bete wie immer für dich.
Ich würde dich gern zu einem Besuch nach Reading einladen. Was hältst du von dieser Idee? Ich weiß, dass du in New York deine Familie hast. Aber es kann nicht schaden, einmal zu fragen, dachte ich. Bei uns im Pflegeheim findet am Weihnachtsabend eine schöne Feier statt. Mehrere Musiker haben sich zu diesem Ereignis angemeldet, darunter ein Streichquartett, das ich sehr gern mag. Daneben kommt noch eine Gesangsgruppe. Es wird bestimmt ein wunderschöner Abend.
Aber fühle dich bitte nicht gezwungen, die weite Fahrt hierher zu unternehmen. Ich kenne deine Pläne nicht, und so kurzfristig wäre es dumm von mir zu hoffen, dich bei der Feier des Geburtstages unseres Herrn hier zu sehen. Falls du jedoch eine Möglichkeit siehst zu kommen, bist du herzlich eingeladen!
Nun zu etwas anderem: Ich bekam gestern Vormittag Besuch. Rachel Yoder und Lavina Troyer besuchten mich. Sie waren mit Geschenken bepackt, wie damals die Weisen aus dem Morgenland. Ich weiß nicht, wann ich mich das letzte Mal so sehr gefreut habe, einen Menschen zu sehen, wie gestern Lavina. Diese Frau ist noch genauso nett und mitfühlend wie damals, als sie mir ein Zimmer in ihrem Haus vermietete. Sie war sehr offen und auf ihre Weise sogar ziemlich gesprächig. Ich glaube, sie kann mir inzwischen vergeben, dass Gabriel sich in mich verliebte und nicht in sie. Ihr Lächeln und die Art, wie sie mit mir sprach und mir zum Beispiel den Grund nannte, warum sie meinen Namen auf Gabriels Grabstein schreiben ließ, rührten mein altes Herz an.
Rachel Yoder, dieses liebe, liebe Mädchen, brachte mir einen Korb mit verschiedenen selbst gebackenen Köstlichkeiten mit: Sauerrahm-Schokoladen-Plätzchen, Zuckerplätzchen, Dattelstangen. Läuft dir

das Wasser im Mund zusammen? Ich habe vor, bei der Weihnachtsfeier den Korb herumgehen zu lassen. Noch ein Verführungsmittel, um dich nach Reading zu locken.

Ich hatte keine Ahnung, dass Rachel aufgrund eines traumatischen Erlebnisses blind ist. Sie sprach offen darüber. Das arme Mädchen. Ich fühle mit ihr. Aber die gute Nachricht ist, dass sie und ihre Kusine aus Ohio dafür beten, dass Gott sie heilt. Gabriels Großnichte glaubt fest daran, dass sie ihr Augenlicht wiederbekommen wird. Ist das nicht großartig?

Ich wünsche dir, egal, wo du an Weihnachten bist, ein wunderbares Fest. Ich möchte dir sagen, wie kostbar deine Freundschaft für mich ist. Der Herr segne dich und bewahre dich allezeit.

In Christus verbunden,
deine Adele Herr

Philip nahm sich nicht die Zeit, den Brief ein zweites Mal zu lesen. Er griff sofort zum Telefon, setzte sich an den Schreibtisch und wählte die Nummer des Fairview-Pflegeheimes.

Als eine der Altenpflegerinnen das Gespräch durchstellte, wurde er von einer fröhlichen, kräftigen Stimme begrüßt. „Frohe Weihnachten, Philip!“

„Woher wusstest du, dass ich es bin?“

Sie lachte leise in das Telefon. „Außer dir ruft mich niemand an.“

„Es ist schön zu hören, dass du so gut gelaunt bist. Das muss an dem bevorstehenden Weihnachtsfest liegen.“

„Das ist einer der Gründe.“

„Was sind die anderen Gründe?“ Er hoffte auf einen positiven Bericht über ihren Gesundheitszustand.

„Mein Arzt fängt an, meine Medikamente zu reduzieren. Mein altes Herz arbeitet so gut wie seit Jahren nicht mehr.“

„Das ist ja eine großartige Nachricht!“

„Ja, und ich kann schon wieder aufstehen und auf dem Gang spazieren gehen. Gestern half ich sogar einer Patientin, ihre Weihnachtskarten zu adressieren.“

Er konnte es nicht erwarten, ihr von seinem Plan zu erzählen. „Ich habe soeben deinen Brief bekommen ... und ihn sofort gelesen. Ich nehme deine Einladung an. Ich komme zu eurer Weihnachtsfeier."

„Das ist ja wunderbar, Philip!"

Er hörte den freudigen Klang in ihrer Stimme. „Dir geht es wirklich schon viel besser, nicht wahr?"

„Wofür ich dem Herrn von ganzem Herzen dankbar bin", erwiderte sie. „Gott hat mein Leben verändert, seit er dich in mein Leben brachte ... und auch Rachel."

Philip dachte über diese Bemerkung nach und überlegte, was sie wohl dazu sagen würde, wenn er beiläufig erwähnte, welche Nachforschungen er ohne Rachels Wissen in Bezug auf die Blindheit der jungen Frau angestellt hatte. Er wagte einen Vorstoß: „Da du gerade von Rachel sprichst ... Ich habe einige Informationen gesammelt. Es ist sehr interessant, dass du es ebenfalls in deinem Brief erwähntest. Ich spreche von Rachels psychosomatischer Blindheit ... " Er schwieg kurz und atmete leise ein. „Hat sie dieses Thema von sich aus angesprochen, als sie bei dir war?"

„Lasse mich kurz überlegen ... Ja, Rachel sprach ganz offen über die psychischen Folgen, die sie nach jenem Unfall erlitt. Ich glaube, sie könnte bald bereit sein, ihrer Vergangenheit ins Auge zu schauen, auch wenn ich keine Ahnung habe, was damit verbunden sein kann."

„Ich habe da so eine Idee", sagte Philip, ohne zu verraten, dass er auf die Empfehlung seines Schwagers hin mit mehreren Therapeuten in Manhattans East-Side-Krankenhaus gesprochen hatte. Philip glaubte zu ahnen, welche Fragen ein Arzt stellen würde, um den Schmerz und die Erinnerungen wieder an die Oberfläche kommen zu lassen. Die tief sitzenden Schmerzen um den Tod der geliebten Menschen, die Rachel verloren hatte. Wenn er nur ein wenig Zeit mit ihr verbringen und ihr Vertrauen gewinnen könnte, wäre es ihm vielleicht möglich, ihr zu helfen.

„Ich bin froh, dass ich dir wegen Weihnachten geschrieben habe. Aber pass auf, dass du bis dahin nicht zu viele Überstunden machst“, sagte sie. Langsam klang sie ein wenig müde. „Es ist nicht gut, eine Kerze an beiden Enden abzubrennen.“

„Genau das bin ich aber gewohnt. Ich arbeite mich durch eine lange Liste mit vielen Terminen. Wir sehen uns bald. Bleibe weiterhin so fröhlich.“

„Ich werde es versuchen.“

„Auf Wiedersehen, Adele.“

„Gott ist immer treu“, sagte sie, bevor sie auflegte.

Er erkannte diesen Abschiedsgruß. Es war eine der letzten Zeilen des Grußes, den Gabriel ihr damals auf der Postkarte geschrieben hatte.

Bevor er in die Küche ging, um sich Reste von gestern zum Abendessen aufzuwärmen, öffnete Philip die Schublade an seinem Schreibtisch und holte die Liste mit den Charaktereigenschaften heraus, die ihm an Rachel Yoder aufgefallen waren. Er hatte die Liste erstellt, während er im September im Bezirkskrankenhaus in Lancaster gewartet hatte, als Rachels kleine Tochter nach einer allergischen Reaktion auf einen Wespenstich behandelt wurde.

Ruhig, sanft, voll Liebe zu Annie standen als erste Eigenschaften auf seinem Zettel. Während er diese Worte überflog, tauchte die schöne, junge, blinde Frau vor seinem geistigen Auge wieder auf. Das allerschönste Weihnachtsgeschenk, das er sich vorstellen konnte, wäre, Rachel wieder zu sehen!

* * *

Gemeindeversammlungen am Montagabend waren eher ungewöhnlich, aber Rachel wollte zu dem Predigtgottesdienst gehen, der im Gemeindehaus der Beachy-Amisch stattfand. Besonders da für diesen Tag ein Gastprediger eingeladen war. „Lavina holt mich ab“, erklärte sie ihrer Mutter und fügte hinzu: „Bist du bitte so nett und bringst Annie ins Bett?“

„Wie spät denkst du, wird es werden?“

„Ich weiß es wirklich nicht, aber ich denke, nicht allzu spät.“

Papa, der am Küchentisch saß und sich eine zweite Portion Kuchen holte, mischte sich in das Gespräch ein: „Wenn es einer von diesen Höllenfeuerpredigern ist“, brummte er, „dann wird es bestimmt zehn Uhr werden. So spät sollten junge Frauen nicht mehr auf der Straße sein.“

Papa kümmerte sich immer liebevoll um sie. Sie liebte ihn dafür. „Du brauchst dir keine Sorgen um mich zu machen“, sagte sie schnell. „Lavina passt immer sehr gut auf. Das weißt du doch.“

„Weiß sie, dass sie die Kreuzung meiden muss?“, erkundigte sich Mama.

„Ja.“

„Nun, dann denke ich, ist alles in Ordnung“, seufzte Mama. „Sorge nur dafür, dass Lavina das Pferd nicht zu schnell laufen lässt. Die Straßen sind heute Nacht ziemlich heimtückisch und glatt.“

Rachel nickte und wünschte, sie könnte ihren Papa und ihre Mama davon überzeugen, dass sie sich nicht so um sie sorgen mussten. „Gott passt auf uns auf“, sagte sie und hoffte, damit könnte sie ihre Eltern beruhigen. Sie suchte ihren Blindenstock und verließ die Küche.

* * *

Erwartungsvoll, Gottes Wort zu hören, saß Rachel mit Lavina in dem Versammlungsraum auf der Frauenseite ganz vorne. Als sie die Worte des Predigers vernahm, glaubte sie, er hätte dieses Thema eigens für sie ausgewählt. Geistliche Kampfführung. Er sprach davon, was es bedeutet, die Waffenrüstung Gottes anzuziehen, von der im Epheserbrief, Kapitel 6 die Rede ist, und wie man sich unter Gottes Schutz stellt. Sie wünschte, sie hätte diese Dinge vor dem Unfall, der Jakob und den kleinen Aaron das Leben gekostet hatte, gehört und verstanden. So vieles könnte anders sein, wenn sie gewusst hätte, wie sie sich auf den ewigen Fels und die starke Festung in Zeiten der Not stellen konnte.

Während des ganzen Rückweges in die Beechdale Road plauderte sie mit Lavina. „Ich glaube, der Herr wird mir wirklich irgendwann wieder mein Augenlicht schenken", verkündete sie.

„Gott segne dich, Rachel."

„Oh, das hat er bereits getan. Sehr sogar."

Lavina schwieg wieder, während Rachel weiter plauderte. Sie streckte die Hand aus dem Einspänner und hoffte, ein paar Schneeflocken auffangen zu können. Plötzlich ließ Lavina die Bemerkung fallen, dass ein gewisser Witwer „heute Abend im Gottesdienst war".

„Von wem sprichst du denn?"

„Johannes Lapp aus dem Bezirk Paradise. Hast du schon von ihm gehört?"

„Nein, und er interessiert mich auch nicht", erwiderte sie und wog ihre Worte sorgfältig ab.

„Damit du es weißt: Dieser Mann hat dich von Kopf bis Fuß ganz genau begutachtet."

„Woher sollte er wissen, wer ich bin?"

„Wahrscheinlich hat sich einiges herumgesprochen, Rachel."

„Was in aller Welt soll *das* denn heißen?"

„Du hast doch deine Trauerkleider abgelegt, nicht wahr?"

„Das heißt aber doch nicht, dass ich im Sinn habe, wieder zu heiraten. Es heißt nur, dass ich bereit bin, mein Leben wieder in den Griff zu bekommen."

„Du bist zu jung, um so etwas endgültig entscheiden zu können ... dass du nicht mehr heiraten willst. Vielleicht solltest du darüber erst einmal beten."

„Was sollte dieser Johannes Lapp schon mit einer blinden Frau anfangen wollen?", sprach sie laut aus, was sie dachte.

„Rachel, du solltest es doch wirklich besser wissen, um so etwas nicht zu denken. Du wärst für jeden Mann eine wunderbare Frau."

Rachel fühlte sich unwohl in ihrer Haut. Was für ein Gerede ging nur hinter ihrem Rücken vor sich? Sie wollte es eigentlich gar nicht wissen ... nicht wirklich. Trotzdem machte es sie nervös, wenn sie hörte, dass jemand sie mit möglichen Heiratsabsichten von Kopf bis Fuß begutachtete. Sie war kein sechzehnjähriges Mädchen mehr. Allein schon die Vorstellung, dass sie auf diese Weise betrachtet wurde ... ach, es gefiel ihr einfach nicht. „Du glaubst doch nicht, dass er mich besuchen wird, oder?"

Lavina ließ sich mit ihrer Antwort mehr Zeit als gewöhnlich. „Ich ... finde, das hat er bereits getan ... sozusagen heute Abend im Gemeindehaus."

Rachel wusste wirklich nicht, was sie dazu sagen sollte. „Er ist ins Gemeindehaus gekommen, um sich eine Frau anzusehen? Aber das klingt doch geradezu gotteslästerlich, wenn du mich fragst."

„Vielleicht."

„Nicht vielleicht. Es ist so", beharrte Rachel und staunte selbst über ihren Mut, ihre Meinung so lautstark kundzutun. Und darüber, dass sie sich danach wesentlich besser fühlte.

* * *

Es war nicht besonders spät, als Rachel an ihrer Haustür ankam. Ihre Mutter war noch auf und wartete auf sie. „Schön, dass du wieder heil nach Hause kommst."

Sie ließ sich von ihrer Mutter umarmen und gab ihr einen Kuss auf die Wange. „Ich weiß nicht, wann ich schon einmal so viel bei einer Predigt gelernt habe", berichtete sie Susanna, während sie versuchte, nicht an die Unverschämtheit dieses Witwers Lapp zu denken.

„Wie war die Versammlung?", fragte Susanna. Die Frage hing wie ein schweres Gewicht in der Luft.

„Kann ich dir das morgen früh erzählen?", fragte Rachel und tastete sich zur Treppe. „Ich weiß nur, dass ich in meinem Herzen einen starken Hunger habe, nach Gottes Willen zu leben."

„Da fällt mir etwas ein: Ich habe ganz vergessen, dir eine Kassette zu geben, die heute mit der Post kam."

„Wahrscheinlich von Esther."

„Nein, ich glaube, sie kommt von irgend so einem Prediger irgendwo in Ohio."

Rachel war überglücklich, als sie das hörte! Esthers Pastor hatte ihr wieder eine Predigtkassette geschickt. Sie überlegte, ob sie bis Mitternacht aufbleiben sollte, um sie sich anzuhören. Ja, das könnte sie wirklich tun. Die Kassette wäre es bestimmt wert, am nächsten Morgen nicht richtig ausgeschlafen zu haben.

9

Rachel hörte sich die Predigtkassette nicht nur einmal an, sie spielte sie sogar zweimal durch, bevor sie sich in dieser Nacht schlafen legte. Am nächsten Nachmittag kam eine weitere Kassette mit der Post. Dieses Mal von Esther.

Rachel stahl sich an ihrem arbeitsreichen Tag mit Putzen, Brotbacken und Wäschewaschen ein paar Minuten Zeit und hörte sich immer wieder Ausschnitte daraus an. Sie konnte es kaum erwarten, alles zu hören. Esther wusste tatsächlich etwas über den abergläubischen Hintergrund von Gabriel Eshs Tod.

Ich habe einige erschreckende Informationen zu hören bekommen, erklangen die Worte ihrer Kusine laut und deutlich aus dem Lautsprecher. Rachel war erleichtert, dass Esther darauf geachtet hatte, diese vertrauliche Mitteilung erst in der Mitte der Kassette weiterzugeben. Auf diese Weise würde Rachels Mutter, falls sie auf die Idee käme zu lauschen, nicht herausfinden, welche Botschaften zwischen den zwei Frauen hin- und hergingen.

Sie hörte aufmerksam zu. Tränen traten ihr in die Augen, als sie die traurige Geschichte hörte.

Gestern hatte Levi endlich Gelegenheit, seinen Großvater, den Bischof eurer Beachy-Gemeinde, Isaak Glick, anzurufen. Ich hatte ja keine Ahnung, dass Isaak überhaupt irgendetwas über die Umstände von Gabriel Eshs Tod wusste. Aber höre selbst: Isaak erzählte meinem Mann einige beängstigende Dinge. Ich muss gut aufpassen, wie ich das alles weitergebe, denn ich will auf keinen Fall die Wahrheit verdrehen. Soviel Isaak weiß, hat Seth Fischer Gabriel Esh mit einem Zauberfluch belegt! Ich weiß nun nicht, was für ein Fluch das genau war. Ich weiß nur, dass einen Tag später Gabriel und sein Freund mit dem Auto irgendwohin unterwegs waren und Gabriels Freund bei dieser Fahrt eine weiße Taube überfuhr. Der Freund wurde leichenblass ... vor Entsetzen. Er sagte Gabriel, dass es in den religiösen Kreisen, in denen er verkehre, ein böses Omen sei, wenn man eine weiße Taube töte, ein Zeichen, dass dieser Mensch oder diese Menschen unerwartet sterben würden, und zwar bald.

Gabriel wusste nicht, was er davon halten sollte. Er hatte ebenfalls von der Macht des Aberglaubens gehört, und er kannte selbst Leute, die nach einem ähnlichen Ereignis gestorben waren.

Oh, Rachel, wenn unser Großonkel nur gewusst hätte, wie man mit solchen Dingen umgehen muss. Wenn er nur gewusst hätte, was wir wissen: Dass die Menschen, die zu Gott gehören, Vollmacht über Ängste und Irrglauben haben können. Ich weiß wirklich nicht, ob Gabriel Angst vor diesem Aberglauben hatte und ob sein Grauen zu seinem frühen Tod führte. Das kann nur Gott sagen. Aber Angst ist wie eine weit geöffnete Tür. Wenn wir Angst haben, glauben wir dem Teufel, während der Glaube an dem festhält, was Gott sagt. Im Buch Hiob, Kapitel drei, Vers fünfundzwanzig steht: ‚Denn was ich gefürchtet habe, ist über mich gekommen, und wovor mir graute, hat mich getroffen.' Es kann sein, dass Gabriel nicht verstand, wie sehr die Furcht einen Gläubigen den Angriffen des Feindes aussetzt. Bei allem, was Gabriel für den Herrn tat, als er sich so vehement gegen die Zauberpraktiken aussprach, war es natürlich kein Wunder, dass der Teufel es darauf abgesehen hatte, ihn zum Schweigen zu bringen.

Wenn man sieht, wie sehr Gabriel dem Herrn nachfolgte, ist es schwer zu verstehen, wie ein Zauberfluch ihm überhaupt irgendetwas anhaben konnte. Wir wissen aus den Predigten, die wir gehört haben, dass es so viele Flüche gibt, die Menschen, ohne es zu wissen, auf andere legen. Auch Dinge wie Eifersucht, üble Nachrede und Ablehnung gehören dazu.

Aber trotz allem glauben Levi und ich, dass Gabriel im Himmel bei seinem Herrn ist. Das glauben wir von ganzem Herzen.

Rachel wischte sich die Tränen aus dem Gesicht. Die Nachricht ihrer Kusine erschreckte sie nicht nur, sie machte sie auch traurig und verwirrt. Sie fragte sich erneut, warum über eine solche Bosheit in der Vergangenheit der Deckmantel des Schweigens gebreitet wurde.

In ihr regte sich der Wunsch, dass diese Dunkelheit von Jesu Licht durchleuchtet und vertrieben würde. Denn Jesus hatte gesagt, dass er der Weg, die Wahrheit und das Leben sei. Und sie wünschte, dass Jesus die Herzen ihrer Mitmenschen anrühren würde, die durch jahrzehntealte abergläubische Überlieferungen verhärtet waren und den Lügen des Teufels glaubten. Das wünschte sie sich mehr als alles andere für die Amischgemeinschaft. Sie wünschte auch, dass der betagte, kranke Älteste der Gemeinde, ein früherer Zauberheiler, dieses Licht sehen könnte. Ja, Seth Fischer musste hören, dass das Licht gekommen war. Dass Gottes Herrlichkeit mindestens einer unbedeutenden Seele bei den Amisch erschienen war ... nämlich dem jungen Mann, den er so sehr gehasst hatte, dass er ihn sogar mit einem furchtbaren Fluch belegte.

Aber Rachel war ganz sicher, dass sie erst wieder sehen können müsse, dass ihr Augenlicht durch die Macht Gottes zurückkommen müsse, bevor sie auf Seth Fischer zugehen könnte. Wenn ihre Blindheit erst einmal der Vergangenheit angehörte, würde der von allen hoch geachtete Gemeindeleiter zuhören, was sie zu sagen hatte, auch wenn sie nur eine Frau war. Aber sie fürchtete, bei der gesundheitlichen Verfassung, in der er sich befand, ginge seine Zeit auf dieser Erde bald ihrem Ende entgegen.

Sie kniete neben ihrem Bett nieder und wiederholte voll Vertrauen auf Gottes Macht mehrere Verheißungen, die sie in der Bibel gefunden hatte. Sie kannte viele Bibelstellen auswendig und sagte sie in ihrem Gebet laut auf. Tief in ihrem Herzen war sie von einem starken Drängen erfüllt. Aber sie fand nicht, dass sie irgendetwas Ungewöhnliches von Gott erbat.

„Lieber Herr im Himmel, ich bitte dich, mich zu heilen", betete sie. „An Leib, Seele und Geist. Ich weiß, dass dein Wort sagt: ‚Ist jemand unter euch krank, so rufe er die Ältesten der Gemeinde. Sie sollen über ihm beten und ihn im Namen des Herrn mit Öl salben.' Ich bin kein Ältester, und ich habe in der Vergangenheit selbst kaum geglaubt, dass du mich heilen wirst. Es war mir sogar ziemlich unwichtig, ob ich sehen konnte oder nicht. Aber jetzt lege ich dir mein Augenlicht hin und bitte dich, mich zu heilen, wie du versprochen hast. Ich bin bereit, zu den

Ältesten unserer Gemeinde zu gehen und mich mit Öl salben zu lassen, wenn das dein Wille ist. In Jesu Namen. Amen."

Sie hob den Kopf und öffnete voll Erwartung, alles klar und deutlich zu sehen, die Augen. Aber das Zimmer war ein einziges schattiges Grau. Sie war enttäuscht und fragte sich, ob die vorübergehende Trübung ihres Augenlichts inzwischen in eine dauerhafte Blindheit übergegangen sei. Doch sie weigerte sich, sich von dieser Möglichkeit Angst einjagen zu lassen.

* * *

Nachdem sie Susanna am nächsten Morgen die wichtigsten Ereignisse aus der Gemeindeversammlung am Vorabend erzählt hatte, eilte Rachel zwischen ihren Hausarbeiten immer wieder in ihr Zimmer hinauf und betete leidenschaftlich dafür, wieder sehen zu können. „Lieber Herr Jesus, ich erinnere dich heute an deine vielen Verheißungen, uns zu heilen. In deinem Wort, im Lukasevangelium, Kapitel vier, sagst du, dass du gesandt wurdest, um die zu heilen, die zerbrochenen Herzens sind, um den Gefangenen Erlösung zu predigen und um die Blinden sehend zu machen und um die Menschen zu befreien, die zerschlagen sind. Oh, Herr, das alles trifft auf mich zu. Ich habe ein zerbrochenes Herz, weil ich Jakob und Aaron, meinen geliebten Mann und meinen kleinen Jungen, verloren habe. Ich war auch furchtbar lang eine Gefangene wegen meiner Angst und Bitterkeit, und ich bin blind, weil ich bewusst jede Erinnerung an diesen Unfall ausgesperrt habe." Sie machte eine Pause und wischte sich die Tränen weg. „Ich bin auch verletzt, Herr, ganz tief in meinem Geist, verwundet wegen der früheren Sünden in meiner Familie. Das weiß ich von den Predigtkassetten des Pastors aus Ohio, die er mir schickt. Er lehrt mich, dass Sünden der Vorväter weit reichende Folgen für eine Familie haben, unabhängig davon, ob diese Menschen an dich glauben oder nicht."

Während sie so betete, kam ihr plötzlich in den Sinn, warum Seth Fischers Zauberspruch vielleicht tatsächlich bei einem Christen wie Gabriel Esh und seinem Freund eine Wirkung gehabt haben konnte. Sie wusste es nicht mit Bestimmtheit, aber sie konnte sich sehr gut vorstellen, dass Gabriel keine Ahnung gehabt hatte, wie er mit solchen Dingen wie den Sünden seiner Vorväter umgehen sollte. Ein Vorfahr, der Mann, nach dem Gabriel benannt worden war, war dafür bekannt, dass er in der Gemeinde mit den Wunderheilungen begonnen hatte.

Je mehr Rachel darüber nachdachte, umso mehr fragte sie sich, ob darin das Problem gelegen haben könnte: dass er keine Ahnung von geistlicher Kriegführung gehabt hatte. Sie hatte gelernt, dass man Sünden früherer Generationen beim Namen nennen, als Schuld bekennen und sich von ihnen lossprechen musste, damit sie am Kreuz Jesu unschädlich gemacht würden. Sie wusste das alles nur durch Esthers Pastor in Ohio, aber sie war Gott so dankbar, dass er sie so vieles durch diese Menschen lehrte. Wenn sie das nur an ihre Eltern, ihre elf Geschwister und deren Ehepartner und Kinder weitergeben könnte und besonders an Seth Fischer. Sie müsste weiterhin beten, denn sie brauchte mehr Mut, um innerhalb der Amischgemeinschaft ihren Standpunkt zu vertreten. Genauso wie Gabriel Esh vor mehreren Jahrzehnten mutig seinen Standpunkt kundgetan hatte.

* * *

„Mama verbringt heute ziemlich viel Zeit oben in unserem Schlafzimmer“, bemerkte Annie gegenüber ihrer Großmutter.

„Ach, weißt du, deine Mama ist mit ihrer persönlichen Korrespondenz beschäftigt.“

„Ist es wegen Kusine Esther in Ohio? Bespricht sie für sie wieder Kassetten?“ Annies Kindergesicht war voller Fragen. „Vielleicht ziehen wir auch dorthin und wohnen bei Levi und Esther und ihren Kindern.“

„Was in aller Welt soll denn das heißen, Kind? Wie kommst auf eine solche Idee?“

„Mama und ich haben einmal darüber gesprochen.“ Die Worte des kleinen Mädchens kamen ein wenig lispelnd, weil ihr ein Schneidezahn fehlte und sie eine Zahnlücke hatte.

„Ich würde sagen, das sind alles nur Hirngespinste."

„Wie meinst du das, Oma Susanna?"

Susanna wusste, dass sie sich ihre Worte gut überlegen müsste, da das kluge Kind sonst zu tief bohren würde. „Es ist so: Deine Mama hat wahrscheinlich manchmal das Gefühl, hier in Bird-in-Hand gefangen zu sein, vor allem, da ihre beste Kusine in dem weiten, offenen Land da draußen in Holmesville lebt. Wir wollen immer das, was wir nicht haben können. Das liegt einfach in der Natur des Menschen, würde ich sagen."

Annie schaute sie mit ihren großen, unschuldigen blauen Augen an. „Ich möchte so gern auf einem Bauernhof leben. Und Mama auch."

Dem konnte Susanna nichts entgegensetzen. Es gab auf der ganzen weiten Welt wirklich nichts Besseres, als Gottes gute Erde zu bearbeiten.

„Ich glaube, eines Tages werden wir wieder Bauern sein", sagte Annie aus heiterem Himmel.

„Wirklich?"

„Ja, denn ich habe ein mächtig starkes Gefühl, dass es so kommt."

Bei dieser Bemerkung spitzte Susanna die Ohren. Konnte es sein, dass ihre Enkelin einige der Familiengaben früherer Generationen geerbt hatte? Konnte es sein, dass Annie die Nächste in der Linie war? Nach Rachel natürlich. Wenn dem wirklich so war, dann hatte sie soeben wirklich eine sehr gute Nachricht bekommen. Und das so kurz vor Weihnachten. Wenn sie das Benjamin erzählte!

* * *

Rachel begann den nächsten Tag mit einem aufrichtigen, leidenschaftlichen Gebet. Ganz anders als die stillen, fest formulierten Gebete, mit denen sie aufgewachsen war. Sie betete mit weit geöffneten Augen, ohne etwas zu sehen. Sie wartete darauf, dass der Herr ihr Heilung schenkte. Da sie sich mehr als alles in der Welt wünschte, sehen zu können, flehte sie Gott an, ihr rechtzeitig für Weihnachten ihr Augenlicht wieder zu schenken. „Das wäre ein herrliches Geschenk", betete sie und wiederholte erneut die Verheißungen Gottes, die sie in der Bibel über Heilung gefunden hatte.

„Ich bin bereit, mich den schrecklichen Bildern zu stellen und mich an den Unfall zu erinnern, der Jakob und Aaron das Leben gekostet hat, damit ich mein Augenlicht zurückbekomme. Egal, was es kostet, Herr. Ich möchte wieder sehen können!"

Als ihre Heilung immer noch nicht kam, stand Rachel auf, wusch sich und kleidete sich für diesen Tag an. Sie wollte es nicht zugeben, aber sie wurde allmählich ein wenig ungeduldig. Immerhin schien es Gott nicht allzu eilig zu haben, ihre Gebete zu erhören. Obwohl sie ihr Augenlicht doch unbedingt wiederhaben wollte, um ihre kleine Annie endlich wieder sehen zu können.

Es war fast unerträglich, sich so von Herzen nach etwas zu sehnen. Immerhin war damals, als sie mit bloßer Willenskraft beschlossen hatte, die Bilder von dem Unfall aus ihrem Kopf auszusperren, und sich geweigert hatte zu sehen, ihr Augenlicht innerhalb kürzester Zeit verschwunden. Sie verstand einfach nicht, warum der Herr seinen Plan für ihr Leben derartig hinauszögerte, obwohl sie doch so gern gesund sein wollte. Warum?

Als sie gerade dabei war, ihr und Annies Bett zu machen, setzte plötzlich ein stechender Schmerz ein. Es war, als bohrten sich tausend Nadelstiche in ihren Schädel. Die Qualen und schrecklichen Leiden der letzten zwei Jahre kehrten mit den Kopfschmerzen zurück. Genau die Schmerzen, die sie nie wieder hatte durchmachen wollen.

Sie hielt sich mit beiden Händen den Kopf und stöhnte laut. Die Schmerzen raubten ihr fast den Atem. „Nein ... nein, nicht auf diese Weise, Herr. Bitte nicht auf diese Weise."

* * *

Als Susanna die Treppe hinaufstieg, um in den oberen Zimmern aufzuräumen, vernahm sie ein Stöhnen aus dem Schlafzimmer im Nordwesten des Hauses ... aus Rachels und Annies Zimmer. „Was ist denn da los?", murmelte sie kopfschüttelnd und ging den Korridor hinab.

Vor der Tür blieb sie stehen und lauschte. Es war eindeutig Rachel, die in dem Zimmer so Mitleid erregend wimmerte. Susanna klopfte an die Tür und wartete besorgt auf eine Antwort. „Ist mit dir alles in Ordnung, Tochter?"

„Komm herein, Mama."

Sie öffnete die Tür. Rachel lag angekleidet auf dem Bett. „Was ist denn los?"

Rachel drückte die Hände an die Schläfen und wand sich vor Schmerzen. „Es ist mein Kopf ... ich halte diese Schmerzen nicht mehr aus."

„Meine Güte", flüsterte sie. „Soll ich dir eine Aspirin holen?"

„Nein ... nein, keine Tabletten."

Susanna seufzte. Sollte sie es wagen, in dieser Situation Blue Johnny zu erwähnen?

„Auch keine Zauberdoktoren, Mama. Bitte, schlage dir solche Gedanken sofort aus dem Kopf."

Susanna schüttelte verwundert den Kopf. Rachel tat es schon wieder: Sie sprach laut aus, was sie dachte, ohne lange darüber nachzudenken. Wie diese Veränderung bei ihrer sonst so scheuen Tochter auf einmal kam, wusste Susanna nicht, aber es war ein Zeichen für eine echte Begabung. So viel stand fest. „Soll ich dann lieber einen *weltlichen* Arzt holen?"

Rachel antwortete nicht sofort, sondern schaukelte weiterhin vor und zurück, als sei sie großen Qualen ausgesetzt. Schließlich bat sie stockend: „Würde es dir etwas ausmachen, Esther anzurufen ... und sie zu bitten, dass sie und Levi für mich beten?"

„Ein Telefongespräch nach Ohio? Hast du jetzt denn den Verstand verloren? Wie kannst du so etwas verlangen? Hast du überhaupt eine Ahnung, wie teuer so ein Ferngespräch mitten am Tag ist?"

„Billiger als ein Arzt im Krankenhaus", sagte Rachel und überraschte Susanna mit dieser unverblümten Bemerkung.

„Du hast heute vielleicht Nerven ... trotz deiner Schmerzen."

„Mama, entschuldige bitte. Ich habe es nicht böse gemeint."

Susanna überlegte. „Es spielt jetzt keine Rolle, wie du das gemeint hast. Tatsache ist, dass es höchste Zeit wird, dass du die Dinge mit Blue Johnny klärst. Endgültig."

„Aber, Mama ... "

„Schluss jetzt. Hör mir zu, Tochter. Er hat die Macht zu heilen und dir auch dein Augenlicht wieder zu schenken. Was in aller Welt denkst du dir nur dabei, ihn immer wieder abzulehnen?" Susanna glaubte, sie müsse platzen, wenn sie auch nur eine Sekunde länger in diesem Raum bliebe. Erbost stürmte sie hinaus und ließ Rachel hilflos auf ihrem Bett liegen. Rachel konnte sich vor Schmerzen kaum rühren und schluchzte in ihr Kissen.

Gütiger Gott, machte ihre Tochter einen Schritt zurück, und fing die Trauerphase wieder von vorne an? Dieser Gedanke machte sie fast krank. Auf keinen Fall wollte sie die letzten zwei Jahre noch einmal durchleben, besonders nicht die ersten anderthalb. Rachels Trauer war so schlimm gewesen, wie Susanna es noch bei keiner anderen Witwe erlebt hatte.

„Ich weiß wirklich nicht, was ich mit ihr anfangen soll", murmelte sie bei sich. Sie eilte die Treppe hinab, wo sie mit Annie zusammenstieß. Das kleine Mädchen war überrascht, als sie sah, dass ihre Oma wütend vor sich hin schimpfte.

„Was ist denn passiert?", fragte das Kind.

„Deiner Mama geht es im Moment nicht gut."

„Ich gehe hinauf und helfe ihr."

„Nein ... nein ... nein, bleibe lieber hier unten. Hilf mir, ein schönes, gutes Mittagessen zu kochen."

Annie Augen wurden feucht. „Aber wie soll ich denn essen können, wenn Mama krank ist? Das könnte ich nie, Oma Susanna. Das geht einfach nicht."

So wie das Kind sich aufführte, hätte man meinen können, Rachel liege im Sterben. Da kam Susanna plötzlich ein Gedanke. Mit einem Mal wusste sie, was zu tun war. „Ja, vielleicht solltest du hinaufgehen und deine Mama trösten, Annie. Lege dich einfach neben sie und lege ihr deine Hand auf die Stirn und sage dreimal folgende Worte: ‚Bändige dein Fleisch und Gebein, liebe Mama.' Mache dann mit dem Daumen drei Kreuzzeichen auf ihre Stirn. Wir werden sehen. Vielleicht kannst du ja diese bösen Kopfschmerzen heilen."

Annie strahlte über das ganze Gesicht und eilte aus der Küche. Susanna konnte sich ein Grinsen nicht verkneifen.

10

Rachel lag immer noch auf dem Bett und betete angestrengt und leidenschaftlich, als es wieder an ihrer Schlafzimmertür klopfte. „Wer ist da?“, fragte sie und hoffte, ihre Mutter käme nicht schon wieder, um wegen Blue Johnny in sie zu dringen.

„Ich bin es, Mama ... Annie.“

„Oh, Liebes, komm doch herein.“ Sie bemühte sich, sich zu beherrschen und nicht zu zeigen, wie groß ihre Schmerzen tatsächlich waren.

„Oma Susanna sagte, ich sollte dir helfen.“ Annies Schritte waren leicht, als sie das Zimmer durchquerte und an das Bett trat.

„Wie willst *du* mir denn helfen, Kleines?“

„Darf ich mich neben dich legen?“

Rachel rutschte auf die Seite und machte ihrer Tochter Platz. Dann hielt sie den Atem an und versuchte, sich nicht so sehr auf die quälenden Schmerzen zu konzentrieren, als sie fühlte, wie Annie ihre warme Kinderhand auf ihre Stirn legte. „Was machst du denn da?“

„Ich berühre deinen Kopf. Und ... ich mache das Kreuzzeichen auf deiner Stirn. Dreimal. Jetzt werde ich etwas über dir sagen.“

„*Was* willst du denn sagen, Annie?“ Rachel standen die Nackenhaare zu Berge. „Wer hat dir gesagt, dass du das tun sollst?“ Rachel war außer sich. Sie wusste genau, *wer* Annie das gesagt hatte. Ohne den geringsten Zweifel wusste sie es.

„Oma Susanna sagte, ich könnte dich vielleicht gesund machen“, kam die leise Stimme.

„Bitte, glaube kein Wort davon!“ Rachel setzte sich auf und wünschte sich sehnlich, sie könnte ihre Tochter sehen. „Das, was Oma dir gesagt hat, ist sehr, sehr falsch.“

„Aber warum sollte sie ... warum?“ Annies Stimme klang, als würde sie jeden Augenblick weinen.

„Ach, das ist schwer zu erklären“, begann Rachel. „Aber es ist nicht Gottes Absicht, dass man über Menschen Zaubersprüche ausspricht. So viel steht fest."

„Aber Josua, mein kleiner Vetter, macht das auch."

Rachel atmete zischend ein. Dann musste sie husten. „Wie meinst du das?"

„Er redet dauernd davon, dass er eines Tages unser Doktor sein wird. Das erzählt ihm Tante Lizzy. Ich glaube, Oma Susanna hat ihr auch erzählt, wie man Leute von ihren Krankheiten heilen kann."

In Rachels Kopf pochten die stechenden Schmerzen. Aber es tat ihr noch mehr weh zu hören, dass der Feind Gottes in den Herzen ihrer lieben Verwandten so eifrig am Werk war. „Wir müssen für unsere Heilung beten und dürfen nicht Josua oder sonst irgendjemanden Zaubersprüche über uns aussprechen lassen. Die Bibel warnt uns davor, das zu tun. Verstehst du?"

„Josua sagt, das sei bei den Amisch üblich."

„Aber dadurch wird es nicht richtiger. Das, was Gott will, ist immer das Beste."

Annie schien mit Rachels Antwort zufrieden zu sein und stellte keine weiteren Fragen mehr. Sie gab Rachel einen Kuss auf die Wange und verließ das Zimmer.

Rachel rieb sich die Schläfen und betete im Stillen.

Sie wusste, dass sie eine Entscheidung treffen müsste. So oder so. Sie wollte nicht wieder zu den stillen, dunklen Tagen zurückkehren, in denen sie sich selbst verleugnet hatte, in denen sie sich selbst belogen hatte. Sie hatte sich von ihrer Angst betrügen lassen, weil sie sich zu sehr davor gefürchtet hatte, sich der Wahrheit zu stellen und sich an das zu erinnern, was sie an der Kreuzung der Bundesstraße 340 und der North Ronks Road, *der* Kreuzung, an der Jakob und Aaron gestorben waren, gesehen hatte.

Vielleicht könnte sie sich sogar zwingen, mit Pferd und Einspänner auf die Ronks Road zu fahren und die tödliche Kreuzung zu überqueren. Wie sie das schaffen sollte, wusste Rachel nicht. Aber eine solche Erfahrung gehörte zu ihrer Heilung. Davon war sie überzeugt.

* * *

Völlig verwirrt über Rachels verzweifelte Verfassung verkündete Susanna Benjamin, dass sie einen mennonitischen Fahrer anrufen wolle, um sich von ihm ins Dorf fahren zu lassen. „Ich brauche ein wenig Raum zum Atmen“, gestand sie und holte sich ihren Mantel und ihre Stiefel. „Du verstehst das doch, oder?“

Er schaute von seiner Gartenzeitschrift auf und runzelte fragend die Stirn. Die Kleidung, die er trug, sein langärmeliges weißes Hemd und die schwarze weite Hose, waren sauber gebügelt. Das verdankte er Rachel. „Hast du dich über etwas aufgeregt, Susie?“, fragte er und schlug die Zeitschrift zu.

Sie biss sich auf die Zähne und versuchte, Haltung zu bewahren. „Mehr, als ich sagen kann.“

„Na, dann fahre los. Sprich es dir von der Seele.“

Susanna hatte keine Ahnung, wohin sie eigentlich wollte. Eine Tasse schwarzen Kaffee und Leas aufmerksames Ohr könnten viel dazu beitragen, dass sie sich bald wieder besser fühlen würde. „Ich bleibe nicht allzu lang fort“, sagte sie leise.

„Willst du zu Lea hinüber?“, fragte er und stand auf, um sie zu umarmen.

„Wahrscheinlich.“

„Gute Idee, wenn du mich fragst.“ Er küsste sie auf den Mund, obwohl sie trotz der liebevollen Geste die Lippen verzog. „Ich kümmere mich um Rachel ... falls sie einen Tee oder irgendetwas anderes braucht.“

Er begleitete sie zur Tür, als der Fahrer kam. „Jetzt los mit dir. Mache dir eine schöne Zeit.“

Oh ja, das würde sie versuchen. Alles wäre besser, als jetzt im Haus zu bleiben und innerlich zu kochen. Sowohl sie als auch Rachel brauchten etwas Abstand.

* * *

Susanna wollte warten, bis sie Benjamin von Annies Bemerkung erzählte, dass sie „ein mächtig starkes Gefühl“ habe, dass sie und ihre Mama eines Tages wieder Bauern sein würden.

Puh! Wenn diese kindliche Phantasie sich bewahrheiten sollte, würde sie das sehr überraschen. Immerhin gab es nicht mehr viel Land, das innerhalb der Familien weitergegeben werden konnte. Wenigstens nicht in Lancaster County. Wo in aller Welt wollten Rachel und Annie hier in der Gegend Land finden?

Sie versuchte, sich zu beruhigen, während sie aus dem Autofenster auf die weißen winterlichen Felder starrte, die sich auf beiden Seiten der schneebedeckten Straße erstreckten. Die Straße lag glitzernd und glatt vor ihnen. Sie war an beiden Seiten mit geräumtem Schnee bedeckt. Man hatte nur eine schmale Spur frei gelassen, die gerade so breit war, dass ein Auto mit Müh und Not durchkommen konnte.

In der Ferne erstreckten sich gefrorene elfenbeinfarbene Hügel über dem südlichen Horizont, und für einen Augenblick hatte Susanna den seltsamen Wunsch, dorthin zu gehen, weit weg von zu Hause, und einen Platz zu finden, an dem es Ruhe gäbe. Weit weg von ihrer erwachsenen Tochter, die sich wie ein ungezogenes Kind benahm.

Sie dachte an die Tage zurück, in denen Rachel noch ein kleines Mädchen gewesen war ... schüchtern wie eine kleine Maus. Ein freundliches und leises Mädchen war Rachel gewesen, das gern gehorcht hatte. Sie hatte kein einziges Mal ihren Willen gegen die Eltern durchgesetzt, so lange Susanna zurückdenken konnte. Nein, Rachel Zook war ein Mädchen gewesen, wie es fast alle amischen Eltern gern als Kind haben würden, auch wenn sie ganz anders war als die fünf älteren Töchter, die Benjamin und Susanna bekommen hatten. Rebekka, Naomi, Susie, Maria und Elisabeth besaßen eine selbstbewusste und starke Veranlagung, ebenso wie Susannas eigene Schwestern und auch ihre Mutter und die Generationen von Frauen vor ihnen. Lauter entschlossene Frauen.

Warum Rachel so schüchtern und scheu war, obwohl sie doch

von einer langen Linie willensstarker Frauen abstammte, war Susanna schon immer ein Rätsel gewesen. Aber in letzter Zeit war sie zu dem Schluss gelangt, dass ihre jüngste Tochter ausgewählt war, die nächste Wunderheilerin der Gemeinde zu werden. Susanna hatte in letzter Zeit viel darüber nachgedacht und kam immer mehr zu der Überzeugung, dass sie in diesem Punkt Recht hatte. Der allmächtige Gott hatte aus gutem Grund Rachel mit einem empfindsamen und demütigen Geist begabt. Susanna sah Gottes Plan für die blinde Frau klar vor sich. Es würde nicht mehr lange dauern, bis der Rest der Amisch das ebenfalls begreifen würde. Sie konnte es kaum erwarten, bis Rachel selbst einsah, wie wichtig der „Segen" der Wunderheilungsgabe war. Susanna würde nicht ruhen, bis dieser Tag käme.

Glocken ertönten, als sie einem Pferdeschlitten begegneten und der Fahrer das Tempo verlangsamte, damit das Pferd nicht scheute. Eine Gruppe Frauen des Gemeindebezirks der Alten Ordnung war unterwegs. Wahrscheinlich waren sie zu einem Arbeitseinsatz unterwegs. Susanna war nicht eingeladen worden und fragte sich, wohin diese Frauen wohl fuhren.

Als Susanna sich umdrehte, um sich die Frauen genauer anzuschauen, erkannte sie Maria und Elisabeth, zwei ihrer verheirateten Töchter, und deren heranwachsende Töchter Lizzy, Anna, Maria Beth, Katie, Susie Mae, Lydia und Martha, die alle mit ihnen unterwegs waren. Warum hatte man sie ausgeschlossen? Andererseits war das unschwer zu verstehen. Man hatte in letzter Zeit aufgehört, sie zu Arbeitseinsätzen einzuladen, weil die Leute ganz genau wussten, dass sie ihnen wegen ihrer Arbeit in der Frühstückspension eine Absage erteilen müsste. Es tat ihr nicht besonders Leid, dass man sie übergangen hatte. Wenigstens nicht an einem eisig kalten Tag wie heute.

Als sie über die Frauen nachdachte, von denen die meisten aus ihrer eigenen Familie stammten und die alle irgendwohin unterwegs waren, kam ihr der Gedanke, dass Lea vielleicht auch bei irgendeinem Arbeitseinsatz war und sie ihre Schwester gar nicht zu Hause antreffen würde.

Ich hätte in ihrer Schreinerei anrufen sollen, dachte sie. Leas Mann oder wenigstens einer ihrer älteren Söhne wäre schon ans Telefon gegangen. Auf diese Weise hätte sie herausfinden können, ob Lea zu Hause war, bevor sie den ganzen Weg zu ihr vergeblich zurücklegte.

Aber jetzt ließ sich das auch nicht mehr ändern und, ehrlich gesagt, tat ihr diese Fahrt ohne bestimmtes Ziel an diesem frostigen Vormittag sehr gut. Es half ihr, wieder einen klaren Kopf zu bekommen. Auch ihr Atem kam wieder ruhiger. Die Fahrt trug außerdem dazu bei, dass sie nicht mehr ständig über die Launen, die ihre Tochter in letzter Zeit an den Tag legte, nachsinnen musste.

Ach ja, diese Kassetten aus Ohio ... sie kamen Woche für Woche. Das hörte wohl nie auf! Egal, ob bei Schnee, Hagel oder bei Sonnenschein. Dieser häufige Briefwechsel drängte bei ihr wieder einmal die Frage auf, was die zwei Frauen einander wohl zu sagen hatten. Wenn sie nicht so eine ehrliche Frau wäre, könnte sie fast versucht sein, sich einmal eine dieser Kassetten „auszuleihen" und sie sich anzuhören ...

* * *

Es stellte sich heraus, dass Lea doch zu Hause war. Susanna war sehr froh, ihre jüngere Schwester zu sehen. „Ich musste für eine Weile aus dem Haus", gestand sie.

„Wegen Rachel?"

„Hm, ja."

„Dann komm herein. Du musst mir alles erzählen."

Diese Worte waren Aufforderung genug für Susanna, ihrer Schwester ihr Herz auszuschütten. „Sie hat Kopfschmerzen ... und benimmt sich ganz so wie damals, kurz nachdem Jakob und Aaron starben. Vielleicht erinnert sie sich an einzelne Bilder von dem Unfall."

Lea hielt den Kopf leicht schief und schaute Susanna mit wachem Interesse an. „Du weißt, wie das bei manchen Witwen und Witwern ist. Sie durchleben den Tod ihrer Angehörigen einfach immer und immer wieder neu. Vielleicht geht es Rachel genauso."

„Die Trauer kommt in mehreren Wellen. Das steht außer Frage."

„Ja. Aber bei *uns* ist das nicht so. Die Amisch verhalten sich normalerweise anders."

Diese Worte schmerzten Susanna zutiefst. Sie hörte die Verachtung in Leas Stimme. Ihre Schwester dachte, Rachel benehme sich nicht wie eine von ihnen. Sie benahm sich mehr wie eine moderne, „eitle" Frau, obwohl sie durch und durch amisch war.

„Ich würde sagen, ein Besuch von Johannes Lapp aus Paradise könnte das alles ändern", erklärte Lea voll Überzeugung.

„Du meinst doch nicht etwa ... "

„Natürlich meine ich das. Und ich finde, du solltest diesen Schmied bald einmal zum Essen einladen. Soweit ich gehört habe, tauchte er am Montagabend bei den Beachy-Amisch im Gemeindehaus auf."

„Johannes Lapp war hier?"

„Es ist gekommen und hat sich deine Rachel angeschaut."

„Bist du dir da sicher?"

„Viele Leute sahen ihn. Sie sahen auch Lavina und Rachel, die ganz vorne saßen. Was das betrifft, bin ich genauestens informiert, Susie."

Susanna dachte einen Moment nach. „Ich überlege gerade, was Johannes Lapp wohl an Weihnachten vorhat."

Lea nickte eifrig mit dem Kopf. Ihre braunen Augen funkelten begeistert. Natürlich wäre Susanna klug genug, keine Silbe davon gegenüber Rachel zu erwähnen. Nein, es war besser, wenn sie nichts davon wusste.

„Da du gerade von Weihnachten sprichst: Ich habe gestern von Esther einen Brief bekommen. Es sieht so aus, als wollten sie am Freitagnachmittag hier eintreffen ... am Heiligabend."

„Davon weiß ich ja noch überhaupt nichts", rief Susanna aus.

„Ich bin wirklich froh, dass deine Rachel sie eingeladen hat."

„Oh, dann ist es vielleicht *das,* was die beiden miteinander aushecken."

Lea runzelte die Stirn. „Wie meinst du das?"

„Zwischen hier und Ohio sind in letzter Zeit viele Kassetten hin und her gewandert. Das kannst du mir glauben."

„Du denkst, Rachel täte ein Besuch von Esther vielleicht ganz gut?"

Susanna nickte. „Ich würde sagen, diese zwei Kusinen stehen sich so nahe, wie man sich das bei zwei Frauen nur vorstellen kann."

Lea fing an zu lachen. „Dann schau dir doch nur an, wie nahe sich ihre Mütter stehen!"

Darüber musste Susanna lächeln. „Und ich dachte schon, etwas anderes sei im Busch."

„Was ... wegen der Kassetten?"

„Ja", sagte Susanna nur. Sie wollte bei Lea keine Neugier wecken. Trotzdem konnte sie sich des Gedankens nicht erwehren, dass Rachel einen wichtigen Grund haben musste, wenn sie Esther und Levi fragte, ob sie zu Weihnachten nach Hause kommen wollten.

Teil 2

Wenn nun jemand sich reinigt von solchen Leuten,
der wird ein Gefäß sein zu ehrenvollem Gebrauch,
geheiligt, für den Hausherrn brauchbar
und zu allem guten Werk bereitet.

2. Timotheus 2,21

11

Das Knirschen eiliger Stiefelschritte auf dem verschmutzten Schnee – Leute, die sich bei ihren Weihnachtseinkäufen auf dem Broadway und den umliegenden Einkaufsstraßen drängten – hallte in Philips Kopf wider. Er ging bewusst langsam und näher an den Geschäften als am Straßenrand. Dabei fiel ihm auf, dass keiner der Menschen, die in dem hektischen Treiben der Weihnachtseinkäufe gefangen waren, daran interessiert zu sein schien, auch nur einen Blick in die kunstvoll geschmückten Schaufenster entlang der Straße zu werfen. Selbst ganz gewöhnliche Geschäfte wie die Eisenwarenhandlung und die Apotheke platzten fast aus den Nähten, so viele Kunden drängten sich hinein. In Delikatessenläden und Cafés standen Menschen Schlange, um auf Geschenkgutscheine zu warten oder auf einen schnellen Imbiss, der ihnen helfen sollte, wieder neue Energie für ihre weiteren Einkäufe zu tanken.

Weihnachten in New York City war für viele genau das Richtige. Nicht für Philip. Nicht mehr. Er konnte es kaum erwarten, in eine ruhigere Umgebung zu entfliehen. Nämlich in das Dorf Bird-in-Hand, 300 Einwohner.

Er plante, in zwei Tagen mit dem Auto Manhattan zu verlassen, bevor am Heiligabend der Verkehr zu dicht würde. Durch einen Anruf in seinem Reisebüro hatte er in Erfahrung gebracht, dass um diese Jahreszeit jede Menge Gasthäuser und Pensionen in und um Reading noch Zimmer frei hatten. Er würde sich für seine Fahrt nach Pennsylvania Zeit lassen und hätte bei der Vorstellung, die hektische Stadt für ein paar Tage hinter sich zu lassen, vor Freude laut jubeln können. Normalerweise lief zwischen Weihnachten und Neujahr in der Redaktion nicht viel. Die einzige Hürde war es deshalb gewesen, Kari klarzumachen, warum er die Feiertage nicht mit ihr und ihren Eltern verbringen konnte. Er hatte ihr versprochen, seine Abwesenheit an Weihnachten wieder gutzumachen und eine schöne Silvesterfeier in seiner Wohnung zu veranstalten. „Oder wir gehen zum Times Square und schauen zu, wie das Jahr zu Ende geht, wenn ihr wollt", hatte er vorgeschlagen.

Aber Kari und ihre Eltern zogen es vor, in die Kirche zu einem Altjahresgottesdienst zu gehen. „Es kommt ein Chor aus Europa", erzählte Kari mit leuchtenden Augen. „Er wird dir bestimmt gefallen, Onkel Phil. Wir wollen um Mitternacht beten und Abendmahl feiern."

Ehrlich gesagt, gefiel ihm Karis Idee auch besser. Und so hatte er sich zusammen mit dem Rest seiner Familie einverstanden erklärt, in das Neue Jahr „hineinzubeten".

Janice und Ken wirkten ziemlich überrascht, dass er Weihnachten mit Adele verbringen wollte. Aber er versicherte ihnen allen, dass dieser Besuch ihm sehr wichtig sei, und erinnerte sie, dass er noch keine einzige Weihnachtsfeier mit seiner Familie verpasst habe. „Keine einzige in siebenundzwanzig Jahren."

Höchste Zeit, an den Feiertagen einmal etwas Neues zu machen, sagte er sich, als er einen kleinen Bücherladen an der Ecke betrat. Ein Geschäft abseits vom großen Strom, in dem er einen guten Cappuccino trinken und das eine oder andere Geschenk für seine Nichte kaufen konnte, die eine ausgesprochene Leseratte war. Außerdem war er auf der Suche nach einem Bilderbuch für Annie Yoder, die er gern wieder sehen wollte. Fast so gern wie ihre Mutter Rachel.

* * *

„Ich habe unterwegs Maria und Elisabeth gesehen. Sie waren auf dem Weg zur Hess Road. Und das auch noch in einem Schlitten", erzählte Susanna, während sie Lea half, in den Schränken und danach in den Regalen Staub zu wischen. „Ich fürchtete schon, du könntest auch bei irgendeinem Arbeitseinsatz unterwegs sein."

„Ja, ich habe davon gehört, aber ich hatte keine große Lust, heute aus dem Haus zu gehen. Nicht bei den schlechten Straßen."

„Worum geht es denn bei diesem Arbeitseinsatz?" Susanna war einfach zu neugierig, um nicht nachzufragen.

„Seth Fischers Urenkelin bekommt im März ein Kind. Deshalb treffen sich einige jüngere Frauen, um ein paar kleine Decken zu nähen."

„Ach so."

„Ich hoffe nur, Seth Fischer lebt lang genug, um seinen ersten Ururenkel zu sehen."

„Es wird also ein Junge? Wissen sie das sicher?"

„Der Zauberdoktor hat es mit einer Münze, die an das Ende eines Fadens gebunden war, ausgependelt."

„Wenn das so ist, dann kann sich Seth Fischer darauf verlassen. Denn die Zauberdoktoren irren sich nie. Sie können sogar vorhersagen, wie viele Kinder es sind – Zwillinge, Drillinge, du weißt schon – und das Geschlecht in der richtigen Reihenfolge."

Lea runzelte die Stirn und schaute ihre Schwester mit großen Augen an. „Hast du dich jemals gefragt, warum das so ist?"

„Was?"

„Die Genauigkeit dieser Zauberdoktoren ... warum haben sie so oft Recht?"

Susanna zuckte mit den Achseln. „So ist es eben schon immer."

„Aber *wie* kommt es, dass sie so viel wissen? Dafür muss es doch einen Grund geben."

Susanna gab sich nicht die Mühe, das zu erklären. Sie wusste es auch nicht genau. Sie wusste nur, dass die „Weisheitsmächte" über Generationen hinweg von einem Menschen auf den anderen übertragen wurden, genauso wie die Heilungsgaben.

Sie begaben sich wieder an ihre Arbeit, und Susanna war nahe daran, ihre Sorgen wegen Esther anzusprechen, die es sich anscheinend zum Ziel gesetzt hatte, Rachel den Kopf mit Dingen vollzustopfen, die sie lieber vergessen sollte. Aber sie schwieg und ließ die Sache auf sich beruhen.

* * *

„Ich hoffe, dir geht es bald viel besser", sagte Lavina zu Rachel und bot ihr die Tasse Kamillentee mit Honig an, den sie in der Küche der Zooks zubereitet hatte. „Unter uns gesagt: Ich glaube, der Herr will vielleicht, dass ich in ein paar Tagen Seth Fischer besuche."

Rachel stopfte sich ein Kissen hinter den Rücken und setzte sich im Bett auf. „Bist du deshalb gekommen? Um mich zu fragen, ob ich dich begleite?"

„Ehrlich gesagt, Rachel: Als ich heute Morgen betete, hatte ich das Gefühl, dass ich bald zu ihm gehen sollte. Es ist nur so: Es wäre nicht richtig, wenn zwei unverheiratete Frauen allein zu einem Ältesten gingen."

„Das Gleiche habe ich mir auch überlegt." Rachel hob die Teetasse mit zitternden Händen an ihre Lippen.

„Wen würdest du denn bitten, mit uns zu kommen? Sag welchen Mann?" Sie stand an der Seite von Rachels Bett und schaute zu dem armen Mädchen hinab, das kreidebleich im Gesicht war.

„Levi Glick wäre wahrscheinlich die beste Wahl. Aber ich habe noch nicht gehört, ob sie zu Weihnachten kommen oder nicht."

Lavina betrachtete sie eine Weile. „Wir sollten beten, dass der Herr uns führt."

„Wenn Papa in geistlichen Dingen einen anderen Standpunkt verträte, würde ich ihn fragen."

„Benjamin ... warum eigentlich nicht? Dein Vater sollte auch hören, was ich Seth Fischer zu sagen habe." Auf Benjamin Zook war Lavina noch nicht gekommen, aber es lohnte sich, über diese Idee genauer nachzudenken.

„Wann würdest du denn gehen wollen?" Rachel nahm einen weiteren Schluck Tee und kniff die Augen zusammen, als hätte sie furchtbare Schmerzen.

„Sobald du wieder aufstehen kannst."

„Dann weiß ich nicht, ob ich mitkommen kann. Die Schmerzen in meinem Kopf müssen um einiges nachlassen, bevor ich auch nur daran denken kann, irgendwohin zu gehen."

Lavina setzte sich seufzend auf die Bettkante. „Hast du es schon mit einem Hausmittel versucht?"

„Ich habe mir Rosmarinöl auf die Schläfen gerieben, aber die Schmerzen scheinen ganz innen in meinem Kopf zu sein ... es sind nicht einfach nur normale Kopfschmerzen."

„Hast du vor etwas Angst, Rachel?", fragte Lavina vorsichtig.

„Ja ... vielleicht." Rachel erzählte ihr, wie sie gebetet und den Herrn wegen ihrer Heilung angefleht hatte.

„Vielleicht hast du es zu angestrengt versucht."

Rachel legte nachdenklich den Kopf schief. „Wie sollte *das* möglich sein?"

„Finde Ruhe im Herrn. Warte geduldig auf ihn." Das war der beste Rat, den Lavina ihr geben konnte.

„Ich sollte also Gott nicht an seine Verheißungen, dass er Menschen heilen kann und will, erinnern?"

„Meiner Meinung nach brauchst du deinen himmlischen Vater nicht an Dinge zu erinnern, die er versprochen hat. Genauso wenig, wie du deinen Vater erinnern musst, wenn er versprochen hat, dass er dich irgendwohin bringt. Ruhe dich einfach aus, Rachel. Deine Heilung kommt zu ihrer Zeit."

* * *

Wenn sie nicht solche Schmerzen gehabt hätte, hätte Rachel weiter in die alte Frau gedrängt. Lavina sprach wie eine weise alte Dame, und soweit sie wusste, gab es in ganz Lancaster County nur eine solche Frau. Sie hatte von Ella Mae Zook gehört. Sie war eine Kusine zweiten oder dritten Grades ihres Vaters und war vor vielen Jahren von hier fortgezogen. Sie wohnte unten in Hickory Hollow. Die Leute in jenem Gemeindebezirk nannten Ella Mae sogar die „Weise Frau", da sie Antworten auf die schwierigsten Lebensfragen zu haben schien.

Deine Heilung kommt zu ihrer Zeit ...

Wie konnte Lavina das so sicher wissen? Rachel dachte noch lange angestrengt über diese Fragen nach, auch als die freundliche, sanftmütige Frau die leere Tasse nahm und Rachel mit dem Versprechen, die Tasse noch einmal zu füllen, wieder allein in ihrem Zimmer ließ. Aber je mehr sie darüber nachdachte, umso mehr kam sie zu dem Schluss, dass man anscheinend in einigen Bereichen etwas langsam sein musste, um in anderen Bereichen so schnell wie Lavina Troyer sein zu können.

Trotzdem wusste sie nicht, wie sie aufhören sollte, die biblischen Verheißungen zu zitieren, diese wunderbaren Schriftstellen, die ihre Kusine ihr geschickt hatte. Sollte sie *nicht* so beten, wie Esthers Pastor sie auf den Predigtkassetten, die Rachel so gern hörte, lehrte?

Sie war verwirrt. Sie wusste einfach nicht, was richtig war.

* * *

Philip erblickte einen leeren Polstersessel in einer Ecke des kleinen Buchladens. Er legte einen Stapel Kinderbücher vor sich auf den Tisch: Kindergedichte, eine lustige Nacherzählung über Noah und die Arche, eine Geschichte über zwei amische Kinder, die Weihnachtsvorbereitungen treffen, mehrere Romane von Nancy Drew sowie eine Sammlung von C. S. Lewis' Narniageschichten. Er wollte auch etwas für Adele Herr kaufen. So viele Entscheidungen, so wenig Zeit ...

Er warf einen kurzen Blick auf seine Armbanduhr und begann, in den Bilderbüchern und den anderen Büchern, die er für Kari kaufen wollte, zu blättern. Er traf seine Auswahl ziemlich schnell und entschied sich für die Lewisbücher für Kari und das Buch mit der amischen Geschichte für Annie Yoder, obwohl er nicht sicher sein konnte, ob die Dialoge und die Informationen darin richtig wiedergegeben wurden und wie Rachels kleine Tochter die Figuren finden würde. Dieses Risiko wollte er eingehen. Die Bilder waren jedenfalls sehr ansprechend, und soweit er sich an

Lancaster County erinnerte, waren die künstlerischen Wiedergaben wirklichkeitsgetreu.

Er machte einen schön illustrierten Geschenkband ausfindig, in dem amerikanische Landschaftsbilder dargestellt wurden, sowie ein leeres Buch, in dem man Tagebuch führen konnte. Beides kaufte er für Adele.

Als er mit seinen Einkäufen auf dem Arm den Laden verlassen wollte, blieb sein Blick auf dem Tisch mit den Sonderangeboten an einem Buch hängen. Es hatte den ungewöhnlichen Titel: *Gaben der Finsternis.* Interessiert nahm er das Buch in die Hand und stellte fest, dass der Verfasser früher amischer Prediger in Pennsylvania gewesen war. Nachdem Philip einen Teil des ersten Kapitels gelesen hatte, beschloss er, dieses Buch zu kaufen und in seine immer größer werdende Sammlung amischer Bücher aufzunehmen.

Erst als er an diesem Abend spät von der Arbeit nach Hause kam, entdeckte er, was das tatsächliche Thema dieses Buches war. Eines der Kapitel trug den Titel „Weiße Magie". Philip wurde erneut daran erinnert, dass es unter dem Deckmantel des Glaubens oder der „Volksheilkunde" in vielen amischen Gemeinden dunkle und geheime Rituale gab. Abgesehen von Adele Herrs Geschichte über Gabriel Esh hatte er noch nie etwas über okkulte Praktiken bei diesem anabaptistischen Volk gehört. Deshalb las er das Buch von der ersten bis zur letzten Seite in einem Satz durch und legte es erst aus der Hand, als er das gesamte Buch förmlich verschlungen hatte.

Am überraschendsten war die Ehrlichkeit und Offenheit, mit der der frühere amische Pastor das Buch geschrieben hatte und offen schilderte, wie er als Jugendlicher gezwungen worden war, „Gaben zu empfangen, die von einer älteren Verwandten auf ihn übertragen wurden", wie er aber später geistliche Freiheit fand. Der Verfasser erzählte, welche Schritte der Heilige Geist ihn geführt hatte, bis er schließlich aus der Hand des Feindes befreit war.

Philip las einige Stellen sogar zweimal. Als er genauer darüber nachdachte, fand er, dass er dieses Buch genau zum richtigen Zeitpunkt gekauft hatte. Er glaubte nicht mehr an Zufälle und hatte vor kurzem sein Leben und seine Zukunft dem Herrn anvertraut. Er begann für Menschen zu beten, die vielleicht tatsächlich unter dem „betrügerischen Einfluss des Teufels", wie der amische Verfasser es formulierte, standen. Philip dachte an niemanden konkret, obwohl er sich später, während er sich etwas zu essen in der Mikrowelle aufwärmte, fragte, ob Gabriel Eshs Geschichte vielleicht seinen Blick unbewusst auf dieses Taschenbuch gelenkt hatte.

Nach einem leichten Abendessen begann er, für seinen Kurzurlaub zu packen. Er konnte es nicht erwarten, mit Adele über seine Entdeckung zu sprechen. Er fragte sich sogar, ob Rachel Yoder in ihrer heute lebenden Amischgemeinschaft so viele Jahre nach Gabriels Tod womöglich schon einmal solchen Praktiken begegnet sei. Am meisten faszinierte ihn die Beschreibung, wie man von „Flüchen früherer Generationen" und den „Familiengeistern", wie der Autor sie nannte, befreit werden konnte, und wie man durch die Macht des Namens Jesu von einer solchen Bindung frei werden konnte.

Jetzt konnte er es noch weniger erwarten, nach Pennsylvania zu kommen, und betete dafür, dass er mit dem, was er soeben gelesen hatte, vielleicht einem Menschen, der in einer ähnlichen Notlage steckte, helfen könnte. Er erinnerte sich an die faszinierende Predigt in der mennonitischen Gemeinde, die er damals im September zusammen mit Stephen Flory und dessen Frau besucht hatte. Dort hatte er das erste Mal etwas über geistliche Kampfführung gehört. „Die Pfeile, die Gottes Volk treffen sollen, werden die Übeltäter selbst ins Herz treffen, und ihre Bögen werden zerbrechen," hatte der Pastor von seiner schmucklosen, schlichten Kanzel in dem Versammlungshaus über Psalm 37 gepredigt.

Damals hatte Philip nicht gewusst, was er mit einer solchen Predigt anfangen sollte. Jetzt, da er einen neuen Anfang in seinem Glauben gemacht hatte und täglich in der Bibel las, war sein geistlicher Blick für solche Wahrheiten offener geworden. Er konnte die Hand des Herrn in seinem Leben in den letzten Monaten so deutlich sehen, und er konnte es kaum erwarten, über diese Erfahrungen mit anderen Menschen zu sprechen.

Er schloss seinen Koffer, kniete neben seinem Bett nieder, so wie er früher als Junge oft gebetet hatte. „Lieber Herr, ich habe das Gefühl, du willst, dass ich dir dienen soll. Ich danke dir für deine Gnade, mit der du mich zu dir zurückgeholt hast. Es ist mein Wunsch, mein Leben rückhaltlos deiner Arbeit und deinem Reich unterzuordnen.

Und wegen Rachel Yoder: Wenn es in deinem Willen ist, dann mache es bitte möglich, dass ich ihr die Informationen über ihre Krankheit zukommen lassen kann. Ich lege ihr Augenlicht und ihre Zukunft in deine Hand. In Jesu Namen. Amen.“

* * *

Rachel wartete nicht, bis Annie eingeschlafen war, um neben ihrem Bett niederzuknien. Sie betete zusammen mit ihrer Tochter und hatte den Arm um ihr geliebtes Kind gelegt. „Herr Jesus, ich habe dich noch nie vor meinem kleinen Mädchen um Heilung gebeten. Aber Annie weiß, wie sehr ich mir wünsche, wieder sehen zu können ... wie gern ich wieder gesund sein will, geheilt von der Erinnerung an das, was an dem Tag, an dem der Unfall geschah, passierte. Sie und ich kommen jetzt vor dich und bitten dich, dass du unser Gebet hörst und erhörst.“

Völlig unerwartet betete Annie laut weiter: „Ich weiß nicht, wie du das machen wirst, Herr, aber Mama will wirklich gern sehen, wie ich jetzt aussehe. Könntest du das bitte für sie tun? Und könntest du bitte noch etwas anderes tun, Herr? Könntest du ihr bitte ihre furchtbaren Kopfschmerzen wegnehmen? Amen.“

Rachel nickte zustimmend. Ja, es wäre wirklich wunderbar, wenn sie von ihren Qualen befreit würde, besonders von diesem starken, durchbohrenden Schmerz, der sie heute schon den ganzen Tag peinigte. Ein durchdringender Schmerz, der mit der Rückkehr beängstigender Bilder einherging.

Als Annie schon längst friedlich eingeschlafen war, kehrten die quälenden Erinnerungen zurück. Ein Pferd, das mit den Vorderbeinen hochstieg ... ihr geliebter Mann, der sich mit allen Kräften abmühte, um die Stute wieder unter Kontrolle zu bekommen. Kinderschreie ... eine schrille Hupe ... die grauenvoll knirschenden Geräusche eines Zusammenstoßes.

Sie verdrängte diese Bilder nicht, so wie sie es in der Vergangenheit getan hatte. Stattdessen unternahm sie den Versuch, sich gegen den hartnäckigen Schmerz, der mit ihnen einherging, abzuschirmen. Sie war bereit, den Alptraum durchzustehen, die Erinnerungen zu durchleben. Jesus hatte versprochen, bei ihr zu sein, selbst im Tal der Todesschatten.

Rachel legte die Arme um sich, stand auf und ging an der Wand entlang zu den Fenstern auf der anderen Seite des Raumes. „Oh, Herr Jesus, ich will mich an das erinnern, was an jenem Tag passierte", flüsterte sie. „Weil ich geheilt werden will ... Koste es, was es wolle."

Aber sie konnte nicht weitersprechen, denn die Tränen drohten, sich Bahn zu brechen. Entschlossen wartete Rachel mit offenen Augen und hoffte, ihr Augenlicht wiederzuerlangen und den Mond über der Nachbarscheune aufgehen zu sehen, ihr schönes Kind, das in seinem Bett schlief, zu sehen.

Nach langen Minuten des Wartens tastete sich Rachel zurück zu ihrem Bett, schlüpfte hinein und rollte sich unter den vielen Decken zusammen. Sie legte beide Hände wie im Gebet an ihr Gesicht, ihre Knie berührten fast ihr Kinn. Dann begann sie leise zu weinen.

* * *

Viel später glaubte Rachel, Stimmen zu hören. Wahrscheinlich waren es ihr Vater und ihre Mutter, die eine Meinungsverschiedenheit austrugen. Sie wünschte sich, sie könnte ohne Schmerzen einschlafen. Ohne emotionale und ohne körperliche Schmerzen. Der Gedanke an die Auseinandersetzung ihrer Eltern löste bei ihr eine neue starke Unruhe aus.

Sie stand auf und tastete sich durch den langen Gang. Ihre Hand glitt über die Wand, während sie ihre Schritte oben auf der Treppe zählte. Dann bog sie von der Treppe ab und ging in die Richtung, aus der die Stimmen kamen, bis sie in Hörweite des Schlafzimmers ihrer Eltern stehen blieb.

„Ich sage, unsere Rachel hat Esther und Levi für Weihnachten eingeladen, nach Hause zu kommen. Sie will die beiden wahrscheinlich überreden, sie und Annie mit sich nach Ohio zu nehmen", sagte Mama gerade.

„Wie kommst du nur auf diese Idee?", entgegnete Papa.

„Warte nur ab. Du wirst schon sehen, dass ich Recht habe."

Rachels Vater schwieg jetzt, und Rachel überlegte schon, ob er wohl eingeschlafen sei. Immerhin war es viel zu spät für ihren Vater, um noch irgendein anspruchsvolles Gespräch zu führen. Das sollte Mama doch eigentlich am besten wissen!

„Ich muss dir noch etwas sagen", sprach Susanna weiter.

Rachel glaubte, so etwas wie ein Knurren zu hören, aber sie war sich nicht sicher. Mama ließ trotzdem nicht locker.

„Annie redet so, als hätten sie und Rachel schon viel darüber gesprochen, dass sie eines Tages wieder Bauern werden wollen. Also habe ich Recht mit meiner Vermutung."

Papa begann zu schnarchen. Arme Mama! Sie wusste nie, wann sie aufhören musste!

„Und ... hör mir gut zu! Unsere Enkeltochter zeigt einige interessante Zeichen, sage ich dir, Benjamin. Sie könnte sehr gut unsere nächste Wunderheilerin werden. Wenn ich nur einmal mit ihr heimlich aus dem Haus verschwinden und zu Blue Johnny fahren könnte. Oder vielleicht sollte ich mit ihr lieber zu Seth Fischer gehen, bevor er stirbt ... "

Rachel bekam eine Gänsehaut und drehte sich auf dem Absatz um. Sie eilte so schnell sie konnte, ohne kopfüber die Treppe hinabzufallen, den Gang hinab. Ein Sturz würde ihr bestimmt nicht weiterhelfen!

Als sie wieder in ihrem Zimmer zurück war, kniete sie erneut neben ihrem Bett nieder. „Oh, Herr Jesus, ich brauche heute Nacht deine Hilfe! Ich weiß nicht einmal, wie ich die Sachen, die mir im Augenblick auf dem Herzen liegen, in Worte fassen soll. Aber ich vertraue darauf, dass du alles weißt und dass du dich unser annimmst. Und beschütze Annie vor dem, was Mama vielleicht im Schilde führt. Mama braucht dich so sehr, Herr. Sie braucht dich ganz dringend ... "

* * *

Susanna wartete bis spät in der Nacht. Es war lange nach ihrer üblichen Schlafenszeit, als sie sich in Rachels Schlafzimmer schlich und sich eine der Kassetten von Esther Glick schnappte. Sie hatte sich vor vielen Monaten fest vorgenommen, dass sie so etwas nie tun würde, dass sie sich nie die persönlichen „Briefe", die ihre Tochter und ihre Nichte einander zuschickten, anhören würde. Trotzdem ging sie davon aus, dass der Herr im Himmel ihr dieses eine Mal vergeben und sie verstehen würde. Immerhin war es allerhöchste Zeit, dass sie in Erfahrung brachte, warum um alles in der Welt Rachel Esther und Levi einlud, zu Weihnachten nach Bird-in-Hand zu kommen.

12

Lavina saß auf ihrem großen Federbett – dem alten Bett ihrer Großmutter –, das rundherum mit Schnitzereien verziert war. *Gabriels Werk ...* damals, als er noch ein Junge gewesen war. Als es gelegentlich Anzeichen dafür gegeben hatte, dass er seine Freundin wirklich gern hatte, die zufällig ein Jahr älter war als er und um einiges dürrer als die anderen Mädchen.

Sie betrachtete jedes Bild liebevoll: eines war eine Bleistiftzeichnung von einer zweistöckigen Scheune und einem Silo im Frühsommer; ein anderes zeigte eine rostige Wasserpumpe, neben der ein einsames Gänseblümchen wuchs. Das dritte war ihr Lieblingsbild, ein Bild mit Wasserfarben, das die Wiese von Gabriels Vater im Frühling zeigte, mit wilden lila und rosa Blumen und sonnengelben Löwenzahnblüten. Alles war bunt und herrlich anzusehen. Sie hatte beschlossen, das nächste Mal, wenn sie und Rachel Adele einen Besuch abstatteten, ihr diese Bilder oder wenigstens Farbkopien davon mitzubringen.

Das nächste Mal? Sie hoffte, sie könnte Rachel überreden, bald wieder mit nach Reading zu fahren. Vielleicht sogar noch vor der Weihnachtsfeier im Pflegeheim. Immerhin hatte es so geklungen, als wollte Adele Philip Bradley einladen, den Mann, bei dessen Namen Rachel so rot wie eine reife Tomate angelaufen war. Ja, wahrscheinlich würde er zu Weihnachten nach Reading kommen. Also war es doch ganz sinnvoll, Rachel ebenfalls wieder dorthin zu bringen. Das hieß, falls es ihr gelänge, Rachel diesen Vorschlag zu unterbreiten, ohne dass diese Verdacht schöpfte.

Natürlich wollte Lavina auf keinen Fall Kupplerin spielen. Sie war kurz davor gewesen, vor vierzig Jahren die junge Adele zu überreden, im Sommer wieder nach Bird-in-Hand zurückzukommen. Das war nur wenige Wochen vor Gabriels Tod bei einem Verkehrsunfall. Aber sie wusste trotzdem ohne jeden Zweifel, dass die englische Lehrerin Gabriel von ganzem Herzen geliebt hatte, auch ohne irgendwelche Kupplungsversuche durch eine alte Jungfer, und schon gar nicht durch eine Frau, die nicht besonders klug im Kopf war.

Vorsichtig packte sie Gabriels Zeichnungen wieder ein und legte ihre drei Lieblingsbilder zur Seite. Sie wollte es nicht riskieren, sie zu verlieren. Aber sie brachte es auch nicht übers Herz, sich von ihnen zu trennen. Sie würde mit dem Pferd und dem Einspänner zum Haus ihres verheirateten Bruders fahren. Er hatte hinten in seiner Schreinerei eine Kopiermaschine. Farbkopien wären bestimmt ein ideales Weihnachtsgeschenk für ihre alte Freundin. Und sie wären ein guter Vorwand, noch einmal in das Pflegeheim nach Reading zu fahren ... mit Rachel Yoder.

Sie konnte sich ein Grinsen nicht verkneifen, als sie zum Schrank in der Garderobe ging und sich mit ihren Kunstwerken in der Hand ihren wärmsten Mantel herausholte.

* * *

Am nächsten Tag nahm sich Lavina fest vor, Rachel zu besuchen. Vor allem wollte sie der kleinen Annie die hübschen Zeichnungen zeigen, die Gabriel vor so vielen Jahren angefertigt hatte. Jedoch verfolgte sie mit ihrem Besuch noch ein anderes Ziel. Sie wollte Ben Zook fragen, ob er sie zu Seth Fischer begleiten würde, von dem die Leute sagten, dass er seit einiger Zeit stark an Grippe und anderen Beschwerden litt.

„Es wird höchste Zeit, dass er von *mir* etwas über den Gemeindebann hört, mit dem ich belegt wurde“, sagte sie, als sic im Wohnzimmer der Zooks saß. Susanna und Ben hatten ihr gegenüber auf dem Sofa Platz genommen. „Ich denke, bevor er stirbt, sollte ich wenigstens noch mit ihm sprechen.“

Ben legte seine Zeitung zur Seite und schaute sie über seine Brille hinweg an. „Also gut, ich hätte nichts dagegen einzuwenden. Das heißt, wenn du zu ihm gehen willst, weil du bereust.“ Er schwieg, und die Falten auf seiner Stirn wurden von Sekunde zu Sekunde tiefer.

Susanna mischte sich ein. „Das hattest du doch im Sinn, nicht wahr?“

Lavina war plötzlich vollkommen durcheinander. Sie war gekommen, um ihren Vetter um einen Gefallen zu bitten, und jetzt nahmen Benjamin und seine Frau sie ins Kreuzverhör. „Es gibt noch etwas anderes, das ich auch tun sollte.“ Sie erzählte lieber nicht, dass Rachel sich bereit erklärt hatte, sie zu begleiten, um dem alten Mann ihren Glauben an Jesus zu bezeugen. Das stand jetzt überhaupt nicht zur Diskussion, da Rachel so sehr unter ihren quälenden Kopfschmerzen litt.

Die Röte in Bens Gesicht war noch dunkler, als sie es in Erinnerung hatte. Sie vermutete, dass er verärgert war.

Seine Finger bewegten sich an seinen Hosenträgern auf und ab und machten sie nervös. „Nun, Kusine, worum geht es?“, drängte er nach einer Antwort. „Was hast du vor?“

Lavina wich seinem ernsten Blick aus und wünschte, sie wäre nicht gekommen. Trotzdem war sie fest davon überzeugt, dass sie mit Seth Fischer sprechen sollte. „Hat dir Gott schon einmal etwas aufs Herz gelegt, etwas, das so mächtig und stark war, dass du genau wusstest, du solltest es unbedingt tun?“, brachte Lavina über die Lippen, während sie auf Susannas braunem Sessel saß.

Bens Gesicht verzog sich zu einem erfreuten Lächeln, und einen Augenblick lang war sie erleichtert. „Natürlich hat er das, und ich kann dir auch von einem dieser Male erzählen. Es war damals, als Seth Fischer einer unserer Prediger war und gerade durch das Los zum Bischof gewählt worden war.“ Er brach ab, atmete langsam und bedächtig ein, als genieße er diese Erinnerung in vollen Zügen. „Ich war höchstens zehn Jahre alt, würde ich sagen.“

Lavina überlegte, wie alt Seth Fischer damals wohl gewesen sein mochte, aber sie musste nicht lange warten, bis sie es erfuhr.

Ben sprach weiter. „Seth Fischer war damals knapp vierzig und einer unserer berufenen Prediger, als ich mich von Gott geführt fühlte, dem neuen Gemeindeleiter ... oder besser gesagt künftigen Gemeindeleiter zu helfen.“

Susannas Augen waren wie gebannt auf ihren Mann gerichtet. Wahrscheinlich hatte sie diese Geschichte schon viele Male gehört. Sie nickte mit dem Kopf und hörte so aufmerksam zu, wie Lavina es bei ihr selten erlebt hatte, da Susanna Zook manchmal als recht kratzbürstig und dazu noch geschwätzig bekannt war.

„Ja, ich war noch ein Junge, als ich dem Mann Gottes half und einem kranken Pferd einen kleinen gefüllten Beutel um den Hals hängte. Ich war dabei, als Seth Fischer auf diese Weise das beste Zugpferd meines Onkels kurierte."

Lavina war nicht sonderlich überrascht, als sie das hörte. Viele Jugendliche waren durch alle Generationen hindurch erpicht darauf gewesen, dem Ältesten oder auch jedem anderen, der „Wunderkräfte" besaß, zu helfen.

„Du kannst dir nicht vorstellen, wie überrascht ich war, als ich in einem unbeobachteten Augenblick in diesen kleinen Beutel schaute." Bens breites Grinsen war ansteckend, und Susanna grinste ebenfalls über das ganze Gesicht. „Ich fand darin nichts als eine Hand voll Sägemehl, das mit Hafer vermischt war!"

„Aber das Pferd wurde gesund", stellte Susanna heraus.

Lavina glaubte nicht, dass Bens Kindheitsgeschichte viel mit Gottes Führung zu tun hatte, aber sie würde sich gewiss auf keine Diskussion mit ihm einlassen. Sie hörte nur zu und wartete darauf, dass ihr Vetter einwilligte, sie zum Haus der Fischers zu begleiten, damit sie mit dem alten Mann sprechen könnte. Oder dass er ihr ihre Bitte ausschlug. Beides war möglich.

Erst als Annie in den Salon kam und Susanna sagte, dass ihre Mama mit Lavina sprechen wolle, fielen ihr die Zeichnungen wieder ein. „Ich habe etwas Schönes, das ich dir zeigen möchte", sagte Lavina. Sie stand auf und ging zur Treppe.

„Was denn?", wollte Annie wissen.

„Hübsche Zeichnungen. Ich komme gleich zu dir, Liebes."

Annie nickte und stürmte zur Tür hinaus. Lavina stieg die Treppe hinauf, um nach Rachel, dem armen Mädchen, zu sehen.

„Dir geht es immer noch nicht gut, Kind?", fragte Lavina und trat an Rachels Bettkante.

Rachel hielt die Hände auf ein nasses Tuch, das um ihre Stirn gewickelt war. „Mach dir um mich keine Sorgen. Ich muss dir etwas erzählen, das viel wichtiger ist. Meine Kusine Esther sagte auf ihrer letzten Kassette einige sehr interessante Dinge."

„Ich bin ganz Ohr", erwiderte Lavina und setzte sich auf die Bettkante.

Rachels Gesicht war angespannt, ihre Augen waren geschlossen. „Ich denke, du solltest wissen, was Esther über den Zauberspruch sagte, mit dem Gabriel Esh belegt wurde." Dann erzählte sie, was Esthers Mann über Seth Fischers „Todesfluch" in Erfahrung gebracht hatte. „Seth Fischer war wütend auf Gabriel, weil er sich nicht seiner Autorität unterstellte. Gabriel war ein eigensinniger Kerl, eigenwillig für Gott, weißt du."

Ach, sie schämte sich, solche schrecklichen Dinge über den Mann zu hören, der der Amischgemeinschaft so viele Jahre lang vorgestanden hatte. Lavina hielt sich die Hand auf den Mund, als Rachel den Fluch und die Begegnung mit der weißen Taube erwähnte.

„Stell dir das nur vor, Lavina, der Feind benutzt alles, sogar Aberglauben. Und du weißt ja, wie abergläubisch die Amisch sind", fügte Rachel hinzu. „Esther sagt, Unwissenheit und irrationale Angst schaffen dem Aberglauben breiten Raum."

Lavina konnte ihr nur zustimmen. „Ja, aber es wird allerhöchste Zeit, dass wir unsere Familien und unsere Gemeinde wieder für Gott zurückgewinnen!"

Rachel nickte und flüsterte: „Ich bete für dich, wenn du zum Bischof gehst. Es tut mir so Leid, dass ich wegen dieser schrecklichen Kopfschmerzen nicht mit dir kommen kann."

„Ich glaube, dein Vater fährt mit mir. Und ich hoffe und bete, dass er bleibt und zuhört ... wenn ich mit Seth Fischer über den Fluch spreche ... und über die Taube."

Rachel runzelte die Stirn. „Was wirst du sagen, wenn Seth Fischer dich auffordert, Buße zu tun, weil du zu den Beachy-Amisch gehst?"

Sie musste bei der Wahrheit bleiben, und die Wahrheit war,

dass sie keine Reue zeigen konnte. „Der Herr wird mir die richtigen Worte geben müssen, wenn es dazu kommt. Das ist alles, was ich weiß."

Anscheinend war dieses Vertrauen genau das, was Rachel brauchte, denn ihr Gesicht strahlte wieder, und einen kurzen Augenblick fragte sich Lavina, ob die Schmerzen in Rachels Kopf vielleicht ein wenig nachließen. „Bleibe du einfach hier und bete. Ich gehe zu den Fischers und werde das Sprachrohr für den Herrn sein", sagte sie, ehe sie aufstand und Rachel auf die Wange küsste.

„Du kannst auf mich zählen", erwiderte Rachel und rieb sich immer noch die Stirn.

Lavina stieg wieder die Treppe hinab, um Annie die hübschen Kunstwerke zu zeigen, die der Ururgroßonkel des kleinen Mädchens gemalt hatte.

* * *

Als Lavina und Papa kaum zur Haustür hinaus waren, klingelte das Telefon. Rachel hatte gehört, wie die Türen hinter ihnen ins Schloss fielen. Sie war froh, dass Mama zu Hause geblieben war. Somit müsste sie nicht aufstehen, um ans Telefon zu gehen.

Kurz darauf rief Mama jedoch von unten. „Rachel, geht es dir gut genug, um mit Mr. Witwer zu sprechen?"

Anscheinend hatte ihr mennonitischer Fahrer Informationen über „Tante" Nancy Beiler in Erfahrung gebracht. Vielleicht hatte er sie sogar gefunden, obwohl Rachel sich gewünscht hätte, sein Anruf wäre an einem anderen Tag gekommen. Wenn sie sich etwas besser fühlte.

„Ja, ich gehe hier oben ans Telefon", brachte sie laut genug zustande. Sie tastete sich mit wackeligen Beinen den Gang entlang und setzte sich auf den kleinen Stuhl neben dem Telefontisch.

Calvin Witwer hatte tatsächlich herausgefunden, wo Nancy Beiler jetzt wohnte. „Sie wohnt bei ihrer verheirateten Schwester drüben in der Nähe von Gap."

„So weit weg?“, entfuhr es Rachel.

„Ich habe gerade mit ihr gesprochen. Sie sagte, sie wolle Sie irgendwann einmal anrufen, wenn es Ihnen recht ist.“

Sie merkte sich die Telefonnummer der Frau und hielt sich immer noch mit einer Hand die eine Seite des Kopfes, während sie mit der anderen den Telefonhörer hielt. „Ich würde mich sehr darüber freuen. Vielen Dank, Mr. Witwer.“

Sie legte auf und musste ihre ganze Kraft zusammennehmen, um den Weg zurück zu ihrem Bett zu schaffen. Aber sie hatte versprochen, für Lavina zu beten. Sie legte sich also auf den Rücken. Ihr Kopf pochte bei jedem Herzschlag, und sie versuchte, ein vernünftiges Gebet zu sprechen. „Lieber Herr, bitte hilf der Kusine meines Vaters, wenn sie mit dem alten Seth Fischer über dich spricht. Hilf ihr, sich an das Befreiungsgebet zu erinnern, das sie von Esthers Kassetten auswendig gelernt hat.“

Sie seufzte und zögerte, den Herrn noch einmal um ihre eigene Heilung zu bitten. „Hilf Seth Fischer, dass er Lavina mit Barmherzigkeit und Gnade begegnet ... hilf ihr, dass sie sich nicht abgelehnt und ausgestoßen fühlt, wenn der Gemeindebann endgültig über sie verhängt wird. Oh, Herr, hilf ihr bitte. Und hilf auch mir.“ Das war alles, was sie zu ihrer eigenen Situation sagte. Sie wollte „im Herrn ruhen“, wie Lavina ihr gestern so weise geraten hatte.

Sie konzentrierte sich also darauf, sich auszuruhen. Dann, einige Minuten später, ging sie auf die Knie und betete erneut und dachte wieder an ihre liebe Freundin und Verwandte, Lavina, die Gott berufen hatte, seine Zeugin zu sein.

13

Der betagte Älteste lag regungslos und grau im Gesicht in seinem Bett. Die einzige Farbe waren die frohen Blau- und Gelbtöne der Steppdecken und das bescheidene Walnussbrett am Kopf- und Fußende des Bettes. Sein einfaches weißes Nachthemd war zu sehen, das heißt nur der Kragen, denn er war unter einem Berg von Wolldecken und Steppdecken warm eingepackt. Seine grauen Haare waren feucht vom Schweiß. Einzelne Strähnen klebten an seiner faltigen Stirn. Sein Bart, lang und ungeschnitten, war zerzaust. Der alte Mann sah ausgemergelt aus.

Das Zimmer war typisch amisch eingerichtet. Hier und da lagen selbst gemachte Läufer auf dem Boden: ein Läufer auf jeder Seite des niedrigen Doppelbettes und ein langer schmaler Läufer direkt vor der Kommode. Ein einziger Schaukelstuhl stand neben dem Eckfenster auf der anderen Seite des Zimmers auf den Hartholzdielen. Lavina fiel auf, dass die Frau des Ältesten ihren Spiegel mit Edelsteinen geschmückt hatte, mit glitzernden Halsketten und Armbändern. Viele amische Frauen schmückten ihre Schlafzimmerspiegel mit Edelsteinen und leuchtenden Schmuckstücken, da es ihnen nicht erlaubt war, solche Dinge zu tragen.

„Ich habe nach Blue Johnny und seinem schwarzen Kästchen geschickt", erklärte Rosemarie Fischer. Ihr faltiges Gesicht war ernst und angespannt. Sie stand neben dem Bett ihres Mannes. Lavina hoffte, Rachel bete in diesem Augenblick für sie. Oh, sie brauchte Weisheit von Gott! Sie konnte den alten Mann kaum atmen hören. Aber dann konzentrierte sie ihren Blick auf seine Brust und sah, dass sie sich, wenn auch sehr langsam, hob und senkte.

Sie wandte ihren Blick nicht mehr von diesem Mann ab, dem großen, würdigen Mann, der sie damals, als sie gerade achtzehn war, getauft hatte. Jetzt lag er regungslos in seinem Bett, als wäre er tot, und sah aus wie ein Sack Knochen unter den vielen Bettdecken. „Ist er bei Bewusstsein?", flüsterte sie.

Rosemarie schüttelte den Kopf. „Er schläft schon rund um die Uhr. Du kannst ihn also gern aufwecken.“ Dann fragte sie Lavina mit einem Seitenblick auf Benjamin Zook: „Bist du hier, weil du bekennen willst, dass du gegen die Alte Ordnung gesündigt hast?“

Der kranke Mann bewegte sich ein wenig und schlug zuckend die Augen auf. In diesem Augenblick erinnerte sich Lavina daran, wie durchbohrend diese ernsten, dunklen Augen einen Menschen ansehen konnten, auch wenn sie jetzt einen Anflug von Erleichterung in seiner Miene zu sehen meinte. Dieser Blick war für Lavina verwirrend. Sie erinnerte sich außerdem an die strenge, predigende Stimme, mit der er die Amisch so oft ermahnt hatte.

„Lavina Troyer ist hier“, sagte Ben leise und trat dann zurück, um Lavina näher treten zu lassen.

Rosemarie kam dazu, vornübergebeugt und auf einen Stock gestützt. „Du bist also hier, um deine Sünden zu beichten?“ Sie wartete auf eine Antwort und schaute Lavina durchdringend an.

„Ich komme im Namen des Herrn.“ Lavina war über ihre eigene plötzliche Kühnheit selbst überrascht.

„Das beantwortet nicht meine Frage.“ Die Frau des Ältesten gab, so schwach sie selbst war, nicht nach. Lavina konnte ihr keinen Vorwurf daraus machen, dass sie ihren Mann beschützen wollte. Immerhin schien er sehr krank zu sein.

„Ja, ich bin hier, um zu beichten. Das stimmt. Ich gebe zu, dass ich ziemlich eigensinnig bin, weil ich die Predigtgottesdienste drüben im Versammlungshaus der Beachy-Amisch besuche. In dieser Angelegenheit war ich dem Ältesten gegenüber wahrscheinlich nicht ganz offen. Das tut mir Leid. Ich hätte schon vor Wochen laut erklären sollen, wie der Herr dort in den Gottesdiensten mein Leben verändert hat ... wie er mich Dinge lehrt, von denen ich nie gewusst hatte, dass sie in der Bibel stehen. Ja, ich bereue es wirklich, dass ich nicht schon früher gesprochen habe.“

Mit gerunzelter Stirn und mit einem völlig verständnislosen Blick trat Rosemarie zwei Schritte zurück.

„Was ist los, Rosie?“, fragte der alte Mann vom Bett aus. Er bemühte sich, den Kopf von seinem Kissen hochzuheben. „Was will diese Frau?"

„Lavina Troyer sagt, es tue ihr Leid", erklärte Rosemarie ihrem Mann. „Sie will dir sagen, dass sie ... "

„Ich bin hier, um Ihnen eine Botschaft von Gott zu bringen, der Sie liebt, Seth Fischer", unterbrach Lavina die Frau. Ihr fiel nichts anderes ein, als die Bibelstelle aus dem Lukasevangelium, die sie erst diese Woche auswendig gelernt hatte. Sie begann langsam und konzentriert und sprach die Worte so deutlich aus, wie sie nur konnte. „In der Synagoge war ein Mann, der einen unreinen Geist hatte. Der schrie laut: ‚Lass uns in Ruhe. Was haben wir mit dir zu schaffen, Jesus von Nazareth? Bist du gekommen, um uns zu vernichten? Ich kenne dich und weiß, wer du bist: der Heilige Gottes.'"

Seth Fischers Augen zuckten mehrmals und eine finstere Miene zog über sein Gesicht. „Was ... was willst du denn bloß von *mir*?"

Der Klang seiner Stimme überraschte Lavina. Sie klang überhaupt nicht wie Seth Fischers Stimme. Sie klang unheilvoll. Dunkel und fremd.

Sie spürte eine ungewöhnliche Schwere in der Luft. Aber trotz der beunruhigenden, niederdrückenden Stimme fühlte sie noch etwas anderes, das genauso stark war, wenn nicht sogar noch stärker. Sie erkannte die Gegenwart Gottes im Raum. Die Nähe seines Geistes.

„Fahre aus ihm aus", zitierte sie weiter die Heilige Schrift.

Ohne Vorwarnung begann Seth Fischer, auf seinem Bett zu zittern und sich zu winden. Er verwickelte die Enden seines Lakens so sehr, dass sie aussahen wie ein gewundenes Seil. Er hielt sich daran fest, als habe er Krämpfe. Auf sein Gesicht traten dicke Schweißperlen, und er verdrehte immer wieder die Augen. Dann begann er zu husten und wiederholt zu niesen.

„Was geht hier vor?", keuchte Ben Zook, dessen Gesicht aschfahl geworden war.

„Die Macht Gottes ist auf ihm ... und böse Geister können

nicht bleiben, wo Gott ist", antwortete Lavina und betete dabei die ganze Zeit im Stillen.

„Was es auch ist, ich hole am besten Blue Johnny, und zwar sofort", rief Rosemarie aus und stützte sich schwer auf ihren Stock.

„Wir brauchen ihn nicht", sagte Lavina schnell. Wieder wusste sie nicht, woher diese furchtlosen Worte kamen. „Wartet nur eine Weile ... und betet, dass Gottes Frieden sich auf ihn legt."

Die alte Frau kratzte sich durch ihre Kopfbedeckung verwirrt am Kopf.

Ben schüttelte erstaunt den Kopf und starrte sowohl Rosemarie als auch Lavina an. „Das hier hat nichts mit der Gabe der Wunderheilung zu tun, oder? Er windet und verkrampft sich doch nicht deshalb?"

Lavina erklärte es, so gut sie konnte. „Falls du meinst, ich hätte diese Zaubergabe: Nein ... nein. Aber falls du meinst, die Zaubermächte und die Flüche kommen in diesem Moment aus diesem Mann heraus: Ja. Ich glaube, dass der allmächtige Gott genau das hier tut."

Bens Gesicht verwandelte sich von einem kreidebleichen Weiß in ein leuchtendes Rot. Er drehte sich auf dem Absatz um und floh aus dem Zimmer. Rosemarie hingegen blieb gefasst. Sie wischte ihrem Mann die Stirn mit einem Tuch ab und versuchte, ihn zu beruhigen. „Ich habe gehört, dass von solchen Dingen berichtet wurde", murmelte sie. „Aber ich habe es noch nie mit eigenen Augen erlebt."

„Beten wir", sagte Lavina, die sich nicht in ein belangloses Geplauder verwickeln lassen wollte. „Gott will unseren Ältesten befreien, seit Gabriel Esh an dem Zauberfluch starb."

Rosemaries Kinnlade fiel nach unten. „Wovon sprichst du denn da? Woher weißt *du* von ... ?" Sie legte sich rasch eine Hand auf den Mund.

„Der Zauberspruch ... die weiße Taube ... und die alles verzehrende Angst, die Gabriel und seinen Freund in jener Nacht auf ihrem Weg nach Gordonville umgebracht haben muss. Das will der Herr ans Licht bringen. Ein für alle Mal."

„Aber das ist doch schon lange, lange Zeit her."

„Ja, aber der Herr hat mich geschickt, damit ich wegen all dieser Dinge für Seth Fischer bete. Ich kann doch Gott nicht ungehorsam sein, oder?" Lavina konnte sehen, dass der kranke Mann sich allmählich entspannte. Er seufzte und atmete lang und tief ein. Seine Augen zuckten immer noch, aber seine Miene schien sich vor ihren Augen zu verändern. Sie wurde weicher.

„Ich möchte für Sie beten, Seth Fischer", sagte Lavina und beugte sich über ihn. „Der Herr will Ihre Seele retten, bevor er Sie in die ewige Heimat in den Himmel abberuft."

„Jetzt warte aber einmal", mischte sich Rosemarie ein und bedachte Lavina mit einem bedrohlichen Blick. „Mein Mann hat es nicht nötig, dass du für seine Seelenrettung betest. Er ist schließlich der Älteste der Gemeinde. Bei allem, was recht ist!"

Als sie das sagte, winkte Seth Fischer seiner Frau mit dem Finger. Zwar schwach, aber unübersehbar. „Komm näher", murmelte er.

Ziemlich aufgewühlt beugte sich Rosemarie zu ihm hinab. Der alte Mann flüsterte ihr etwas ins Ohr. „Ja, das werde ich!" Sie richtete sich zu ihrer vollen Größe auf.

Aber ihr Mann winkte ihr noch einmal. „Komm näher, Rosie."

Seine Frau wurde blass und beugte sich noch einmal vor, um zu hören, was ihr Mann zu sagen hatte.

Lavina fragte sich schon, ob der Herr sie das Werk, das er hier angefangen hatte, zu Ende bringen ließe, und war erleichtert, als Rosemarie sich erneut aufrichtete. Sie schaute Lavina mit feuchten Augen an. „Mein Mann besteht darauf zu hören, was du zu sagen hast."

„Wirklich?"

„Ja, aber fasse dich kurz."

Seth Fischers Stimme war heiser und schwach. „Ich hatte heute Morgen eine Vision ... einige Stunden, bevor du kamst. Mich hat noch nie ein Traum so verfolgt wie dieser. Ich wusste nicht, was ich damit anfangen sollte. Aber jetzt begreife ich, dass Gott mich damit vorbereitet hat, denn ich sah einen Engel des Herrn zu mir kommen und mir sagen, dass das, was ich getan habe – Zauberei und Wunderheilungen – falsch ist, tödlich falsch." Seine Stimme war zwar dünn, aber sie klang jetzt wieder normal.

„Überanstrenge dich nicht, Seth", flehte seine Frau und streichelte ihm die Schulter.

Aber er ließ sich nicht beirren. „Diese Vision war so real, wie du jetzt neben mir stehst, sage ich dir." Er schaute Lavina an. „Gott wusste, dass du heute kommen würdest, um mich aus meinem krankhaften Wahn aufzuwecken ... um das Böse aus meiner Seele zu vertreiben."

Die graue Blässe auf seinem Gesicht verschwand allmählich. Noch während die Frauen über sein Bett gebeugt standen, kehrte die Farbe in sein Gesicht zurück. Einige Sekunden vergingen, und im Zimmer war es totenstill.

Lavina hielt es für an der Zeit, wieder etwas zu sagen. „Seth Fischer, Gott will Ihnen vergeben, dass Sie Gabriel Esh mit diesem Todesfluch belegt haben", sagte sie leise. „Und dass Sie die Amisch so viele Jahre verführt haben."

Die Augen des alten Mannes wurden feucht. Eine Träne lief über seine Wange. Aus seinen dunkelbraunen Augen sprach ein tiefes Bedauern und leuchtete so hell wie ein Feuer in der Dunkelheit, aber er schwieg weiterhin und sprach lange kein Wort.

Schließlich sprudelten die Worte aus ihm heraus. „Ich habe auf diesen Tag gewartet. Wer hätte gedacht, dass der Herr eine einfältige Frau zu mir schicken würde." Seufzend schloss er die Augen. „Aber das spielt keine Rolle. Jetzt nicht mehr. Ich bin bereit, die Vergebung anzunehmen."

„Ich kann Ihnen helfen, ein Gebet zu sprechen", bot Lavina an und war froh, dass sie in den letzten Wochen, seit sie Rachels Gemeinde besuchte, dieses Gebet gelernt hatte. „Sind Sie damit einverstanden?"

Es gab kein Zögern. Seth Fischer nickte. Die Muskeln in seinem Gesicht entspannten sich, als Lavina ihn voll Mitgefühl und Zuneigung anschaute. Diesen Mann, der sie zu Unrecht mit dem Bann belegt hatte.

„Herr Jesus, ich komme zu dir“, sagte sie.

Er wiederholte ihre Worte langsam und betont.

„Ich glaube, dass du der Sohn Gottes bist ... der einzige Weg zu unserem himmlischen Vater.“ Sie machte eine Pause, damit er die einfachen, aber lebensentscheidenden Worte wiederholen konnte.

„Du starbst an einem grausamen Kreuz für meine Sünden, hast meinen Platz dort am Kreuz eingenommen und bist von den Toten auferstanden.“ Während der Bischof ihre Worte nachsprach, atmete sie langsam ein. „Es ist höchste Zeit, dass ich meinen Kampf gegen dich aufgebe, Herr. Ich will mich dir nicht länger widersetzen. Ich kehre von all meinen Sünden um. Nimm mich, Herr. Ich bin dein Kind ... dein Diener von diesem Tag an.“

Rosemarie schniefte jetzt, und Lavina glaubte gehört zu haben, wie die Frau die Worte zusammen mit ihrem Mann flüsternd gebetet hatte.

„Ich bitte dich um deine Vergebung, Herr ... besonders für die Sünden meiner Vorväter, die an mich und meine Kinder Flüche und die Folgen dieser Flüche weitergaben. Befreie uns von dem sündigen Handeln unserer Vorfahren. In Jesu Namen.“

Der alte Mann sprach ihre Worte nach, ohne sie in Frage zu stellen. Lavina fuhr mit ihrem Gebet fort. „Ich wende mich vom Teufel ab und spreche mich von den Ansprüchen los, die er früher an mich hatte. Und ich bitte dich um Vergebung für Gabriel Eshs Tod, für das Böse, dem ich in meinem Herzen Raum gab.“

Der alte Mann sprach nicht nur Lavinas Gebet nach. Er fiel ihr ins Wort und führte es selbst zu Ende. „Und, Herr, Gott im Himmel, ich bitte dich um Vergebung für die *vielen* Flüche und Zaubersprüche, die ich ausgesprochen habe.“ Er brach ab und musste mehrere Male husten. „Ich bitte dich, dass du mir vergeben kannst, dass ich den Amisch in all diesen Jahren deine Wahrheit vorenthalten habe. Und dass ich meinem eigenen Namen nicht gerecht wurde, Seth, ‚der Gesalbte‘. Ja, ich möchte von dir gesalbt werden ... jetzt und bis ans Ende meiner Tage, das nicht mehr fern ist.“

Lavina hielt den Atem an und hoffte, der Herr würde ihn vielleicht ein wenig länger am Leben lassen, weil sein Leben für andere ein großartiges Zeugnis sein könnte ...

„Bitte, Herr, gieß Segen auf Seth Fischer, wo früher Flüche waren“, beendete Lavina ihr Gebet. „In Jesu Namen. Amen.“

„Amen“, wiederholte Rosemarie und ergriff dann Lavinas Hand. „Oh, mein liebes Mädchen. Danke, dass du gekommen bist ... und zwar ausgerechnet heute.“

„Dankt dem *Herrn.*“ Sie wollte nicht weiterreden und der alten Frau erzählen, wie viel Hilfe sie von Gott bekommen hatte. Sie müsste es dem Herrn überlassen, in Rosemaries Leben zu wirken.

Seth Fischer atmete lang und rasselnd aus und schaute Lavina an. „Ich habe heute in deinen Augen die Barmherzigkeit von Gottes Sohn, Jesus, gesehen, Lavina Troyer. Er segne dich für dein Kommen ... du weise und gerechte Frau.“

Lavina war überglücklich und konnte es kaum erwarten, Rachel von diesem wunderbaren Erlebnis zu berichten. Meine Güte ... wer hätte das gedacht?

Bald danach verließ sie mit Benjamin Zook das Haus der Fischers. Ihren Vetter hatte der Besuch bei dem alten Mann sichtlich erschüttert. Er wollte ihr Vorwürfe machen, weil sie den armen Mann so aufgeregt habe, aber sie hörte ihm einfach nicht zu. Nein, sie würde nicht über die Wahrheit streiten oder beschreiben, was sie mit eigenen Augen gesehen hatte, als der alte Mann von den bösen Geistern befreit wurde, die ihn so lange beherrscht hatten. Und sie wollte nicht alles verderben, indem sie jetzt diesen gesegneten Augenblick schilderte.

Lavina hörte später an diesem Nachmittag von Rosemarie Fischer, dass Blue Johnny schließlich aufgetaucht sei. „Obwohl seine Dienste weder benötigt ... noch erwünscht waren“, berichtete Rosemarie, als sie vom Haus eines englischen Nachbarn aus anrief. „Danke für alles, was du getan hast, Lavina. Ich kann dir nicht genug für das Wunder danken, das heute zwischen meinem Mann und Gott geschah.“

„Wie ist es mit dir, Rosemarie?“, fragte Lavina kühn. „Hast du das Gebet auch mitgesprochen?“

Es folgte eine kurze Pause. Dann gestand die alte Frau, dass sie das getan hatte. „Ich folgte meinem Mann bei allem, was er tat. Wie das bei Ehepaaren eben so sein soll, weißt du.“

„Aber du hast *selbst* geglaubt, was du im Gebet gesagt hast, oder?“

„Oh, ja ... mehr, als ich sagen kann!“

Überglücklich legte Lavina den Hörer auf und ging daran, das Haus zu putzen und Brot zu backen. Dabei dankte sie dem Herrn von ganzem Herzen dafür, dass er ihr geholfen hatte, zwei liebe Menschen zu ihm zu führen.

Und sie wusste ohne den geringsten Zweifel, dass die Engel im Himmel sich doppelt freuten, während sie die Namen von Seth und Rosemarie Fischer in das Buch des Lebens schrieben!

14

Der Baum war mit glasierten Figuren, Sternen, Herzen, Engeln, winzigen Krippen und einer funkelnden weißen Beleuchtung festlich geschmückt. Mit seiner Spitze stieß er förmlich an der Zimmerdecke an.

Philip beobachtete seine Nichte, wie sie sich geschäftig an die angenehme Aufgabe machte, an ihre Eltern, Großeltern und an ihren Onkel Phil Geschenke zu verteilen. Er hatte sich irgendwie verpflichtet gefühlt, an dieser vorgezogenen Weihnachtsfeier teilzunehmen, als seine Schwester ihn anrief und mit ihrer „großartigen Idee, die Familie noch zusammenzubringen, bevor du abfährst“, aufwartete. Sie hatte ihm Koteletts und natürlich die Bescherung im Kreise der Familie versprochen.

Er war gekommen. Eigentlich nicht widerwillig, sondern eher beschämt, weil seine spontanen Reisepläne Janice gezwungen hatten, kurzfristig eine Feier vorzubereiten. Er saß in der Ecke neben dem Baum in dem handbemalten Hitchcock-Stuhl, eine der vielen kostbaren Antiquitäten, die seine Schwester im Laufe der Jahre gesammelt hatte. Er blickte sich um, betrachtete die Fensterfront zu seiner Rechten, wo gar nicht weit entfernt New Yorks Wolkenkratzer mit ihren vielen Lichtern vom schwarzen Nachthimmel abstachen und einen faszinierenden Anblick boten. Auf der anderen Seite des Raumes hatte Janice einen künstlichen Kaminsims um ein breites Bücherregal herum geschmückt. Auf dem Sims sah er ein beleuchtetes Weihnachtsgesteck aus Tannenzweigen, weißen Kerzen in verschiedenen Größen, Elfenbeinrosen und Fichtenkronen, die leicht mit künstlichem Schnee besprüht waren. Im ganzen Zimmer verteilt trugen weiße Weihnachtssterne und duftende papierweiße Narzissen zu der einfachen, aber doch eleganten Weihnachtsdekoration bei. Auf dem Kaffeetisch mit der Spitzentischdecke stand das köstliche Dessert: ein schöner Kuchen mit Zuckerguss und daneben Krapfen, die mit Puderzucker bestreut waren. „Selbst gebacken“, hatte Janice verkündet, als sie das silberne Tablett in den Raum trug. Ihre Arbeit wurde mit einem lauten „Oh" und „Ah", besonders von Philips Mutter, gewürdigt. Ken wirkte ebenfalls beeindruckt, genauso wie Kari, deren große Augen verrieten, was sie dachte.

Die Worte *selbst gebacken* trafen Philip, obwohl daran nichts Ungewöhnliches war. Unwillkürlich wanderten seine Gedanken bei diesen Worten nach Lancaster County. Doch Kari holte ihn schnell wieder nach New York zurück.

„Für dich, Onkel Phil." Sie stand mit einem viel sagenden Grinsen vor ihm und hielt ihm ein großes, rechteckiges Geschenk entgegen.

„Danke." Er nahm das Geschenk in die Hand und begann dann wie üblich, theatralisch das Päckchen zu schütteln und das Ohr daran zu halten, um herauszufinden, ob es Geräusche von sich gebe. „Hmm, *was* könnte nur in diesem Päckchen sein?"

„Noch nicht." Kari stieß ihn verspielt in die Seite.

Philips Mutter, die aufrecht und züchtig in ihrem weißen Wollkostüm mit der marineblauen Brosche im Wohnzimmer saß, lächelte verschmitzt. Ihre Augen leuchteten. Sein Vater sah in seiner roten Strickweste gut aus und grinste, als Kari ihm die Familienbibel reichte.

„Zeit für die Weihnachtsgeschichte, Großvater", sagte sie und schlug vor, er solle aus dem Lukasevangelium vorlesen.

Er begann, in der Bibel zu blättern. „Die Weihnachtsgeschichte aus dem Lukasevangelium gefällt mir auch am besten."

Philips und Janices Vater war ein kleiner, drahtiger Mann, hatte aber ein weiches Herz, wie Kari immer betonte. Howard Bradley war ein pensionierter Geschäftsmann aus Long Island. Als er aus der Bibel vorlas, hörte die ganze Familie aufmerksam zu, denn er las mit Autorität und gleichzeitig mit einem Anflug von Sanftmut.

Der Abend verlief gemütlich und angenehm, wie die Familientreffen eigentlich immer abliefen. Als die Bemerkung „ihr habt dieses Jahr viel zu viel Geld für eure Eltern ausgegeben" fiel, die ausgerechnet von seiner Mutter kam, stand Philip auf, um sich in der Küche noch etwas Eierlikör zu holen.

Janice gesellte sich wenige Sekunden später zu ihm. „Diesen Spruch sagt sie jedes Jahr“, flüsterte sie.

Philip schenkte sich seinen Eierlikör ein. „Das ist nicht so wichtig.“

Sie nickte und zuckte mit den Achseln. „Und ... wann fährst du los?“

„Morgen früh. Je eher ich bei dem zu erwartenden Verkehr aus der Stadt komme, umso besser.“

Janice trat einen Schritt zurück, stemmte die Hände in die Hüften und bedachte ihren Bruder mit einem durchdringenden Blick. „Du bist heute ganz anders als sonst. Du weißt, wovon ich spreche.“

„Ich habe keine Ahnung.“ Er versuchte, durch keine Miene seine Gefühle zu verraten.

Sie betrachtete ihn neugierig. „Ich habe letzte Woche deinen Amischartikel gelesen ... Gute Arbeit.“

„Danke.“

„Komm schon, Phil. Hinter diesem Artikel steckt mehr als nur irgendeine schöne Geschichte. Ich *kenne* dich.“

„Du träumst.“ Er zwang sich zu einem fröhlichen Grinsen und ging wieder zurück zu der Weihnachtsfeier ins Wohnzimmer.

* * *

„Ich war mein ganzes Leben noch nie so glücklich“, rief Lavina am nächsten Morgen aus, als sie in aller Früh bei strahlendem Sonnenschein Rachel besuchte. „Ich muss zugeben: Als ich gestern von den Fischers nach Hause kam, hätte ich am liebsten getanzt und Luftsprünge gemacht. Natürlich tun wir Amisch so etwas nicht, aber mir war trotzdem danach zumute.“

Rachel musste über die Bemerkung ihrer Freundin lächeln. Sie freute sich so sehr über die Nachricht, dass Seth Fischer sich zum Herrn bekehrt hatte. Sie setzte sich in Bademantel und Hausschuhen auf den Stuhl neben dem Bett. „Ich glaube, ich habe so angestrengt für dich gebetet, während du auf dem Hof der Fischers warst, dass mein Kopf tatsächlich aufhörte zu schmerzen“, sagte sie. „Es ist ein Wunder.“

„Das ist ja eine herrliche Neuigkeit.“

„Ja, und mir geht es gerade rechtzeitig wieder besser, um Mama bei den Vorbereitungen für das Weihnachtsessen morgen helfen zu können. Dafür bin ich dem Herrn sehr dankbar. Mama sagt, Esther und Levi und die Kinder kämen für ein paar Tage aus Ohio zu Besuch. Das wird für uns alle eine sehr schöne Zeit werden. Auch für Annie, denn sie spricht seit Tagen von nichts anderem als von ihren jungen Kusinen und Vettern aus Ohio und wann sie sie endlich wieder sehen kann.“

„Sie wohnen bei Lea, oder?“

„Meine Tante und mein Onkel wollten es nicht anders“, erwiderte Rachel, die es nicht erwarten konnte, ihre Kusine und deren Familie wieder zu sehen.

„Das klingt ja ganz so, als hätte Susanna dieses Jahr hier ein großes Weihnachtsessen auszurichten.“

„Ja, aber heute Abend fahren wir nach dem Abendessen alle zu Tante Lea und Onkel Amos hinüber. Es gibt heiße Schokolade und Plätzchen. Wahrscheinlich sitzen wir dann alle in der Küche und plaudern mit den Verwandten über die guten alten Tage. Das ist eines unserer Weihnachtsrituale.“ Rachel genoss es, bei diesen Treffen die vielen alten Geschichten zu hören. Dinge wie: Großtante soundso hatte früher viel Spaß dabei, ihrer Mama zu helfen, die Kartoffeln auszusortieren, oder wie es war, als die erste Überschwemmung im zwanzigsten Jahrhundert über Pennsylvania hereinbrach, und wie sie es geschafft hatten, das Wasser aus dem kalten Keller zu schöpfen, oder über die Zeit, als Onkel Samuel als kleiner Junge von „amischem Boden“ hörte und völlig verblüfft war, als er erfuhr, dass dieser Boden sechsmal mehr Wasser speichere als ein durchschnittliches Feld, wegen der Rotation beim Anbau und wegen des Dungs, der auf die Felder ausgebracht wurde.

Andererseits waren solche Dinge, die mit der Arbeit auf dem Bauernhof zu tun hatten, nicht die geeignetsten Gesprächsthemen für Weihnachten. Aber so wie sie Levi und Esther kannte, gäbe es viel über die Landwirtschaft und ihre Erinnerungen an ihre Kindheit in Lancaster County zu berichten.

Erinnerungen gehörten zu den besten Seiten der Weihnachtszeit. Rachel hatte ihre eigenen, persönlichen Erinnerungen, die ihr sehr wichtig waren, auch wenn sie überhaupt nichts mit Weihnachten oder irgendeinem anderen Feiertag zu tun hatten. Nein, ihre Erinnerungen an Philip Bradley hatten nicht den geringsten Bezug zu ihrem amischen Leben.

* * *

„Du hast *was* getan?“, fragte Ben und schloss eilig die Schlafzimmertür hinter Susanna.

„Du hast mich schon richtig verstanden.“

Er kam kopfschüttelnd auf seine rundliche Frau zu. „Und was glaubst du, wird unsere Rachel dazu sagen?“

„Ach, sie wird keine Probleme damit haben.“ Susannas Augen funkelten vor Stolz über ihre Heimlichkeiten. „Außerdem wird es höchste Zeit, dass sie wieder jemanden kennen lernt.“

„Ich bin mir nicht so sicher, ob das richtig ist“, beharrte er. Benjamin trat ans Fenster und schaute hinaus. „Für wann genau hast du diesen Schmied eingeladen?“

„Pünktlich zum Mittagessen am Weihnachtstag.“

„Du hast diesen wildfremden Menschen einfach angerufen und zum Essen eingeladen?“ Er drehte sich um und schaute seine Frau an. Er war immer noch skeptisch und konnte kaum glauben, was sie da auf eigene Faust getan hatte. Und das alles, ohne ihn nach seiner Meinung zu fragen!

„Ich habe ihn nicht angerufen.“

„Aber du hattest bei dieser Einladung die Hand im Spiel?“

Susanna verzog die Lippen und bemühte sich, ein Lächeln zu verbergen. „Johannes Lapp hat eine Einladung zum Mittagessen in diesem Haus bekommen." Das war alles, was sie zu dem Paradestück, das sie geleistet hatte, zu sagen bereit war. Er wusste das, denn sie verschwand ins Badezimmer und schloss mit einem deutlich hörbaren Geräusch die Tür.

Da ihm klar war, dass er nun nicht mehr viel dagegen unternehmen konnte, überließ Ben es Susanna, ihr kleines Kupplungsspiel zu spielen, wenn sie das unbedingt wollte. Er ging die Treppe hinab, setzte sich ans Feuer und las seine amische Zeitung, *Budget.* Es wäre bald Zeit, zu Susannas Schwester aufzubrechen. Er hoffte nur, Leas Tochter und Schwiegersohn, die aus dem Mittleren Westen zu Besuch hier waren, sprächen nicht zu viel über ihre religiösen Überzeugungen. Er hatte seit dem gestrigen Besuch im Haus des alten Seth Fischer genug seltsame geistliche Vorgänge gesehen. Das, was Lavina getan hatte, schlug dem Fass den Boden aus. Sie hatte doch tatsächlich die Bibelstelle von der „Geisteraustreibung" über dem Bett des Ältesten der Amischgemeinschaft zitiert! Wenn er sich nur nie einverstanden erklärt hätte, sie zu den Fischers zu begleiten, wo sie einen solchen Wirbel ausgelöst hatte! Er hätte sie fragen sollen, was sie sich nur dabei gedacht hatte, diesen armen, kranken Mann so aufzuregen.

Benjamin vertrat den Standpunkt, alles ein wenig ernst und respektvoll anzugehen. Denn immerhin sah es so aus, als würden die Amisch bald ihren Ältesten beerdigen müssen.

In diesem Augenblick kam Copper in den Raum gelaufen und wedelte aufgeregt mit dem Schwanz. „Oh hallo, Kleiner", sagte er und bückte sich, um den Hund zu streicheln. „Es scheint, du wartest auf einen guten Weihnachtshappen. Komm mit, ich habe genau das Richtige für dich."

Er stand auf und ging in die Küche, wo Susanna kleine, knochenförmige Hundekuchen aufbewahrte. „So, das dürfte dich glücklich machen", sagte er und bot Copper eine ganze Hand voll an, ohne sich darum zu kümmern, was seine Frau wohl dazu sagen würde, dass der Hund so viele Hundekuchen auf einmal bekam.

* * *

Philip packte seine Kleidung aus und hängte die Hemden und Hosen schnell in den Schrank, damit sie keine Falten bekämen. Es störte ihn auch nicht, sie noch einmal aufzubügeln, aber nur, wenn es unbedingt nötig wäre, denn heute hatte er wirklich wichtigere Dinge im Sinn. Sobald er in seinem Zimmer in der Pension seine Koffer ausgepackt hatte, wollte er Adele Herr an diesem Nachmittag einen Überraschungsbesuch abstatten. Sie würde ihn nicht vor morgen Abend erwarten, aber eine Frau wie Adele sollte am Heiligabend nicht ohne die Gesellschaft von Familienangehörigen oder guten Freunden bleiben. Er wollte dafür sorgen, dass sie an *beiden* Tagen viel lachte und die Weihnachtszeit genießen könnte. Wie er die nächsten Tage hier in Pennsylvania verbringen würde, wusste er noch nicht. Er wollte darauf vertrauen, dass der Herr seine Schritte leitete. Ob ihn seine Schritte nach Bird-in-Hand führten oder nicht, bliebe abzuwarten.

* * *

Der Gehweg vor dem Fairview-Pflegeheim war mit weißen Lichtern erhellt. Um die Veranda herum schmückten grüne Tannenzweige und hier und da eine Laterne die Außenseite des Hauses und sorgten für eine warme Atmosphäre in diesem Haus, das vielen alten Menschen ein Zuhause bot. Ein riesiger Lorbeerkranz aus weißen Blumen, künstlichen Blaubeeren und Zimtstangen hieß Philip willkommen, als er die Tür aufschob.

Im Foyerbereich hingen Girlanden aus Tannengrün mit roten Samtschleifen vor den großen Fenstern, die fast bis zum Boden reichten. An einem Vogelhaus waren bunte Glaskugeln angebracht. Es stand auf einem Lampentisch neben einem herrlichen Baum, der mit goldenen Perlen und rotem, weißem und goldenem Schmuck verziert war.

Er hörte Lachen und Stimmen. Da er die Empfangsdame nirgends sehen konnte, schlenderte er durch den Gang in die Richtung, aus der die Stimmen kamen.

Philip hatte Adele schnell gefunden. Die liebe Frau saß mit einer Decke über den Beinen auf einem Sofa. Eine Harfenspielerin, ein junges Mädchen, das nicht viel älter als schätzungsweise zwölf war, hatte gerade angefangen, „Stille Nacht, heilige Nacht" zu spielen. Philip blieb im hinteren Teil des hellen Raumes stehen und verschränkte die Arme vor der Brust, während er aufmerksam und wie gebannt der engelhaften Musik lauschte. Er war jetzt schon froh über seine Entscheidung, die Feiertage hier zu verbringen.

Als das Weihnachtslied zu Ende war, klatschte er zusammen mit den Heimbewohnern Beifall. Plötzlich drehte sich Adele um und erblickte ihn. Es war fast, als hätte sie seine Anwesenheit gespürt.

Schnell ging er zu ihr hinüber. „Frohe Weihnachten, Adele." Er beugte sich vor, um sie zu begrüßen.

Bei ihrem Lächeln wurde ihm warm ums Herz. „Oh, es tut so gut, dich wieder zu sehen, Philip."

„Du siehst gut aus", erwiderte er und nahm mit einem dankbaren Nicken auf einem Stuhl Platz, den ihm eine Schwester gebracht hatte.

„Mir geht es von Tag zu Tag besser. Die Ärzte können es kaum fassen." Sie faltete die Hände auf ihrem Schoß und grinste zu ihm auf.

Er wollte ihr gerade antworten, als ein kleiner Junge vor die alten Leute trat und ein Gedicht aufsagte. Philip fühlte sich Lichtjahre entfernt von seinen beruflichen Terminen, seinen Konferenzgesprächen und Interviews. Er saß hier neben seiner Ersatzverwandten und fühlte sich durch die Botschaft des Gedichtes, das der Junge aufsagte, und die darauf folgenden musikalischen Darbietungen wie verzaubert.

„Welch ein schönes Programm", sagte Adele strahlend.

Er gab ihr Recht. „Morgen Abend darfst du dich wieder auf eine herrliche Feier freuen."

Ihre Augen strahlten. „Alles, was ich brauche, ist hier", erklärte sie und drückte seine Hand.

Er nickte, denn er freute sich ebenfalls sehr über ihre Gesellschaft. Über zwei Stunden waren sie dann in ein angeregtes Gespräch vertieft und unterhielten sich über alles, was Adele auf dem Herzen lag. Schließlich wurde ihr auf einem Tablett das Abendessen gebracht, und sie verabschiedeten sich voneinander.

„Ich komme morgen wieder", erklärte er und versprach ihr, „eine Überraschung aus New York" mitzubringen.

„Was könnte *das* wohl sein?"

„Das ist normalerweise *mein* Spruch", grinste er und schilderte ihr, welches Theater er immer um seiner Nichte willen spielte.

„Dann musst du bereits mit deiner Familie Weihnachten gefeiert haben."

Er gestand, dass sie bereits gestern vorgefeiert hatten. „Aber der ganz besondere Teil des Weihnachtsfestes ist in diesem Jahr die Zeit hier bei dir." Er fragte sich, ob dies vielleicht das letzte Mal wäre, dass Adele Jesu Geburtstag hier auf Erden feiern konnte. Aber als er in ihr liebes Gesicht sah und ihre strahlenden Augen und rosigen Wangen betrachtete, hatte er den Eindruck, dass seine Freundin sie vielleicht alle überraschen und eine ganze Weile länger leben würde als erwartet. Dies machte ihn glücklich.

* * *

Susanna und Benjamin schritten den vom Schnee geräumten Weg zum Haus hinauf und begrüßten ihre Verwandten. „Fröhliche Weihnachten!"

„Euch auch!", riefen Amos und Lea wie aus einem Munde zurück und begrüßten sie mit einer herzlichen Umarmung und einem breiten Lächeln an der Küchentür.

Amos nahm ihnen die Mäntel ab und verschwand damit im Nebenzimmer.

Lea hängte sich an Susannas Arm ein und plauderte pausenlos. „Kommt, nehmt euch Sandkuchen, Zuckerkekse ... was ihr mögt."

Susanna machte es sich richtig gemütlich und testete den Kirschpudding ihrer Schwester, sobald sie alle begrüßt hatte, besonders Esther und Levi und ihre Kinder.

Lea und ihre Schwiegertochter, Lydia Stoltzfus, sowie eine ältere Tante, Tante Ann, eine Tante von Leas Mann, hatten auf dem Küchentisch großzügig aufgedeckt. Sie hatten alle Einlegebretter in den Tisch gelegt, damit er ganz lang wurde. Natürlich setzte sich niemand an den Tisch, aber es war darauf viel Platz für Kuchen, Kekse und Tassen mit heißer Schokolade und Marshmallows.

Leas und Amos' verheiratete Söhne und deren Frauen und Kinder waren ebenfalls gekommen. Sadie Mae und Molly durften auch nicht fehlen. Sie flüsterten und grinsten von einem Ohr zum anderen, genauso wie ihre neunzigjährige Tante Ann. In der Mitte der Küche standen Esther, Levi und ihre Kinder, als müsste jeder sie erst einmal begutachten, nachdem sie so lange fort gewesen waren. Esther umarmte und küsste Rachel und Annie. Sie standen unter einer Schnur, die über die ganze Breite der Küche gespannt war. Kleine rote und grüne Papierglocken hingen von der Schnur. Susanna vermutete, dass Leas Enkelkinder diese Dekoration gebastelt oder aus der Schule mit nach Hause gebracht hatten. Unbeeindruckt von ihrer Umgebung plauderten die beiden Kusinen pausenlos miteinander.

Susanna hielt es für das Beste, sie reden zu lassen, so viel sie wollten. Sie sollten sich nur alles von der Leber reden. Natürlich musste sie sehr vorsichtig sein und durfte auf keinen Fall verraten, dass sie sich gestern spät in der Nacht eine von Esthers Kassetten angehört hatte. Sie würde kein Sterbenswörtchen darüber verlieren. So wie sie es sah, war dieses ganze Gerede über Familienbeziehungen und Sünden früherer Generationen völlig lächerlich und verrückt. Esther und Levi hatten sich auf irgendwelche seltsamen Lehren eingelassen. Sie war fest entschlossen, sofort einzugreifen, sobald auch nur im Entferntesten die Rede davon wäre, dass Esther und Levi Rachel und Annie mit nach Ohio nehmen wollten!

Während sie sich das köstliche Dessert ihrer Schwester schmecken ließ, konnte sie nicht verhindern, dass sie einen Teil von dem, was Esther und Rachel miteinander sprachen, mithörte. Ihre Worte erinnerten sie an diese Kassette. Ein kleiner Schauder lief ihr über den Rücken, als sie sich an einige der Bibelstellen erinnerte. Es waren Bibelstellen, die sie noch nie gehört hatte. Wenn diese Stellen tatsächlich in Gottes Wort geschrieben standen, dann sollte sie sie nachschlagen und selbst die Wahrheit herausfinden. Sobald morgen das Weihnachtsessen vorbei wäre, wollte sie das tun.

Sie kam zu dem Schluss, wenn sie überhaupt eine Bewertung abgeben sollte, dann waren die Apfelsoßen-Nuss-Plätzchen das Beste, was es an diesem Abend gab. Das sagte sie Lea auch. „Ich muss wirklich sagen, du hast dich selbst übertroffen, Schwester."

Lea grinste so breit, dass ihr Zahnfleisch zum Vorschein kam. Dann umarmte sie Susanna. „Nun, wenn du das sagst, dann kann ich nur danke sagen."

Die Amisch verteilten nicht viele Komplimente. Aber Susanna wollte in diesem Fall ihre Schwester ganz bewusst hervorheben. Denn sie fand es nicht so gut, dass Esther und Levi so viel Aufmerksamkeit zuteil wurde. Sie standen jetzt schon den ganzen Abend im Mittelpunkt des Interesses. Lea und Amos schien das nicht im Geringsten zu stören. Wahrscheinlich beabsichtigten sie, dass dieser Abendbesuch genau diesem Zweck diente: Dass alle ihre Verwandten aus Ohio sich wieder kennen lernen konnten.

Schließlich wanderten Susannas Augen auf der Suche nach Molly durch den Raum. Ihre siebzehnjährige Nichte, Leas jüngste Tochter, stand auf der anderen Seite der Küche, nicht weit von Esther und Rachel entfernt, die immer noch miteinander redeten. Susanna näherte sich Molly unauffällig und flüsterte ihr zu, wie dankbar sie ihr und einem gewissen Vetter für ihre Hilfe vor ein paar Tagen drüben in Paradise sei. „Das war sehr lieb von dir."

„Oh, das war doch nicht der Rede wert", erwiderte Molly mit

einem Lächeln. „Ich hoffe nur, dass morgen alles gut ausgeht ... für Rachel, meine ich natürlich."

Das war auch Susannas Hoffnung. Aber sie war nicht sicher, wie ihre Tochter, die in letzter Zeit einen immer stärkeren eigenen Willen zeigte, auf den etwas ungehobelten Johannes Lapp reagieren würde. Susanna hoffte nur, sie war dieses Mal nicht zu weit gegangen. Immerhin hatte sie einen völlig fremden Mann zu Weihnachten eingeladen.

15

Lavina wollte die Kopien von Gabriels Kunstwerken gerne Adele als Weihnachtsüberraschung schenken. Sie fragte Rachel, ob sie mit ihr nach Reading fahren wolle, aber Rachel hatte nicht besonders interessiert gewirkt. Wenigstens hatte sie nicht so reagiert, wie Lavina es erwartet hätte. Dabei war sie sich sicher, dass die junge Frau in einen gewissen Philip Bradley verliebt sei. Natürlich war es das Beste, alles seinen Gang gehen zu lassen, auf Gottes Weise und nach seinem Zeitplan ... falls diese Verbindung überhaupt sein sollte. Außerdem konnte man ja auch nicht sagen, ob Philip der Weg von New York City nach Reading um diese Jahreszeit nicht zu weit wäre und er überhaupt käme.

„Mama sagt, wir bekommen Besuch aus Paradise", erzählte Rachel Lavina mit besorgter Miene. „Du glaubst doch nicht etwa, dass ... " Sie brach ab und ließ entsetzt den Kopf sinken.

Lavina atmete hörbar ein, als sie diese Neuigkeit hörte. „Du denkst doch nicht, das könnte dieser Schmied Lapp sein, oder? Es sei denn ... "

„Was?"

„Wer würde denn so etwas tun? Deine Mama doch nicht!"

Rachel schüttelte verzweifelt den Kopf. „Wenn du das sagst, dann kennst du meine Mama nicht. Sie schmiedet gern Ränke. Und ich bin sicher nicht der einzige Mensch, der dir das sagen kann!"

Lavina dachte über diese Bemerkung nach und musste zugeben, dass Rachel mindestens in einem Punkt Recht hatte: Susanna heckte wirklich gern etwas aus. Das stimmte. Aber würde sie so weit gehen und einen Fremden zum Weihnachtsessen ins Haus der Zooks einladen? Lavina war sich unsicher. Viele amische Familien hatten am Weihnachtstag Gäste von außerhalb zu Besuch. Rachel blieb wahrscheinlich nichts anderes übrig als abzuwarten.

* * *

Rachel war froh, dass Esther auch im Haus war. Levi und die Kinder spielten mit Annie Dame auf dem Fußboden im Aufenthaltsraum, in dem sich normalerweise die Pensionsgäste aufhielten. Aber an *diesem* Weihnachten nicht. Es war das erste Jahr, seit sie Übernachtungsgäste beherbergten, dass kein einziger Gast den Feiertag oder das Fest bei ihnen verbrachte. Dieser Umstand freute Rachel vor allem deshalb, weil sie dadurch mehr Zeit mit Esther verbringen konnte.

Die älteren Frauen, sechs an der Zahl, halfen Mama, den mit Maisbrot gefüllten, gebratenen Truthahn zum Servieren vorzubereiten, und stellten ihn auf der längsten Platte, die Mama besaß, ins Esszimmer. Daneben gab es reichlich Beilagen: Kartoffelbrei und Soße, selbst gemachte Nudeln mit Butter, süßen Gemüsemais, Limabohnen, Krautsalat, süße und saure Pickles, zweierlei Oliven, viel Sellerie und reichlich Karotten. Zur Krönung der Mahlzeit gab es so viel Kürbisstrudel, dass sich jeder zweimal nehmen konnte, Eis und verschiedene Kekse. Ganz zu schweigen von den vielen kleinen Tellern mit Süßigkeiten und Nüssen, die im ganzen Raum verteilt waren.

Mama hatte dafür gesorgt, dass die kleineren Kinder – einschließlich Annie und Josua, Lizzys Jüngstem, waren es zehn – alle in der Küche Platz fanden. „Auf diese Weise brauchen wir nicht aufzupassen, ob einer kleckert“, erklärte sie, während Rachel und Esther sowohl in der Küche als auch im Esszimmer den Tisch deckten. Es wurde ein zusätzlicher Raum zum Essen benutzt, in dem Klapptische aufgestellt wurden. Jede Kleinigkeit des Festessens war sorgfältig geplant. Das war eine von Mamas Stärken.

Nur ein Aspekt des Essens war nicht vorhersehbar. Rachel stand diesem Aspekt ziemlich abrupt und unvorbereitet gegenüber, als es mittags an der Tür läutete. Sie wollten sich gerade an den Tisch setzen, als sie die Stimme ihres Vaters an der Tür hörte, der jemanden ins Haus bat.

„Es ist Johannes Lapp ... der verwitwete Schmied“, flüsterte eine Stimme. Rachel konnte nicht genau sagen, von wem diese Bemerkung stammte.

Sie wusste nur, dass sich ihr Magen verkrampfte und ihr Gesicht zu glühen begann. Was hatte Mama nur jetzt schon wieder getan?

Rachel machte sich rar und versteckte sich in der Küche, als ihr Vater herumging und allen den Schmied aus Paradise vorstellte, als wäre er, da er nun einmal hier war, der wichtigste Gast unter seinem Dach. Sie wusste nicht genau, wie sie sich verhalten sollte, nachdem dieser Mann ja eindeutig um *ihretwillen* eingeladen worden war. Ohne ihr Wissen und ohne ihre Zustimmung!

War ihre Mutter so erpicht darauf, Rachel wieder unter die Haube zu bringen, dass sie zu solchen Mitteln griff? Es ging ihr einfach nicht in den Kopf, wie Mama ihrer Tochter den Weihnachtstag derartig verderben konnte. Jetzt, da sie darüber nachdachte, wünschte sie, sie hätte sich einverstanden erklärt, mit Lavina nach Reading zu fahren und Adele Herr zu besuchen. Vielleicht war es noch nicht zu spät für einen Besuch am Nachmittag ...

* * *

Philip fuhr mit seinen Geschenken vor dem Pflegeheim vor. „Im ganzen Haus herrscht eine wundervolle weihnachtliche Atmosphäre“, lächelte er, als er zwei bunte Päckchen auf die Kommode am Fußende des Bettes legte.

„Oh, Philip, was hast du getan?“ Adele saß auf einem Sessel und bewunderte mit großen Augen die Geschenke. „Das ist doch nicht alles für mich, oder?“

„Nur für dich.“ Er zog einen Stuhl heran und setzte sich. Ihre Naivität und ihre kindliche Bemerkung belustigten ihn.

„Was für ein Segen du doch für mich bist.“

Er dankte ihr noch einmal für die geistliche Ermutigung, die er in den letzten Monaten durch den Briefkontakt mit ihr erfahren hatte. „Ich habe so viel von dir gelernt, Adele, und das in einer so kurzen Zeit." Er zog sein Neues Testament aus seinem Sportjackett. „Bevor du deine Geschenke auspackst, möchte ich dir eine Bibelstelle vorlesen."

Adele schloss kurz die Augen. Dann schlug sie sie wieder auf und tupfte sich mit einem Taschentuch das Gesicht ab. Sie entschuldigte sich für ihre Tränen. „Jetzt muss ich auch noch weinen. Meine Güte, es ist Weihnachten, und der Mensch, der mir am liebsten ist, sitzt hier in meinem Zimmer neben mir."

Er ergriff ihre Hand. „Es ist gut so, Adele."

Sie seufzte schwer. „Meine Augen sollten nach all den Jahren überhaupt keine Tränen mehr haben."

Er schüttelte den Kopf und wollte sie gern aufmuntern. „Aber es sind doch Freudentränen."

„Ja, das glaube ich auch." Sie lächelte jetzt und bedeutete ihm, aus seinem Neuen Testament vorzulesen. „Mach dir um mich keine Sorgen. Ich möchte die Verse hören, die du für den Geburtstag unseres Herrn ausgesucht hast."

Philip blätterte zu der Stelle, die sein Vater vor zwei Tagen vorgelesen hatte, und las der Frau, die ihn in ihrem Herzen wie ihren eigenen Sohn angenommen hatte, die Geschichte von dem ersten Weihnachten aus dem Lukasevangelium vor.

Nachdem sie miteinander gebetet hatten, zeigte er ihr das Buch, das er in dem kleinen Buchladen in New York gefunden hatte. „Es hat einen ungewöhnlichen Titel und ein ungewöhnliches Thema, findest du nicht?"

„Ja ... ja, du hast Recht", sagte sie und las die Rückseite des Buches. Als sie damit fertig war, blickte sie auf. *„Sehr* interessant."

„Wenn du es lesen möchtest, kann ich es dir hier lassen. Ich würde gern hören, was du darüber denkst."

„Oh, ich werde es gern lesen. Dieses Buch sieht so aus, als sollte es unter den Amisch die Runde machen."

Er wusste nicht, ob sie an eine bestimmte Amischgemeinde

dachte. Eines führte zum Nächsten, und bald begannen sie, sich über Philips Nachforschungen über psychosomatische Störungen zu unterhalten.

Adele sprach dieses Thema als Erste an. „Ich habe viel über deine Nachforschungen über hysterische Störungen nachgedacht ... und dabei Rachel Yoder im Hinterkopf gehabt."

„Zu diesem Thema gibt es sehr viele Informationen. Ich habe alles, was ich finden konnte, mitgebracht. Ich weiß nur nicht, wie ich vorgehen soll, um diese Informationen Rachel zukommen zu lassen."

„Vergiss nicht: Lavina Troyer ist eine gute Freundin von Rachel", meinte Adele. „Vielleicht könnte sie dir eine Hilfe sein."

„Ich habe auch schon an Lavina gedacht", gestand Philip. „Aber ich kenne sie nicht persönlich. Ich habe nur von ihr gehört."

„Lavina kann man vertrauen. Das weiß ich genau, denn ich habe vor vielen Jahren unter ihrem Dach gelebt."

„Das stimmt. Lavina wird die beste Wahl sein. Ich habe schon überlegt, ihr mit der Post ein Päckchen mit den Unterlagen zu schicken und ihr in einem kurzen Brief zu erklären, was für einen Gefallen sie mir tun könnte ... um Rachels willen."

„Du wolltest sie bitten, Rachel den Inhalt vorzulesen? Ist es das, was du dir überlegt hast?"

„Würde Rachel mich für aufdringlich halten, wenn ich ihr durch Lavina so etwas schicke?"

Adele schaute zur Decke hinauf. Dann schüttelte sie langsam den Kopf. „Ich weiß nur nicht, wie Lavina mit den vielen Fachausdrücken zurechtkommen soll. Aber es wäre wirklich schade, wenn deine ganze Arbeit vergeblich gewesen wäre."

Philip wollte nicht so recht mit der Sprache herausrücken und verraten, dass er seine Unterlagen viel lieber persönlich abgeben und mit Rachel unter vier Augen über einige Ideen sprechen würde. Aber er hatte keine Ahnung, wie er das bewerkstelligen sollte.

Als auf einem Tablett Adeles Mittagessen kam, ein Stück Truthahnbrust, verabschiedete sich Philip, um im Restaurant der Pension, in der er wohnte, essen zu gehen. „Ich komme rechtzeitig für die Weihnachtsfeier heute Abend zurück", versprach er.

„Eine gute Idee, Philip. Die Schwestern werden bestimmt darauf bestehen, dass ich nach diesem üppigen Mittagessen ein Nickerchen mache." Sie warf einen Blick auf die großzügige Portion, die vor ihr stand, und schüttelte den Kopf. „Hast du schon jemals so viel Essen gesehen?"

Er musste nicht lange überlegen. Ihm fiel sofort das sechsgängige Abendessen im Kerzenschein ein, das er im Gästehaus am Obstgarten im letzten Herbst vorgesetzt bekommen hatte. „Iss so viel dir schmeckt. Aber übertreibe es nicht", riet er ihr. Sie hielt ihm die offenen Arme entgegen. Er trat gern auf sie zu und umarmte die alte Dame. „Ruhe dich gut aus, bis ich wiederkomme."

„Das werde ich. So, und du mach dir einen schönen Tag ... wohin du auch immer fahren willst."

Das Funkeln in ihren Augen überraschte ihn. Ahnte sie, dass er vielleicht nach Bird-in-Hand zu einem kurzen Besuch bei Rachel aufbrechen würde? Kannte Adele ihn so gut?

* * *

Sie saßen um das Feuer herum und erzählten sich eine Geschichte nach der anderen. Die Kinder spielten im Wintergarten gleich um die Ecke und stibitzten sich hin und wieder ein Plätzchen. Mittendrin wartete Benjamin mit einer amüsanten Geschichte auf. Natürlich war jede Kleinigkeit davon wahr, aber es überraschte Susanna dennoch, dass er etwas so Persönliches in dieser großen Runde preisgeben wollte.

„Damals, als hier noch gemeinsam in einer großen Aktion das Getreide gedroschen wurde, tauchten Susanna und ich bei einem dieser Arbeitseinsätze auf. Aber nicht zusammen. Wir lernten uns damals gerade erst ein wenig kennen."

Susanna spürte, wie ihr die Wärme ins Gesicht stieg. Sie fragte sich, ob es eine so gute Idee von Benjamin sei, diese Geschichte vor den Ohren von Johannes Lapp zu erzählen, der unübersehbar ein Auge auf ihre Rachel geworfen hatte. Seit die Frauen die Küche sauber gemacht und sich wieder zu den Männern gesetzt hatten, die sich ins Wohnzimmer begeben hatten, um sich ein wenig zu entspannen, saß der Schmied Lapp ihrer Tochter gegenüber und starrte sie unverhohlen an. Genau genommen waren seine großen braunen Augen kaum von ihr gewichen, seit sie alle mit dem Essen fertig waren und hier saßen. Es war nicht so, dass Johannes kein gut aussehender Mann gewesen wäre, auch wenn er zweifellos drei oder vier Jahre älter war als Rachel. Unübersehbar gefiel ihm ihre Tochter. Susanna war erleichtert. Anscheinend zahlte sich ihr heimliches Ränkespiel doch aus.

Sie beobachtete den Schmied, passte aber auf, dass sie nicht dabei ertappt wurde, wie sie ihn kritisch musterte. Er war ein groß gewachsener, kräftiger Mann. Seine dunklen Haare wurden über der Stirn ein wenig dünner, aber sein Bart war dicht und voll, ein Zeichen dafür, dass er verheiratet gewesen und seine Frau gestorben war. Wenn man natürlich nicht gewusst hätte, dass er Witwer war, hätte man meinen können, er sei verheiratet. Denn sein Bart war nicht gestutzt, und er hatte selbstverständlich keinen Oberlippenbart. Der Bart war bei den Amisch ein Zeichen, mit dem man andere wissen ließ, wer verheiratet war und wer nicht.

Susannas Blick schweifte über ihn. Johannes Lapp war ein schwer arbeitender Schmied und Vater mehrerer Kinder. Wie viele Kinder er genau hatte, wusste sie nicht. Falls Rachel ihn heiraten sollte, hätte Annie wenigstens einige Stiefschwestern und -brüder und wahrscheinlich bald noch mehr Geschwister, denn Rachel liebte Kinder sehr. Traurig dabei wäre nur, dass ihr Mädchen in einen anderen Bezirk umziehen und Susanna sie verlieren würde. Das wäre der einzige Haken bei dieser ganzen Sache, wenn sie genauer darüber nachdachte.

Benjamin erzählte weiter: „Susie und ich fuhren zu diesem Singen hinüber in die Nähe von Smoketown. Die Älteren brachen gegen zehn Uhr auf und fuhren nach Hause. Wir wussten, dass es jetzt für die jungen Leute an der Zeit war, uns in Paare aufzuteilen und zum Squaredance aufzustellen. Natürlich wurden die Gemeinschaftstänze, die wir oft zu Melodien auf einer Fiedel, Gitarre und einer oder zwei Mundharmonikas hinlegten, im Sinne der Alten Ordnung nicht als Tanzen angesehen." Ben unterbrach sich an dieser Stelle und wandte sich mitten beim Erzählen an Johannes Lapp: „Wie ist das in eurem Gemeindebezirk drüben in Paradise?"

„Ja, genauso wie hier", nickte Johannes. „Die meisten Bischöfe nehmen es sehr genau, wenn es um das Tanzen bei den jungen Leuten geht. Genauso mit Instrumenten beim wöchentlichen Singen. Und das ist auch richtig so." Er sprach sehr selbstbewusst und vertrat seine Meinung mit einer unumstößlichen Autorität.

Susanna gefiel dieses Auftreten, aber seine unverblümte Art machte sie dennoch unsicher. Es klang fast so, als müsste er etwas beweisen. Sie war sich nicht sicher, wie das auf Rachel wirkte, die doch eher scheu und zurückhaltend war – meistens. Außer in den letzten Wochen ...

„Wie dem auch sei", erzählte Ben weiter. „Susie und ich nahmen jeder ein Weizenbündel, genauso wie die anderen Paare, und wollten sehen, wer sein Getreide als Erster ausgeschüttelt hätte. Ob ihr es glaubt oder nicht, *mein* Mädchen fand die rote Kornähre, die die Gastgeberin versteckt hatte. Susanna blieb keine andere Wahl, als sich von ihrem Partner küssen zu lassen. Dieser Partner war natürlich ich." Ben strahlte. „Jetzt wisst ihr alle, wem ich kurze Zeit später den Hof machte und wen ich schließlich heiratete."

Alle Umsitzenden klatschten begeistert in die Hände. Selbst Rachel stimmte mit ein, obwohl sie den Kopf gesenkt hielt. Wahrscheinlich weil sie nicht genau wusste, wo Johannes Lapp saß.

Susanna begann, sich Vorwürfe zu machen wegen der Sache, die sie hier inszeniert hatte. Es war ihre Schuld, dass ihre Tochter sich an Weihnachten dermaßen unwohl fühlte. Und der Schmied war auch nicht auf den Kopf gefallen. Wieso musste ihr Mann nur so eine Geschichte erzählen? Susanna konnte sich kaum beherrschen.

Sie richtete sich ein wenig auf und atmete tief ein. Susanna hoffte, Benjamin dächte einmal an die arme Rachel und überlegte, wie sie sich fühlen musste. Was Johannes Lapp anging, so konnte sie ihm ansehen, dass er ebenfalls ziemlich verlegen war. Das schloss sie aus den leuchtend roten Ohren, die unter seinen braunen Haaren hervorschauten.

Esther, gesegnet sei sie dafür, rettete sowohl Rachel als auch dem Schmied den Nachmittag. Mit einem klaren und kräftigen Alt stimmte sie ein bekanntes Weihnachtslied an, dem zwei weitere Lieder folgten. Hätte jemand Susanna unter vier Augen gefragt, dann hätte sie sofort zugegeben, dass es eine sehr gute Idee von ihrer Nichte aus Ohio war, „Freue dich, Welt“ und die anderen Lieder anzustimmen.

Ja, das war wirklich weise von Esther.

* * *

Nachdem die Weihnachtslieder gesungen waren und sich mehrere von Leas und Susannas verheirateten Söhnen mit ihren Familien auf den Heimweg begeben hatten, um die Kühe im Stall zu melken, begann Levi, einiges zu erzählen, was ihm auf dem Herzen lag. Rachel hörte genau zu und zeigte ein großes Interesse an dem, was Esthers Mann zu sagen hatte. Er erklärte einige der wichtigen Erkenntnisse, die er und Esther in ihrer Gemeinde in Ohio gemacht hatten, und er begann, aus dem alttestamentlichen Buch 5. Mose vorzulesen. „Dein Herz verzage nicht und fürchte sich nicht und es erschrecke auch nicht. Denn der Herr dein Gott geht mit dir, um für dich gegen deine Feinde zu kämpfen und dich zu retten.“

Levi erklärte weiter, dass „Angst das Gegenteil von Glauben“ sei, und dass „wir“ uns im Namen Jesu davon abwenden müssen. „Es wird höchste Zeit, dass wir gegen den Feind den geistlichen Kampf aufnehmen. Aber wir dürfen nicht ängstlich zurückweichen. Wir müssen unseren Blick auf den Herrn richten und auf ihn schauen, denn er will uns zum Sieg führen."

Er redete genauso wie ein Prediger, dachte Rachel und fragte sich, wie ihre Eltern wohl auf seine Worte reagieren würden ... und das auch noch am Weihnachtstag.

Und was war mit Johannes Lapp? Hörte er vielleicht zum ersten Mal solche Verse aus Gottes Wort? Sie wollte wirklich keinen Gedanken auf den Witwer aus Paradise verwenden, denn ihr Herz schlug für Philip Bradley, seit sie ihm im September das erste Mal begegnet war. Wie Johannes Lapp beim Mittagstisch das Gespräch bestimmt hatte! Sie war wirklich überrascht, wie ein Fremder einfach so in eine Familienfeier platzen und zum Mittelpunkt der ganzen Feier werden konnte. Es war fast so, als müsste er ihnen allen etwas beweisen!

Gerade, als sie überlegte, was sie wohl antworten würde, wenn der Schmied sie fragte, ob sie mit ihm irgendwann irgendwohin führe, klingelte es an der Tür.

„Wer ist denn das?", fragte Papa und erhob sich von seinem Sessel.

Rachel erkannte sofort die Stimme des Mannes, der vor der Tür stand. Philip war zurückgekommen. Genau, wie er gesagt hatte!

Sie blieb regungslos sitzen und versuchte, ihre Hoffnung, er könnte gekommen sein, um *sie* zu sehen, im Keim zu ersticken. Nein, sie sollte nicht so schnell dabei sein, so etwas zu denken. Trotzdem schlug ihr Herz vor Freude Purzelbäume.

* * *

„Frohe Weihnachten Mr. Zook", wünschte Philip dem Hausherrn an der Haustür und hielt sein Geschenk für Annie unter dem Arm.

Bens Augen wanderten zu dem Geschenk. „Es überrascht mich, Sie ... hier noch einmal zu sehen."

„Ich war in Reading und habe dort eine Freundin besucht. Da wollte ich kurz vorbeikommen und Ihnen und Ihrer Familie frohe Weihnachten wünschen."

„Danke, das wünsche ich Ihnen auch", erwiderte Ben, wich aber keinen Zentimeter vom Türrahmen zurück und gab Philip mit keiner Miene zu verstehen, dass er im Haus willkommen sei.

Philip versuchte vergeblich, sich an seine journalistischen Fähigkeiten zu erinnern, die er so erfolgreich bei Interviews und seinen Nachforschungen einsetzte. „Sind, äh ... sind Rachel und Annie zu Hause?" Eine lächerliche Frage. Natürlich waren sie zu Hause. Es war Weihnachten! Er rang um Worte. Es ging ihm genauso wie bei seinem ersten Besuch vor mehreren Monaten in diesem Haus: Sein Mund war wie ausgetrocknet, und er wusste nicht, was er sagen sollte.

Ben warf einen Blick über seine Schulter. „Ja, Rachel ist zu Hause, aber sie hat im Augenblick Besuch, und Annie spielt mit ihren Kusinen." Der alte Mann drehte sich wieder zu ihm um und schaute ihn mit zusammengekniffenen Augen und gerunzelter Stirn an. Er zischte ihn beinahe an, als er durch die Schneidezähne sagte: „Es ist Weihnachten, bei allem, was recht ist."

Während Ben ihn zurechtwies, konnte Philip an ihm vorbei ins Wohnzimmer sehen, wo er Rachel erblickte. Sie saß neben einer Frau, die ungefähr in ihrem Alter war, vielleicht eine Schwester oder eine Kusine, denn sie sahen sich sehr ähnlich, nur dass diese Frau dunklere Haare hatte. Philips Blick blieb an einem Mann hängen, einem bärtigen amischen Mann um die Dreißig. Er saß Rachel genau gegenüber und ließ sie nicht aus den Augen. Er schien fasziniert von ihr zu sein. Das war auch ganz verständlich. Rachels Gesicht war leicht gerötet und strahlte. Es war noch etwas anderes darin zu sehen, auch wenn er nicht genau sagen konnte, was es war. Trotzdem war unübersehbar, dass die blinde Frau die Zuneigung eines Mannes besaß. Selbst ein kurzer Blick genügte, um das zu erkennen.

„Ich ... ich fürchte, es war ein Fehler von mir, hierher zu kommen", brachte er mühsam über die Lippen. „Frohe Weihnachten, Mr. Zook." Philip wandte sich zum Gehen. Das Geschenk hatte er immer noch in der Hand, unentschlossen, ob er es hier lassen oder wieder mit zu seinem Auto nehmen sollte. Er war so verwirrt, dass er keine Ahnung hatte, was er zu Rachel ... oder zu der kleinen Annie gesagt hätte, falls er dazu eine Gelegenheit bekommen hätte. In seiner Aktentasche steckten die Informationen über psychosomatische Störungen, die ihm keine Ruhe ließen ...

Philip öffnete die hintere Wagentür und legte das Weihnachtsgeschenk wieder auf den Sitz. Als er sich gerade aufrichtete, um die Wagentür zu schließen, hörte er jemanden seinen Namen rufen. Er drehte sich zum Haus um und sah, dass es Rachels wunderbare Tochter war. „Oh, hallo, Annie", rief er zurück.

„Sie dürfen nicht so schnell wieder gehen, Mister Philip." Sie lief in die Kälte hinaus und über die Auffahrt auf ihn zu.

Er kam um das Auto herum, um sie zu begrüßen. „Ich hätte wahrscheinlich lieber vorher anrufen sollen."

Annies Augen wurden groß. Erstaunt riss sie den Mund auf. „Warum wollen Sie denn das an Weihnachten tun? Niemand ruft an, bevor er kommt. Es ist ganz normal, einfach so vorbeizukommen. Das machen alle Amisch hier."

„Alle *Amisch*", wiederholte er ihre Worte und richtete sich wieder auf. Dabei bemerkte er, dass Ben und Susanna Zook im Türrahmen standen. „Aber weißt du, ich bin kein Amisch, Annie."

Das Kind schien über diese Bemerkung überrascht zu sein. Es schüttelte so vehement den Kopf, dass die kleine weiße Haube ein Stück nach hinten rutschte. „Ich glaube, Mama würde sich sehr freuen, Sie zu sehen", flüsterte sie und beugte sich näher zu ihm vor.

„Deine Mutter hat heute Besuch."

Annie rümpfte abfällig die Nase. „Das ist nur Johannes Lapp."

„Oh, *Mister* Lapp also?"

„Er will Mama heiraten, aber das lasse ich nicht zu."

Grinsend trat Philip zu seiner Autotür. Es wäre wohl besser, das Grundstück zu verlassen, bevor Benjamin herauskäme und ihn sprichwörtlich von seinem Grund und Boden jagte. „Du bist ein liebes Kind, Annie", sagte er und wünschte, er könnte ihr irgendwie das Geschenk geben, das er für sie gekauft hatte.

„Warten Sie. Sie dürfen doch nicht einfach wieder fahren", hielt Annie ihn zurück.

„Annie!", rief Susanna von der Haustür. „Komm herein, Kind. Es ist viel zu kalt draußen!"

Philip bedeutete ihr, der Ermahnung ihrer Großmutter Folge zu leisten. Einen Augenblick später jedoch hörte er Rachels angenehme Stimme. „Annie, Liebes. Komm am besten wieder ins Haus."

Um Haaresbreite hätte Philip, der die Hand schon auf der Autotür liegen hatte, der hübschen jungen Frau in dem langen blauen Kleid und der langen weißen Schürze gedankenlos zugewinkt. Im letzten Augenblick zuckte er zurück und rief stattdessen nur: „Fröhliche Weihnachten, Rachel!". Erleichtert stellte er fest, dass ihre Eltern wieder ins Haus zurückgegangen waren.

„Dir auch frohe Weihnachten, Philip." Sie lächelte ihn über den Hof hinweg an. „Kannst du nicht ein bisschen hereinkommen?"

Kann er? Mit dieser Absicht war er gekommen, aber würde er nicht eine prekäre Situation heraufbeschwören? Er dachte an den amischen Verehrer, Johannes Lapp, und an Rachels abweisende Eltern.

Annie ergriff seine Hand und begann, ihn mit sich zu ziehen. „Sie müssen mit ins Haus kommen und sich ein wenig zu uns setzen", erklärte das Mädchen. „Sie *müssen* ... es ist Weihnachten!"

„Ich muss?", lächelte er und war dankbar für Annies Hartnäckigkeit. Jetzt bekäme er doch noch Gelegenheit, Rachel zu besuchen.

„Wir haben Plätzchen und Bonbons und ... "

„Bonbons? Was für welche?"

„Kommen Sie und schauen Sie selbst." Sie ließ nicht locker und zerrte ihn zur Treppe.

In Philips ganzem Leben hatte bisher nur eine einzige andere weibliche Person eine solche Taktik bei ihm angewandt: seine Nichte, die genauso einen starken Willen besaß wie Rachels kleine Tochter.

* * *

Philips Kommen war das perfekte Mittel, um Johannes Lapp aus dem Haus und zurück nach Paradise zu bekommen. Die Situation war spürbar angespannt, als beide Männer im selben Zimmer saßen. Bisher hatte nur ihr geliebter Jakob damals, als sie ein Mädchen im heiratsfähigen Alter war und noch bestens sehen konnte, um sie geworben. Die jetzige Situation machte Rachel unsicher. Ihr fiel ein Stein vom Herzen, als der Schmied sich endlich verabschiedete, nicht nur von ihr, sondern auch von allen anderen im Raum. Bevor er das Haus verließ, fragte er noch, ob er sie wieder einmal besuchen dürfe. „Wäre Ihnen das recht?", fragte er und stand so nahe bei ihr, dass sie seinen Atem auf ihrem Gesicht fühlen konnte. Sie trat unwillkürlich einen Schritt zurück und antwortete leise, um keine Aufmerksamkeit zu erregen: „Ich ... ich werde darüber nachdenken."

„Gut, dann gebe ich Ihnen ein paar Tage."

Sie sagte nicht „Danke" oder „Noch ein schönes Weihnachten" oder irgendetwas anderes Höfliches, als er schließlich zur Tür ging. Wenn sie ehrlich war, konnte sie es kaum erwarten, dass er das Haus verließ. Doch sobald er fort war, fragte sie sich, was sie jetzt mit Philip Bradley reden sollte, dem Mann, an den sie seit dem Tag, als er von hier fortgefahren war, so oft gedacht hatte, und der jetzt so plötzlich wieder an ihrer Tür aufgetaucht war. Hätte sie die Miene in Susannas Gesicht sehen können, dann wäre sie vielleicht noch unsicherer geworden, aber zum Glück blieb ihr das erspart. Ihr Vater gab sich Mühe, und unterhielt sich höflich mit Philip, nachdem er ihn vorher an der Haustür so unfreundlich abgefertigt hatte. Esther und Levi waren offen und nett zu ihm.

Ungefähr zu der Zeit, als Johannes Lapp aufbrach, sagten auch Tante Lea und Onkel Amos, dass sie sich allmählich auf den Nachhauseweg begeben müssten. Ihre verheirateten Kinder mit ihren Familien und auch Molly und Sadie Mae taten es ihnen gleich. Somit blieben nur Esther und Levi mit ihren vier Kindern sowie Annie, Philip, Rachel und ihre Eltern zurück.

Die Aufgabe, Philip Esther und Levi vorzustellen fiel Rachel zu. Aber Philip bewies wieder einmal seine erstaunliche Gabe, Rachel ihre Unsicherheit zu nehmen. Er erzählte Esther und Levi, woher er komme, wo er aufgewachsen sei und dass er das erste Mal nach Bird-in-Hand gekommen sei, um Nachforschungen für einen Artikel in einer Zeitschrift anzustellen, und wie er dazu komme, für eine New Yorker Zeitschrift mit dem Titel *Family Life Magazine* Artikel zu schreiben. All das tat er in einem lockeren Plauderton.

Später unterhielten sie sich über ein Buch, das Philip in New York gekauft hatte. Es klang wie ein Buch, das sogar Ben gern lesen würde. Es ging um das Leben eines amischen Predigers, der in Jahrzehnte alte Praktiken, Zaubereien und andere okkulte Aktivitäten verstrickt gewesen war. Philip erwähnte zwar den Titel des Buches nicht, aber er fragte, ob jemand von ihnen davon gehört habe oder den Autor kenne, und nannte seinen Namen.

„Der Name kommt mir bekannt vor", sagte Levi.

„Es wird höchste Zeit, dass ein Amisch über solche Dinge spricht, die in unseren Gemeinden geschehen", warf Esther ein.

Benjamin schwieg. Susanna ebenfalls, auch wenn sie es nicht lange aushielt, ruhig sitzen zu bleiben, und sich bald entschuldigte und sagte, sie müsse nach den Kindern sehen. Womit sie eine Ausrede hatte, das Zimmer zu verlassen.

„Es gab aber doch schon einmal so einen Menschen. Jemanden, der sich nicht fürchtete, sich gegen Zauberei auf höchster Ebene auszusprechen", sagte Philip. „Er hat vor langer Zeit hier in der Gegend gelebt."

Rachel überlegte besorgt, was ihr Vater jetzt wohl denken würde. Was würde Philip noch alles über Gabriel Esh sagen?

Angst ist das Gegenteil von Glauben ...

Doch da fiel Benjamin Philip bereits ins Wort. „Und dieser Kerl wurde genau deswegen aus der Gemeinschaft ausgeschlossen und mit dem Gemeindebann belegt. Wir haben hier unsere Mittel, mit solchen Leuten umzugehen. Und das ist alles, was es dazu zu sagen gibt." Damit stand er auf und schritt aufgebracht aus dem Zimmer. Der Fußboden bebte, als er an Rachel vorbeiging.

Fürchte dich nicht und sei unverzagt ...

„Ich fürchte, *das* hätte ich jetzt lieber nicht ansprechen sollen", entschuldigte sich Philip.

„Nein ... nein, zerbrechen Sie sich deshalb nicht den Kopf", machte Levi ihm Mut. „Ich glaube, das ist einer der Gründe, warum diese Dinge im Verborgenen bleiben und nie darüber gesprochen wird. Deshalb sind so viele Amisch an die Dunkelheit ... und den Teufel gebunden."

„Soll ich Ihnen das Buch vielleicht zuschicken, wenn eine Freundin, der ich es geliehen habe, es ausgelesen hat?", bot Philip an.

„Ja, das wäre nett."

Sie unterhielten sich noch eine Weile, hauptsächlich darüber, wie sie gemeinsam im Gebet für die Amisch eintreten könnten. Rachel hörte die meiste Zeit nur zu und freute sich, dass Philip sich so gut mit Esther und Levi verstand. Er war in vielerlei Hinsicht ein Mann, den ihre Familie akzeptieren würde. Mit einem unüberbrückbaren Manko: Er war kein Amisch. Aber natürlich spann sie schon wieder Luftgespinste, denn es war ja nicht so, dass er ihr den Hof machte oder irgendetwas dergleichen.

Viel zu bald erklärte Philip, dass er nach Reading zurückfahren müsse. „Ich bin nach Pennsylvania gekommen, um Adele Herr zu Weihnachten zu besuchen."

„Lavina und ich haben Adele erst letzte Woche Donnerstag besucht" erzählte Rachel. „Adele hat uns von der Weihnachtsfeier erzählt, die heute stattfindet."

„Genau zu dieser Weihnachtsfeier möchte ich jetzt fahren."

„Grüße sie bitte und sage ihr, ich wünsche ihr frohe Weihnachten."

Er schwieg, aber nur eine oder zwei Sekunden. „Du könntest es ihr selbst sagen, wenn du möchtest", schlug Philip vor und überraschte sie mit dieser Idee vollkommen.

„Was ... was meinst du damit?"

„Komm mit mir zu der Feier." Ohne auf ihre Antwort zu warten, fügte er hinzu: „Adele würde sich bestimmt sehr freuen. Davon bin ich überzeugt."

Spricht Philip auch für sich selbst?, überlegte Rachel und zögerte. Sie wusste wirklich nicht, was sie antworten sollte. Immerhin blieben Esther und Levi nicht mehr allzu lange in Lancaster, und sie wollte unbedingt mit ihrer geliebten Kusine noch einige persönliche Dinge besprechen.

„Ich finde, das ist eine sehr gute Idee", mischte sich Esther ein.

„Ja, fahre mit und genieße den Abend", fügte auch Levi hinzu.

Sie müssen Philip mögen, überlegte Rachel und fand die Situation ziemlich verrückt. Ein weltlicher Journalist aus New York lud eine amische Witwe, noch dazu eine blinde, zu einer Weihnachtsfeier in einem Pflegeheim ein! „Nun, wenn es Mama nichts ausmacht, sich um Annie zu kümmern, könnte ich vielleicht mitfahren."

„Ach, mache dir keine Sorgen wegen Annie. Ich kümmere mich darum, dass sie ihr Abendessen bekommt und sich einen schönen Abend mit ihren Kusinen und Vettern macht", bot Esther an. „Und morgen nehmen wir uns Zeit, um miteinander zu plaudern. Nur du und ich."

Rachel schwieg kurz und überlegte, dass es höchste Zeit wäre, Esther zu erzählen, was sie im Sinn hatte. „Äh ... morgen möchte ich zur Kreuzung fahren. Irgendwann nach dem Gottesdienst." Sie hatte nicht den Mut aufgebracht, es vorher schon jemandem zu verraten, aber dieser Gedanke ließ sie einfach nicht mehr los.

„Wie willst du dorthin kommen?", fragte Esther. Sie klang verblüfft.

„Könntet ihr, du und Levi, mich dorthin fahren?", bat Rachel.

Ihre Stimme wurde ganz leise. Ein dicker Kloß steckte in ihrem Hals. „Ich warte schon so lange darauf."

„Warum willst du denn das tun?" Levi klang besorgt.

„Ich möchte wieder sehen können. Darum will ich das tun. Ich habe das Gefühl, ich muss zu der Unfallstelle fahren. Es hat lang gedauert, aber jetzt bin ich endlich bereit, mich dem zu stellen, was damals dort passierte. Allem, was damals passierte, in allen Einzelheiten." Sie erwähnte nicht, dass sie aufgrund ihrer Erinnerungen vor ein paar Tagen von furchtbaren Kopfschmerzen gequält worden war. Aber das lag jetzt hinter ihr, und sie wollte sich zwingen, sich an *alles* zu erinnern.

„Hast du wegen dieser Sache gebetet?", fragte Levi. Er klang eher besorgt wie ein Vater als wie der Mann einer Kusine.

„Du kannst dir gar nicht vorstellen, wie viel ich gebetet habe. Ich glaube, der Herr will, dass ich zu dieser Kreuzung fahre, mit Pferd und Einspänner ... am Zweiten Weihnachtsfeiertag." Sie war nicht ganz sicher, ob Philip wusste, was der „Zweite Weihnachtsfeiertag" war, da in Amerika nur am 25. Dezember Weihnachten gefeiert wird. Aber wenn er sich bei seinen Nachforschungen mit amischen Weihnachtsbräuchen befasst hatte, wusste er bestimmt, dass die Amisch in Lancaster County den 26. Dezember benutzten, um Verwandte und Freunde zu besuchen und sich zu erholen. Wenn er natürlich wie in diesem Jahr auf einen Sonntag fiel, hatten die Amisch der Alten Ordnung ihren Hausgottesdienst. Die Beachy-Amisch hatten an *jedem* Sonntag einen Gottesdienst und feierten die Auferstehung Jesu wie die meisten Gemeinden und Kirchen im Land jede Woche.

Philip mischte sich plötzlich in das Gespräch ein: „Wenn es nicht zu aufdringlich von mir ist, Rachel, würde ich dich und deine Verwandten morgen gern zu der Kreuzung begleiten."

Esther nahm Rachel die Entscheidung ab. „Ja, ich finde, Philip *sollte* uns begleiten."

Seltsamerweise regte sich in Rachel kein Widerwille, dass sich ihre Kusine in ihre Angelegenheiten einmischte. Nicht der geringste Widerwille.

* * *

Susanna hatte sich vorgenommen, hinaufzugehen und einige Bibelstellen in der alten deutschen Bibel nachzuschlagen, wenn der anstrengende Tag mit den vielen Gästen im Haus vorüber wäre. Aber da Rachel jetzt mit diesem Mister Bradley weggefahren war, kümmerte sie sich um Annie. Esther war nicht geblieben, sondern hatte nachgegeben, als Susanna darauf beharrt hatte, dass sie und Levi zu Lea zurückfahren und die Kinder im Haus ihrer eigenen Oma ins Bett legen sollten.

„Bist du sicher?", hatte Esther gefragt und erklärt, dass sie sich gern um Annie kümmern wollte, so wie sie es Rachel versprochen hatte.

„Nein ... nein, fahre nur zu deinen Eltern. Es ist doch nicht nötig, dass du so lange aufbleibst. Wer weiß, wann Rachel zurückkommt."

Und so hatten Esther, Levi und die Kinder sich den Mantel angezogen und waren aus dem Haus getrottet, fast als wären sie gegen ihren Willen hinausgeworfen worden.

Später musste Susanna sich schwer beherrschen, als Annie sie mit Fragen bombardierte wie: „Warum ist Mister Philip so besonders nett zu Mama?" Diese und ähnliche Fragen aus Annies Mund wühlten sie nur noch mehr auf. Sie konnte es kaum erwarten, bis die Kleine gebadet hatte und im Bett lag.

„Er hat ein Weihnachtsgeschenk mitgebracht", sagte Annie, als Susanna sie in ihrem kleinen Bett zudeckte. „Ich habe es gesehen."

„Ach, ich glaube, du träumst."

„Nein ... nein, ich habe ein hübsches Papier und eine große grünrote Schleife gesehen und ... "

„Es ist jetzt Zeit für dein Gebet", schnitt Susanna ihr das Wort ab.

Annie blinzelte sie mit ihren großen Augen an. „Warum magst du Mister Philip nicht?"

Susanna atmete hörbar ein. „Ich finde, du kennst diesen Mann doch überhaupt nicht."

„Und ich finde, er ist der netteste Mann, dem ich je begegnet bin, Oma Susanna."

„Dein Opa Ben ist ein *netter* Mann." Sie versuchte verzweifelt, dieses Gespräch zu beenden und das Licht auszuschalten.

„Aber Mister Philip ist auch nett."

„Dann kenne ich ihn anscheinend nicht so gut wie du."

Annie kicherte. „Oh, ich kenne ihn. Das stimmt." Sie plapperte pausenlos weiter, wie der groß gewachsene Engländer mit dem glatten Gesicht ihr das Leben gerettet habe, nachdem sie unten am Mühlbach hinter dem Haus von einer Wespe gestochen worden war. „Er lächelt so nett, und Mama sagt, er folgt dem Herrn, unserem himmlischen Vater nach. Dann ist er doch ein guter Mann. Findest du nicht?"

„Ich finde, du redest heute Abend viel zu viel", sagte Susanna. Sie stand auf und ging zur Tür.

„Es tut mir Leid, Oma. Ehrlich. Ich rede manchmal zu viel ... selbst an Weihnachten rede ich zu viel."

„Ach, Annie bete doch jetzt einfach und schlafe dann", war alles, was Susanna noch sagte, ehe sie das Licht ausschaltete.

* * *

Annie betete, aber sie sprach nicht ihre üblichen Gebete. Nein, sie sagte in ihrem Gebet Gott das, was ihr auf dem Herzen lag, genauso wie Mama es in letzter Zeit tat.

„Lieber Herr Jesus", begann Annie. „Bitte passe doch heute Abend auf Mama auf. Und auch auf Mister Philip. Und danke, dass du ihn zu uns zurückgebracht hast. Das ist das schönste Geschenk, das ich in diesem Jahr zu Weihnachten bekommen konnte."

Teil 3

Denn siehe, Finsternis bedeckt das Erdreich
und Dunkel die Völker;
aber über dir geht auf der Herr
und seine Herrlichkeit erscheint über dir.

Jesaja 60,2

16

Rachel fand es sehr fürsorglich von Esther, ihr und Philip einen Imbiss für unterwegs einzupacken. Sie war ganz verblüfft gewesen, als Levi vorgeschlagen hatte, dass Philip die Nacht in der Frühstückspension der Zooks verbringen sollte. „Damit spart er sich die Mühe, mitten in der Nacht wieder bis nach Reading zurückfahren zu müssen." Aber noch erstaunter war sie gewesen, als Philip zustimmte und noch vor ihrer Abfahrt nach Reading mit Susanna das Geschäftliche erledigte. Am verblüffendsten war für sie jedoch, dass Susanna den überraschenden Pensionsgast nicht abwies.

Susanna hatte ihre Einstellung in Bezug auf Philip geändert. Möglicherweise auch noch in Bezug auf andere Dinge, denn sie war Esther und Levi nicht über den Mund gefahren, als diese über ihre Gemeinde in Ohio und einige Lehren, die dort gepredigt wurden, sprachen. Rachel fragte sich ehrlich, ob ihre Mutter nicht allmählich ein wenig weicher wurde.

Philip würde also wieder im südöstlichen Zimmer der Frühstückspension übernachten, in einem der besten Zimmer im ganzen Haus. Rachel konnte es kaum glauben! Natürlich war sie klug genug, sich nicht zu viele Hoffnungen zu machen und zu erwarten, dass sich irgendetwas aus diesem Besuch entwickeln könnte. Nein, es wäre dumm von ihr, so etwas anzunehmen. Philip war ein viel beschäftigter Mann. Obwohl sie keine Ahnung hatte, was ein Journalist außer Geschichten schreiben noch tat, um sich seinen Lebensunterhalt zu verdienen, war sie sicher, dass er in New York City ein ausgefülltes Leben führte.

Sie fuhren in Philips Auto durch die Winterlandschaft. Rachel genoss die ungezwungene Unterhaltung mit diesem modernen Mann auf dem Fahrersitz. Ihr lief immer noch eine kleine Gänsehaut über den Rücken, wenn er ihren Namen aussprach, auch wenn sie sich bemühte, ihr Herz abzuschirmen. Sie durfte nicht zulassen, dass ihr dieser Mann so viel bedeutete!

Gemeinsam aßen sie ihre belegten Brote und sangen die bekannten Weihnachtslieder im Radio mit. Später sagte Philip: „Ich habe ein Buch für Annie mitgebracht ... ein Weihnachtsgeschenk. Ich dachte, sie würde sich vielleicht darüber freuen."

„Ja, bestimmt. Annie liebt Bücher."

„Dieses Buch hat schöne bunte Bilder ... aus einem amischen Dorf", erklärte er. „Es könnte sehr leicht in Lancaster County sein. Aber in dem Buch steht nicht genau, woher die Bilder stammen."

„Du bist sehr nett", sagte Rachel und meinte diese Worte ganz ernst. Ach, wie ernst sie diese Worte meinte! Aber sie zügelte ihre Worte, um ihm nicht zu zeigen, wie viel er ihr bedeutete.

Sie fuhren eine Weile schweigend weiter. Nur die leise Musik aus dem Autoradio war zu hören. Philip ergriff wieder das Wort: „Ich weiß nicht, wie ich es ansprechen soll ... ich möchte nicht, dass du mich missverstehst, aber ich habe einige Nachforschungen angestellt. Über deine ... Form von Blindheit." Er sagte diese Worte voll Mitgefühl, fast entschuldigend.

Rachel wurde plötzlich im Gesicht und am Hals ganz warm. „Dann hast du also nicht vergessen, was meine Mutter damals am Telefon sagte ... dass ihre eigene Tochter verrückt sei."

„Ich glaube, ich kann verstehen, warum sie so etwas gesagt hat."

„Ja, ich habe ihr vergeben. Mama meint es gut." Rachel wollte gern wissen, was er herausgefunden hatte. „Was hast du herausgefunden ... bei deinen Nachforschungen?"

„Viele interessante Dinge." Er schwieg einen Augenblick, ehe er weitersprach. „Hast du dir je überlegt, mit einem Arzt zu sprechen, Rachel? Und dich beraten zu lassen?"

Sie wusste nicht, ob sie ihm erzählen sollte, dass sie viele Bibelstellen auswendig gelernt hatte, in denen von Gottes Heilung die Rede war. Aber sie hatte kaum einen Gedanken auf die Frage verwendet, ob sie sich von einem Arzt beraten lassen sollte. Sie war nicht sicher, ob sie gegenüber diesem freundlichen und mitfühlenden Engländer ganz offen sein konnte. „Ich habe den Namen eines Therapeuten", sagte sie leise. „Ein Arzt im Bezirkskrankenhaus hat mir seine Karte gegeben."

„Du hast also schon mit jemandem darüber gesprochen?"

„Nicht mit einem Therapeuten ... nein, noch nicht."

Philip schwieg eine Weile. Dann fragte er: „Was hat dich zu dem Entschluss bewogen, zu dieser Kreuzung zu fahren?"

„Ich finde, ich habe es jetzt schon zu lange vor mir hergeschoben. Das ist alles."

„Aber ausgerechnet am Tag nach Weihnachten ... gibt es dafür einen bestimmten Grund?"

„Nein, damit hat es eigentlich nichts zu tun."

„Das ist ein großer Schritt für dich, Rachel."

Sie glaubte, sie müsse gleich weinen. Er sprach so zärtlich, als habe er sie wirklich gern.

„Ich weiß nur, dass ich mich auf das Wort Gottes stelle. Das klingt in deinen Ohren vielleicht ein wenig seltsam, aber ich glaube, der Herr will mich schon ziemlich lange zu der Kreuzung führen. Im Bruchteil einer Sekunde veränderte sich dort mein ganzes Leben." Ihr war jetzt nicht mehr so unbehaglich dabei zumute, mit ihm über den Unfall zu sprechen, wenigstens über die Dinge, an die sie sich seit letzter Woche erinnerte. Wie Jakob den geschlossenen Marktwagen gelenkt hatte und ihre lieben Kinder, Aaron und Annie, hinter ihnen gesessen hatten und übermütig spielten. „Ich glaube, ich hatte Aaron mehrmals ermahnt, er solle ruhig sein", gestand sie. „Aber jetzt, da ich weiß, dass es der allerletzte Tag seines kurzen Lebens war, würde ich alles geben, wenn ich diese Worte zurücknehmen könnte."

„Dein kleiner Junge wusste, dass du ihn liebst. Das wusste er ganz bestimmt."

„Oh ja, höchstwahrscheinlich wusste er das", nickte sie und hatte ein komisches Gefühl dabei. „Ich kann nichts von dem ändern, was geschehen ist, wenn ich jetzt darüber spreche. Aber ich weiß, dass es einfach besser für mich ist, alle diese Erinnerungen nicht länger in mir einzusperren."

„Erinnerst du dich an das, was passiert ist?"

„An das meiste, ja. Aber an das, was passierte, nachdem das Auto mit unserem Marktwagen zusammenstieß, kann ich mich nicht erinnern." Außer Lavina hatte sie niemandem von den grausamen Schmerzen erzählt, die sie in dieser Woche gequält hatten. Tage mit endlosen Kopfschmerzen, die sich wie spitze Nadeln in ihren Kopf gebohrt hatten. Als jedoch die Erinnerungen kamen und sie bereit war, diese zuzulassen und zu akzeptieren, waren die Kopfschmerzen verschwunden. Endlich.

Jetzt blickte sie gespannt dem nächsten Schritt auf dem Weg zu ihrer Heilung entgegen. Ihr Augenlicht würde sicher wiederkommen. Oh, sie hoffte es so sehr!

* * *

„Ich wollte dir von den Informationen erzählen, die ich zusammengetragen habe ... und ich hoffe, es hilft dir, wieder zu sehen, Rachel." Philip ging vorsichtig vor und hoffte, sie würde verstehen, dass seine Nachforschungen als Hilfe gedacht waren und nicht als Einmischung. „Ich habe dafür gebetet, dass der Herr mich führt und mir zeigt, was ich tun soll." Er erzählte ihr weiter, dass er daran gedacht hatte, zu Lavina Troyer Kontakt aufzunehmen und das Informationsmaterial an ihre Adresse zu schicken.

„Es ist gut, dass du selbst gekommen bist, denn Lavinas Lesekunst ist ein wenig begrenzt, muss ich gestehen."

Er lächelte über ihre Einsicht. „Du hast Recht. Ich bin so froh, dass ich dich persönlich sprechen kann." Er seufzte. Wie wohltuend es doch war, wieder in ihrer Gesellschaft zu sein! Rachel Yoder war wie ein frischer, angenehmer Frühlingstag. Sie war den gebildeten Frau, mit denen er in New York zusammenarbeitete, weit überlegen. Obwohl diese Frauen sich gut ausdrücken konnten, gewitzt waren und Karriere machten, fehlte ihnen Rachels erfrischend gesunder Menschenverstand und ihre Fähigkeit, die Welt auf ihre unkomplizierte Weise zu sehen. Kein

Wunder, dass er in den letzten Wochen und Monaten so viel an sie gedacht hatte.

Er fragte sich, was Adele wohl sagen würde, wenn er Rachel am Weihnachtsabend mitbrächte. Seine betagte Freundin war eine weise Frau. Sie würde zweifellos argwöhnen, dass er für diese schöne amische Frau tiefere Gefühle hege. Aber viel wichtiger als ihre Liebesgeschichte, die außer Frage stand, war sein eigentliches Ziel: Rachel zu helfen, dass ihr Wunsch in Erfüllung ginge und sie wieder ihr Augenlicht zurückbekäme. Dabei wollte er sich nicht in ihr Leben einmischen. Er bewegte sich auf einem schmalen Grat, bis sich Rachels endgültige Heilung einstellte.

Aber er war bereit, diesen Weg zu gehen. Und er wollte weiterhin um Gottes Führung beten.

* * *

Rachel wartete im Auto, während Philip sich in der Pension in Reading abmeldete und seine Sachen aus dem Zimmer holte. Sie war ganz aufgeregt bei dem Gedanken, den Abend mit Adele zu verbringen und mit ihr Weihnachten zu feiern. Ihr gefiel Instrumentalmusik schon immer gut, aber sie hatte in ihrer Beachy-Amischgemeinde oder bei den Amisch in ihrem Dorf nicht viel Gelegenheit, eine solche Musik zu hören. Die Amisch bevorzugten menschliche Stimmen bei ihren Gottesdiensten. Die Vorstellung, mit Philip an ihrer Seite ein Streichquartett zu hören, weckte in ihr eine Freude, wie sie sie seit zwei langen Jahren nicht mehr gespürt hatte. Ja, sie war sicher, dass dieser Abend wunderschön werden würde.

* * *

Susanna schlug die mittelhochdeutsche Familienbibel auf und las die Worte, die sie auf Esthers Kassette das erste Mal in ihrem Leben gehört hatte: *Unsre Väter haben gesündigt und leben nicht mehr, wir aber müssen ihre Schuld tragen.*

Unsere Väter haben gesündigt ...

Sie hielt inne und dachte über diese aufwühlende Bibelstelle nach. Wie konnte es sein, dass die Sünden der Väter in der Familie weitergegeben wurden? An die nachkommenden Generationen?

Wir müssen ihre Schuld tragen ...

Nachdenklich klappte sie die Bibel zu. Aber es stand so da. Klar und deutlich in Gottes Wort. In den Klageliedern im Alten Testament. Sie wusste, dass ihre Prediger sie gern mit Worten aus dem Alten Testament ermahnten. Aber trotzdem hatte sie ihr ganzes Leben lang nie auch nur eine Predigt über einen der Verse gehört, von denen Esther auf ihrer Kassette sprach. Kein einziges Mal. Warum nicht?

Natürlich wollte sie Benjamin so bald wie möglich dazu befragen. Aber jetzt war es ganz ruhig und friedlich im Haus. Annie schlief, und Leas Kinder und Enkelkinder waren auch alle gegangen. Ben schnarchte wahrscheinlich schon, dass sich die Balken bogen. Der Gedanke, über so etwas mit Lea zu sprechen, kam ihr nicht in den Sinn. Nein, Lea benahm sich in letzter Zeit manchmal seltsam. Ihre Schwester stellte doch tatsächlich die Wunderheiler in Frage. Susanna konnte nicht begreifen, was Lea veranlasste, so etwas zu sagen. Sie wusste es doch besser. Wenigstens sollte sie das. Lea lebte seit ihrer Geburt hier in Bird-in-Hand, genauso wie Susanna. Meine Güte! Die Leute hier waren klug genug, das zu glauben, was man sie gelehrt hatte. Über die Jahre und Jahrzehnte hinweg, von den Lippen ihrer Väter und von ihren Großvätern vor ihnen.

Die Sünden der Väter ...

Diese Worte wollten ihr nicht aus dem Kopf gehen, als sie die Laterne löschte und in ihr Bett schlüpfte. Ihre stillen, fest formulierten Gebete fielen ihr an diesem Abend schwer. Sie schienen sie wie wuchtige Steine niederzudrücken. Sie verstand nicht warum, aber sie begann, in ihr Kissen zu weinen, und wünschte, sie würde sich nicht so elend fühlen. Nicht an dem Tag, an dem sie Jesu Geburtstag gefeiert hatten.

* * *

„Ich glaube, dieser junge Engländer, Philip Bradley, meint es wirklich ernst und will sich vom Herrn führen lassen“, sagte Levi, als er und Esther an diesem Abend ins Bett gingen.

„Ja, diesen Eindruck habe ich auch“, erwiderte Esther. „Deshalb habe ich Rachel auch ermutigt, mit ihm nach Reading zu fahren.“

„Das dachte ich mir schon.“ Er schwieg einen Augenblick und wog seine Worte genau ab. „Ich halte es für eine gute Idee, dass Philip morgen mit uns zur Kreuzung hinüberfährt.“

„Warum?“

„Wir sollten einfach beten, wenn wir mit dem Pferd und Einspänner über die North Ronks Road fahren. Ich habe den Eindruck, dass diese Fahrt nicht nur wichtig ist, damit Rachel sich wieder an alles erinnert.“

„Wozu sollte sie sonst noch wichtig sein?“

„Ich glaube, Philip hat eine solche Fahrt ebenfalls nötig.“ Er schaute zu, wie Esther an der Kommode stand und ihre langen, fließenden Haare bürstete, die jetzt ohne die obligatorische Gebetshaube waren. Die Haare seiner Frau, dicht und dunkel, waren ihr Schmuck, den nur er sehen durfte.

Esther legte die Bürste beiseite und durchquerte das Zimmer, um die Bettdecken zurückzuschlagen. „Ich glaube noch etwas anderes“, sagte sie leise.

„Was denn, Liebes?“

„Rachel ist dabei, sich wieder zu verlieben.“

Levi wusste nicht, welchen Reim er sich aus dieser Bemerkung machen sollte. Esther stand ihrer Kusine sehr nahe und konnte sich gut in sie hineinversetzen. Wahrscheinlich war sie deshalb zu einer solchen Aussage fähig. Er für seinen Teil konnte nur dafür beten, dass Gott die blinde, verwitwete Kusine seiner Frau führte und leitete. Der Herr hatte gewiss einen Plan für Rachel Yoders Leben.

* * *

Rosemarie Fischer rief ihre erwachsenen Kinder und Enkelkinder auf den Fischerhof. Und auch die Urenkel. Der betagte Älteste der Gemeinde lag im Sterben. Und das genau an Weihnachten. Das war wie ein Segenszeichen. Sie saß neben dem Bett und flüsterte ein Gebet, als Seths Augen zuckten.

„Ich muss dir etwas sagen, Rosie", hörte sie die Worte ihres Mannes. Mit großer Anstrengung berichtete er, was hinter den vielen Zaubersprüchen gesteckt hatte, die er im Laufe seines langen Lebens auf Leute gelegt hatte. Gabriel Eshs Tod quälte ihn am meisten.

„Gabriel war einer von *uns* ..." Ihr geliebter Seth hatte Mühe zu atmen. „Ich war ... furchtbar grausam."

„Der Herr hat dir vergeben." Sie wischte ihm die Schweißperlen von der Stirn. „Du brauchst dich jetzt nicht mehr damit quälen."

Er schüttelte den Kopf und bemühte sich vergeblich, sich aufzusetzen. „Ich war davon besessen, Gabriel tot zu sehen ... voll Hass. Ich wollte Rache ... er hatte mir die kalte Schulter gezeigt." Weinend sprach er weiter. „Siehst du das denn nicht, Rosie? Gabriel wäre an jenem Tag nicht gestorben, aber ich ... ich rief die Geister der Finsternis herauf ... Verfluchungen gegen einen unschuldigen Mann."

Er ließ seinen Tränen freien Lauf und erzählte zum ersten Mal, wie er eine verschwommene Vision von Gabriel und einem mennonitischen Freund gehabt habe, die in einem Auto nach Gordonville fuhren. Wie der Unfall unmittelbar vor dem Gottesdienst, bei dem Gabriel hatte predigen wollen, passierte. „Genau so, wie ich es heraufbeschworen hatte."

„Ach, mein lieber Mann, musst du dich denn jetzt noch so damit quälen?"

Seine Stimme war nur noch ein Flüstern. „Es war nicht Gott, der mir das in jener Nacht zeigte. Ich hatte meine Seele an den Teufel verkauft."

Sie hörte zu und war von seinem Geständnis erschüttert.

„Und das alles nur, weil ich einem Menschen grollte", flüsterte er und schaute sie mit tränennassen Augen an. „Kannst *du* mir vergeben, Rosie, dass ich so gottlos war?"

Sie wischte sich die Tränen aus den Augen und nickte. „Natürlich vergebe ich dir ... und das werden auch alle anderen Amisch tun."

Er umklammerte ihre Hand. „Erzähle es ihnen. In meinem Namen. Bitte, wirst du das tun?"

Sie küsste seine Wange und fühlte, wie seine Hand in der ihren kraftlos wurde. „Ja, sie werden die Wahrheit hören. Das verspreche ich dir."

Dann schloss Seth Fischer, der Älteste der Amischgemeinde, zum letzten Mal die Augen und ging mit einem Lächeln auf den Lippen heim zu seinem himmlischen Vater.

17

Adele Herr wirkte angenehm überrascht, als sie Rachel wieder sah. Auch Rachel freute sich und war gern mit der Frau zusammen, die ihre Großtante hätte werden können, wenn Gabriel Esh länger am Leben geblieben wäre ... und Adele den jungen Mann damals geheiratet hätte.

Die Weihnachtsfeier im Pflegeheim war ein Genuss. Rachel saß bei Philip und Adele und wünschte sich, der Abend ginge nie zu Ende. Es war so schön, mit ihren Freunden zusammen zu sein, auch wenn keiner von beiden amisch war. Aber das spielte hier keine Rolle. Sie fühlte sich richtig wohl in Philips und Adeles Gesellschaft, denn sie glaubten alle an denselben Herrn.

Nach der Instrumentaldarbietung der Weihnachtslieder gab es einen kleinen Imbiss. Philip bot an, Rachel einen Punsch und ein Stück Kuchen zu holen, aber trotz ihrer Behinderung war Rachel nicht gewohnt, sich bedienen zu lassen. Deshalb ging sie mit ihm zu dem Tisch, auf dem verschiedene Kuchen standen, und ließ sich von ihm führen.

Während sie langsam nebeneinander hergingen, erinnerte sie sich an sein Rasierwasser, diesen leichten Duft, der sie schon damals fasziniert hatte, als sie gemeinsam auf dem Friedhof gewesen waren, um Gabriel Eshs Grabstein zu suchen. Genauso wie damals hatte sie jetzt wieder das Gefühl, dass sie in Philips Nähe mehr Mut hatte als sonst. Es war nicht etwas Oberflächliches wie der Geruch eines guten Rasierwassers bei einem einfühlsamen Mann. Nein, es war viel mehr!

„Hättest du lieber einen hellen Kuchen oder einen Schokoladenkuchen?“, fragte Philip.

Sie musste lächeln. Woher sollte er auch wissen, dass sie die verschiedenen Sorten *riechen* konnte! „Schokolade, bitte“, sagte sie und ließ sich wenigstens dieses eine Mal von ihm bedienen.

„Sahne?“

„Danke, gern.“

Sie bahnten sich durch den vollen Raum einen Weg zurück zu Adele. Rachel trug ihren Kuchenteller in einer Hand und hatte die andere fest bei Philips starkem Arm untergehakt. Sie hatte so oft geträumt, wie es wäre, an Philips Seite zu gehen, jedoch hatte sie nie dem Gedanken Raum gegeben, sie könnte jemals mehr Zeit mit ihm verbringen.

Philip führte sie zu einem bequemen Stuhl und ließ sie dann mit Adele allein, um der älteren Frau einen Teller mit hellem Kuchen zu holen. „Bitte keinen Punsch", lehnte Adele dankend ab.

Er grinste über ihre Bemerkung. „Aber du musst doch etwas trinken."

„Oh, ich trinke einen heißen Tee, falls noch einer da ist ... "

„Ich finde einen, und wenn ich ihn eigenhändig kochen muss." Mit dieser Bemerkung war Philip verschwunden.

Ein Bissen von dem Schokoladenkuchen genügte, und Rachel wusste, dass er gekauft und nicht selbst gebacken war. Es bestand ein riesengroßer Unterschied zwischen ihrem eigenen amischen süßen Schokoladenkuchen und dem künstlichen Geschmack dieses Gebäcks. Das sollte sie nicht überraschen, denn sie schmeckte, dass kein Gramm Butter in dem Kuchen war. *Dieser* Kuchen kam höchstwahrscheinlich geradewegs aus einer Schachtel mit Plastikverpackung. Trotzdem wäre sie nie auf den Gedanken gekommen, so etwas laut zu äußern. Sie konnte sich vorstellen, wie ihre Mutter das Gesicht verzöge, wenn sie in ein so fades und enttäuschendes Gebäck bisse. Sie hörte dem Geplauder der anderen alten Leute um sich herum zu und war froh, dass Adele tatsächlich die selbst gebackenen Plätzchen, die Rachel und Lavina vor mehreren Tagen mitgebracht hatten, verteilt hatte.

Adele genoss die gemütliche Atmosphäre. Rachel vermutete, dass die alte Frau von dem langen Tag müde war. Sie selbst ließ ihre Gedanken zu den Tagen zurückwandern, in denen sie das erste Mal an der Seite ihrer Mama backen lernen durfte. Amische Mütter waren fest entschlossen, ihren jungen Töchtern hausfrauliche Fähigkeiten weiterzugeben, sobald ein kleines Mädchen auch nur einen Messlöffel gerade halten konnte. Sobald ihr vierter Geburtstag kam, war sie oft ins Haus gerufen worden, wenn sie im Hof spielte oder die Enten unten am Teich fütterte. Die schnatternden Tiere hatten sich immer so sehr über altes Brot gefreut. Sie kamen ganz nahe zu ihr und Opa David, die nebeneinander im hohen Gras hockten.

„Schau nur, wie hungrig sie sind", flüsterte ihr Großvater.

„Was essen sie denn, wenn wir ihnen nichts bringen?", hatte sie gefragt und die kleinen Entenkinder liebevoll betrachtet.

„Ach, unser himmlischer Vater passt schon auf sie auf. Mach dir um sie keine Sorgen."

„Aber was *essen* sie?", hatte sie noch einmal gefragt.

„Käfer."

„Wo bekommen sie die Käfer her?"

„Sie schwimmen auf der Wasseroberfläche." Er hatte auf das Wasser gedeutet und gesagt: „Du kannst sie sehen, wenn du genau aufpasst."

Rachel strengte ihre Augen an und versuchte, die toten Fliegen, Moskitos und anderen kleinen Insekten zu sehen. Ach, die armen kleinen, flauschigen Enten mussten so furchtbar schmeckendes Zeug essen. Sie wusste genau, wie eklig Käfer schmeckten, denn einer ihrer großen Brüder hatte sie einmal mit einer List dazu gebracht, eine Ameise zu essen. Er hatte das Tier in Zucker gerollt, Zimt auf seine Handfläche gestreut und ihr erzählt, es sei ein Bonbon. Aber sobald das Süße in ihrem Mund geschmolzen war, hatte sie gewusst, dass es kein Bonbon war.

Als sie ihren Bruder schlagen wollte, schickte Mama sie einfach aus dem Haus. Hinaus zu Opa David, der geduldig auf sie wartete und dem sie alle ihre Sorgen erzählen konnte.

Opa David Zook war der ruhigste Mann, den sie je gekannt hatte. Deshalb hatte sie wahrscheinlich so gern mit ihm Enten gefüttert. Er war so still, dass die Enten ganz nahe zu ihm herankamen und offenbar weder vor Opa noch vor Rachel Angst hatten.

Opa David wohnte im Großvaterhaus, das an das Haupthaus

angebaut war, seit Rachels Großmutter in den Himmel heimgegangen war. An jedem Tag, an dem es nicht regnete, spazierte er gern mit Rachel zum Teich hinab. Sie gingen eigentlich jeden Tag, solange er lebte, zum Teich.

Hin und wieder sagte er etwas, das für die kleine Rachel damals wunderbare, gute, wichtige Lebensweisheiten waren. Sie vermutete, dass er nicht ewig bei ihr wäre und dass er sie wahrscheinlich auf sein Sterben vorbereitete, denn er sprach immer wieder ganz fröhlich über den Himmel, „wo Jesus ist". Einmal hatte er ihr erzählt, dass er seine Bibel heimlich von der ersten bis zur letzten Seite gelesen habe. „Aber das ist mein Geheimnis", hatte er mit einem ernsten Blick in seinem alten, faltigen Gesicht geflüstert.

Sie hatte damals nicht verstanden, warum so etwas geheim gehalten werden musste. Später, als sie älter wurde, begriff sie es. Die Prediger der Alten Ordnung verwendeten Sonntag für Sonntag nur ausgewählte Bibelstellen. „Alte Lieblingsstellen", sagte ihr Opa manchmal, wenn er einen Steinwurf entfernt vom Teich im hohen Gras saß. Anscheinend wollten die Prediger nicht, dass die Amisch die ganze Bibel lasen und versuchten, die Stellen selber zu interpretieren, so wie es die Mennoniten gern taten.

„Ja", war alles, was Rachel sagte, wenn ihr Opa ihr flüsternd von solchen Dingen erzählte. Sie genoss einfach die Nähe ihres ältesten lebenden Verwandten und die Geräusche der Natur um sich herum.

Auch später, als sie ein junges Mädchen war, verbrachte sie ihre Zeit am liebsten im Freien. Das tat sie immer noch, aber sie konnte nicht mehr so sorglos über die Wiesen und Felder laufen wie früher, als sie noch hatte sehen können. Aber so der Herr wollte, würde sich das alles bald ändern. Vielleicht schon morgen.

* * *

Als Philip mit Tee und Kuchen für Adele zurückkam, fragte er Rachel, ob ihr die Musik gefallen habe.

„Ja, es war herrlich."

„Als ich das Streichquartett hörte, musste ich daran denken, dass ich solche Musik bestimmt im Himmel hören werde", bemerkte Adele.

„Das würde mich nicht überraschen", erwiderte Philip. „Aber bitte lass dir damit noch ein bisschen Zeit."

„Mach dir deshalb keine Sorgen", erwiderte Adele mit einem leisen Kichern.

„Du fühlst dich schon viel besser, nicht wahr?", fragte Rachel.

„Ja, ich glaube, du hast Recht, meine Liebe."

Rachel war sich natürlich nicht sicher, aber sie glaubte, Philip schaue sie an. Sie fragte sich, ob sie sich auf ihrer Heimfahrt weiter über ihre Augenprobleme unterhalten würden. Oder würden sie vielleicht über andere Dinge sprechen?

So sehr sie den Besuch hier bei Adele Herr genoss, freute sie sich doch schon auf die Heimfahrt, bei der sie Philips Aufmerksamkeit ganz für sich allein hätte. Und obwohl man sie immer gelehrt hatte, nicht nach einer solchen Aufmerksamkeit zu streben, glaubte sie nicht, dass Gott missfiel, was sie im Augenblick fühlte.

* * *

Philip ließ Rachel nur ungern in der Empfangshalle zurück, aber er wollte der Altenpflegerin gern helfen, Adele wieder in ihr Zimmer zurückzuführen. Und er wollte gern ein paar Minuten allein mit seiner lieben Freundin sprechen.

„Du magst Rachel Yoder sehr gern", sagte Adele, als sie auf ihrem Sessel saß. „Das sehe ich an deinen Augen."

Er wusste nicht recht, wie er darauf antworten sollte. Ehrlich gesagt wusste Philip nicht, welche Gefühle er für Rachel empfand, welche Gefühle er haben *sollte*. „Ich glaube, du hast eine zu große Phantasie", sagte er schließlich und versuchte, ihre Bemerkung mit einem Lachen abzutun.

„Meinetwegen. Sage, was du willst, aber ich sehe, was ich sehe."

„Wenn ich Rachel helfen könnte, ihr Augenlicht wiederzubekommen, wäre das meine größte Freude." Er erzählte Adele nicht, dass er sich selbst eingeladen hatte, morgen Nachmittag mit Rachel und ihren Verwandten mit Pferd und Einspänner zu der berüchtigten Kreuzung zu fahren. Adele könnte sonst zu viel in sein Verhalten hineindeuten. Er hielt es für besser, nichts über seine Pläne für den Sonntag, den zweiten Weihnachtsfeiertag, wie Rachel ihn nannte, zu verraten.

„Du kannst sagen, was du willst, Philip, aber ich frage mich, ob zwischen dir und Rachel nicht das Gleiche geschieht wie damals zwischen Gabriel und mir." Sie schwieg einen Augenblick und sprach dann weiter. „Ich möchte nicht zu kühn erscheinen, aber bitte Gott, dir in Bezug auf Rachel den richtigen Weg zu zeigen. Lass dir zeigen, was Gott mit euch vorhat. Begehe nicht denselben Fehler wie ich und versäume nicht die Liebe deines Lebens."

Adeles Worte überraschten ihn. Er war erstaunt, wie sie irgendeine emotionale Anziehung zwischen ihm und Rachel hatte erkennen können. Aber andererseits hatte seine eigene Schwester auf ihre unverblümte Art schon bei mehreren Gelegenheiten festgestellt, dass er irgendwie anders sei als früher.

Was spürten die Leute ihm an? Sein fröhliches Auftreten? Eine neue Energie? Einen frischen Schwung?

Philip hatte schon einmal, vor Jahren, geglaubt, er sei verliebt, aber damals war alles ganz anders gewesen. Seine Gefühle für Rachel Yoder waren sicher nur Freundschaft, Bewunderung. Nichts weiter. Gewiss nichts, auf dem man eine gemeinsame Zukunft aufbauen konnte.

„Ich glaube, du irrst dich in Bezug auf Rachel", erklärte er Adele.

Sie lächelte. Ein wissendes Lächeln, auf das Philip lieber nicht einging. Er begann langsam, sich zu verabschieden. „Deine Gesellschaft hat mir so gut getan, Adele. Vielen Dank für deine Einladung."

„Du brauchst nicht bis zum nächsten Weihnachten warten, um wiederzukommen." Ihre blauen Augen strahlten ihn erwartungsvoll an.

„Oh, du siehst mich bestimmt schon viel früher wieder", versprach er und nahm ihre Hand in seine beiden Hände. „Beten wir noch miteinander?"

Sie nickte. Er beugte den Kopf und bat den Herrn, Adele weiterhin Gesundheit und Kraft und viel Segen zu schenken.

Bevor er das Gebet beendete, flüsterte Adele: „Und, Herr Jesus, bitte zeige Philip den richtigen Weg für sein Leben und seinen Dienst. In Jesu Namen. Amen."

Sie hob das Buch *Gaben der Finsternis* hoch. „Ich habe fest vor, dieses Buch zu lesen. Morgen fange ich damit an."

„Gut. Ich rufe dich in ein paar Tagen an."

Sie nickte und lächelte ihn erneut an. „Dann können wir uns ja über das Buch unterhalten."

Es fiel Philip schwer, endgültig Lebewohl zu sagen, auch wenn er ehrlich die Absicht hatte, sie wieder zu sehen. Und zwar bald. Adele strahlte etwas so Freundliches aus. Sie schien ihn besser zu verstehen und zu kennen als seine eigene Familie.

„Frohe Weihnachten, Philip", sagte sie leise, als er aufstand, um zu gehen. „Vergiss nicht: Suche Gottes Willen. Das ist wichtiger als alles andere."

Gottes Wille ist wichtiger als alles andere ... Ihre Worte verfolgten ihn, als er durch den langen Gang schritt und einen Blick in die Empfangshalle warf. Als er Rachel erblickte, schlug sein Herz schneller.

18

Susanna schlief unruhig und wachte immer wieder auf. Sie warf sich so heftig auf ihrem Bett hin und her, dass sie schon fürchtete, sie könnte Benjamin wecken. Und das wäre gewiss nicht gut. Sie schlüpfte aus dem Bett und ging die Treppe hinab, um sich in den Salon zu setzen. Sie hatte das Licht in der Halle nicht eingeschaltet, auch wenn Ben sie immer wieder ermahnte, nicht nachts in der Dunkelheit durch das Haus zu schleichen. Aber sie waren mit wenig Licht aufgewachsen. Sie war es also gewohnt. Den Luxus der Elektrizität genoss sie erst seit gut zwei Jahren, als der Älteste Seth Fischer ihnen wegen der Frühstückspension erlaubt hatte, moderne technische Hilfsmittel zu verwenden. Sie und Ben waren sich einig, dass es am besten war, in ihren Privaträumen weiterhin Öllampen zu benutzen und damit der Alten Ordnung Genüge zu leisten.

Vor ein paar Stunden hatten sie erfahren, dass Seth Fischer gestorben war und bald beerdigt werden würde. Sie überlegte, auf wen wohl das Los fiele, sein Nachfolger als Gemeindeleiter in ihrem Bezirk zu werden. Eine ganze Menge Prediger hier in der Gegend wären dazu geeignet. Aber sie hoffte, es wäre Gottes Wille, dass Prediger King ihr neuer Bischof würde, der Mann, der vor vierzig Jahren geholfen hatte, Gabriel Esh heimlich loszuwerden. Sie konnte sich gut vorstellen, dass die Amisch eine Trauerzeit bräuchten. Es war bestimmt klug, diese Leitungsaufgabe nicht vorschnell neu zu vergeben, aber als Frau hatte sie in solchen Angelegenheiten ohnehin nicht allzu viel zu sagen.

In der ganzen Amischgemeinde gab es momentan kaum ein anderes Gesprächsthema als das Gerücht, dass Seth Fischer zwei Tage vor Weihnachten sein Seelenheil gefunden habe. Aber die meisten Amisch glaubten diesem Gerücht nicht, denn es klang einfach zu unvorstellbar. Besonders da eine so einfältige Frau wie Lavina Troyer die entscheidende Rolle dabei gespielt haben sollte. Eine Frau, die mit dem Gemeindebann belegt war!

Als Susanna Benjamin nach dem Tag gefragt hatte, an dem er Lavina zu den Fischers begleitete, war Ben ziemlich zugeknöpft gewesen und hatte einen aufgewühlten Eindruck auf sie gemacht. Sie hatte den Grund dafür nicht verstanden und nach einer Antwort gedrängt.

„Ach, sei doch nicht so neugierig, Susie", hatte er sie getadelt.

„Ich bin doch nicht neugierig", hatte sie sich verteidigt.

„Doch, das bist du sehr wohl. Und mehr gibt es dazu nicht zu sagen!"

Trotz Bens abweisender Anwort überlegte Susanna, dass es jemanden geben müsse, der wusste, was passierte, als Lavina Seth Fischer an seinem Krankenbett besuchte. Wo war Rosemarie während dieser angeblichen Seelenrettung gewesen? Susanna müsste sie bald ansprechen und der Witwe ihr Beileid bekunden. Vielleicht morgen nach dem Predigtgottesdienst.

Sie stieg wieder die Stufen zu ihrem Schlafzimmer hinauf und musste erneut an die Bibelstellen denken, die sie vor dem Schlafengehen gelesen hatte. Sie gingen ihr nicht aus dem Kopf. Bevor sie wieder unter ihre Decke schlüpfte, schlug sie die mittelhochdeutsche Bibel noch einmal an der Stelle auf, die ihr inzwischen bekannt war. Während sie las, musste sie an Rachel denken. Sie fragte sich, ob sie wohl mit Philip Bradley über all die Dinge sprach, die sie von Esther gelernt hatte.

Susanna konnte nicht genau sagen, warum ihr dieser Gedanke ausgerechnet jetzt in den Sinn kam, aber sie hatte das seltsame Gefühl, dass Philip auf dem einen oder anderen Weg von diesen Bibelversen hören würde. So wie Levi Glick an diesem Nachmittag – und das ausgerechnet auch noch im Wohnzimmer der Zooks! – über sein Verständnis von der Bibel gesprochen hatte, konnte Susanna sich des Gedankens nicht erwehren, dass Rachel bestimmt in dasselbe Horn blasen würde.

In letzter Zeit war ihre Tochter nicht zu bremsen. Ständig redete sie über Gott, über Buße und lauter solches Zeug. Susanna hätte dem Ganzen gern ein für alle Mal einen Riegel vorgeschoben. Aber irgendetwas hielt sie davon ab, Esther so streng zur

Rede zu stellen. Etwas *anderes* hielt sie davon ab, sich heute Abend zu große Sorgen um Rachel zu machen. Sie hatte keine Ahnung, warum sie sich nicht wenigstens ein bisschen aufgeregt hatte, als Philip für diese Nacht ein Zimmer hatte mieten wollen. Warum in aller Welt hatte sie sich einverstanden erklärt, seine Reservierung und sein Geld anzunehmen?

Was war nur in sie gefahren?

* * *

Bevor sie in Richtung Süden zur Bundesstraße einbogen, schlug Philip vor, noch eine Pause einzulegen und einen Kaffee zu trinken. „Es ist noch nicht spät", beruhigte er Rachel und hielt ihr die Autotür auf. „Hast du Hunger?"

„Das kommt darauf an, was es auf der Speisekarte gibt", erwiderte sie schmunzelnd und ergriff seinen Arm.

Er bemerkte zum ersten Mal, dass Rachel ihren Blindenstock nicht dabei hatte. Hatte sie ihn vergessen? Er beschloss, nicht weiter nachzufragen, und führte sie vorsichtig in das Restaurant und achtete dabei auf jeden seiner Schritte.

Im Inneren folgten sie der Kellnerin zu einem Tisch im hinteren Teil des Restaurants. Die Frau beäugte die neuen Gäste unverhohlen. Philip konnte sich gut vorstellen, dass sie ein seltsames Paar abgaben: Rachel in ihrem amischen Kleid und der langen Schürze, er in seiner Anzughose und dem Sportjackett. Aber woher wollte jemand mit Bestimmtheit sagen, dass sie nicht einfach Bruder und Schwester waren? Der „Bruder", der die Amischgemeinschaft verlassen hatte oder nie dort Mitglied geworden war, und die „Schwester" ... Nun, wie es um ihre Gemeindezugehörigkeit stand, war ziemlich offensichtlich.

Sie nahmen einander gegenüber in einer gepolsterten Nische Platz. Philip lehnte sich zurück und atmete langsam durch, während er die Frau, die ihm am Tisch gegenübersaß, betrachtete. „Ich finde, es ist Zeit, dass wir ein richtiges Abendessen bekommen", schlug er vor.

„*So* einen großen Hunger habe ich auch wieder nicht", erwiderte sie lächelnd.

„Nach dem Kuchen und dem Punsch kann das natürlich gut sein."

„Und nach Esthers belegten Broten", erinnerte sie ihn.

„Sage Esther bitte, dass sie sehr gut geschmeckt haben."

Sie lächelte. „Das kannst du ihr selbst sagen, wenn du möchtest. Hast du vergessen, dass wir morgen zur Kreuzung fahren?"

Philip verriet lieber nicht, dass er die Pläne, morgen zusammen mit Rachel und ihren Verwandten aus Ohio mit Pferd und Einspänner zu der stark befahrenen Kreuzung zu fahren, fast vergessen hatte.

„Bist du sicher, dass du bereit bist, zu dieser Kreuzung zu fahren, Rachel? Ich meine, ist dir bei diesem Gedanken nicht unbehaglich zumute?"

Sie blinzelte mehrmals mit den Augen, ehe sie antwortete. Es war fast, als versuchte sie, ihn zu sehen. „Ich glaube, ich bin zu allem bereit. was der Herr von mir möchte", antwortete sie leise.

Rachels Gesicht war wunderschön. Auch ohne Make-up war sie eine Schönheit. Die langen Augenbrauen waren perfekt geformt, die Backenknochen waren wie gemeißelt, und ihre Lippen ... Er brach seine Beobachtung an dieser Stelle lieber ab. „Ich bete dafür, dass dir die Kreuzung die ersehnte Heilung bringt."

„Genau darum bitte ich den Herrn auch. Ich glaube, er will mich morgen ... heilen!", flüsterte sie mit unüberhörbarer Gefühlsregung in der Stimme.

Einen solchen Glauben hatte er noch nirgends erlebt. Rachel strahlte vor Vorfreude über das ganze Gesicht. Für einen Augenblick wurde er von ihrer Hoffnung ebenfalls angesteckt. „Ich wünsche mehr als alles andere auf der Welt, dass dieser Wunsch in Erfüllung geht."

„Danke", sagte sie und nickte anmutig mit dem Kopf.

Als sie den Kopf bewegte, fiel ihm erneut die leichte Wellung ihrer Haare in ihrem Nacken auf, wo sich zwei Strähnen aus dem strengen Knoten gelöst hatten. Beinahe hätte er ihr gesagt, wie hübsch sie in dem blauen Kleid und der weißen Schürze aussah. Ihre Sonntagstracht, vermutete er. Welch ein Unterschied zu den grauen und schwarzen Trauerkleidern, in denen er sie im Herbst immer gesehen hatte! Aber er hielt sich gerade noch zurück und wurde von der Kellnerin aus seinen Betrachtungen gerissen, die mit zwei Wassergläsern und sauberem Besteck und Servietten kam. „Es tut mir sehr Leid, Fräulein“, sagte er und bat um etwas mehr Zeit. „Wir haben die Speisekarte noch nicht angeschaut.“

Die Kellnerin warf einen Blick auf die beiden und verzog das Gesicht zu dem gleichen viel sagenden Lächeln, mit dem Adele ihn an diesem Nachmittag bedacht hatte. „Ich komme in ein paar Minuten wieder.“

„Danke, das ist sehr nett von Ihnen“, erwiderte er und stellte fest, dass sein Mund plötzlich ganz trocken war. Er griff nach seinem Wasserglas. Im selben Augenblick streckte Rachel die Hand aus und tastete nach ihrem Glas. Ohne nachzudenken, wie Rachel vielleicht reagieren würde, berührte er leicht ihre Hand und führte sie zu dem Glas.

„Oh!“ Ihr Gesicht errötete auf der Stelle.

Er wünschte, er könnte seinen Pulsschlag zügeln, er wünschte, er könnte klarer denken. Konnte es sein, dass Adele mit ihrer Einschätzung Recht hatte? War er tatsächlich in die blinde Witwe, die vor ihm saß, verliebt? „Annie, äh ... wie geht es deiner kleinen Tochter?“, platzte er ungeschickt heraus, um das Thema zu wechseln.

„Oh, ihr geht es ganz gut, wirklich“, kam die freundliche, wenn auch verblüffte Antwort.

Jedes Mal, wenn Rachel antwortete, überlegte er, woran ihre Mundart ihn erinnerte. Abgesehen von den ersten Gesprächen im letzten Herbst, seit er die zurückhaltende junge Amischfrau das erste Mal kennen gelernt hatte, war er einem Dialekt wie dem ihrem noch nirgends begegnet. Mit Ausnahme vielleicht des „Dorfdialekts“, den er während seiner Schulferien in einer abgelegenen Gegend in Südvermont gehört hatte. Dort hatte er einigen alten Männern zugehört, Freunden seines Großvaters. Leute, die in alten Schaukelstühlen saßen und auf ihrer Veranda, von der die Farbe abblätterte, zusahen, wie die Sonne unterging, und Eistee nippten. Das taten sie an jedem Sommerabend. Ohne Ausnahme. „Erstklassige Unterhaltung, ja, wirklich", hatte ein alter Mann immer durch seine Zahnlücke gelispelt und damit den Sonnenuntergang gemeint. Philip hatte dieses Bild nie vergessen.

„Kommt Annie nächstes Jahr in die Schule?", fragte er und kehrte aus seinen Gedanken an Neuengland nach Pennsylvania zurück.

Rachel nickte. „Sie war ein paar Monate zu jung, um noch dieses Jahr eingeschult zu werden. Aber ich denke, nächsten Herbst ist sie reif genug für die Schule."

„Ein wunderbares, kleines Mädchen."

„Ja, und sie mag dich, *Mister* Philip."

Sie lachten miteinander, was das Eis zwischen ihnen noch mehr zum Schmelzen brachte. Das war wunderbar, fand er. Denn in den letzten Minuten hatte er sich schon gefragt, ob es vielleicht ein Fehler gewesen sei, hier anzuhalten und etwas zu essen. Vielleicht wäre es für sie beide besser gewesen, wenn sie sich auf der Rückfahrt nach Lancaster nur im Auto unterhalten hätten. Aber wenn er ehrlich war, fühlte er sich zu Rachel hingezogen und wollte sie gern besser kennen lernen.

Er rutschte in seine Journalistenrolle und fragte, ob es ihr etwas ausmache, eine paar Fragen über das amische Leben zu beantworten. „Ich weiß von dem, was Adele Herr über Gabriel Esh erzählte, dass es in den sechziger Jahren Schulhäuser für die amischen Kinder gab, in denen alle Kinder in einem einzigen Raum unterrichtet wurden. Ist das immer noch der Fall?"

„Ja, die Kinder gehen von der ersten bis zur achten Klasse in diese Schule."

„Und was machen sie danach?"

Sie legte den Kopf schief, als versuche sie, sich an etwas längst Vergangenes zu erinnern. „Die meisten Jungen arbeiten dann mit ihren Vätern. Genauso wie die Mädchen. Wir gehen zu unseren Müttern nach Hause und lernen, wie man einmacht, näht, den Haushalt führt. Das heißt natürlich, falls wir es bis dahin nicht schon längst wissen."

„Und wenn ihr das alles schon könnt, was dann?"

„Es gibt so vieles, was man über die Aufgaben einer Frau lernen muss."

„Willst du damit sagen, dass die Aufgaben zwischen den Frauen und Männern genau aufgeteilt sind? Dass Männer beispielsweise nie putzen oder kochen würden?"

Rachel kicherte richtig. „Ich will dich nicht auslachen, aber nein, sie kämen nie auf die Idee, unsere Arbeit zu tun. Die Männer wissen, was von ihnen erwartet wird. Und die Frauen auch."

„Und was genau wird von einem amischen Mann erwartet?" Ihm fiel auf, dass sich seine Stimme verändert hatte, dass er jetzt viel leiser sprach. Er beugte sich vor, stützte sich auf seine Ellbogen und schaute in Rachels hübsches Gesicht.

„Arbeit außerhalb des Hauses", erwiderte sie. „Ein Junge lernt schon sehr früh, mit seinem Vater und seinen älteren Brüdern in der Scheune, im Tabakschuppen und auf den Feldern zu arbeiten. Wenn er dann mit der Schule fertig ist, kann er seinem Vater helfen, das Land zu bearbeiten, oder er hilft ihm in seiner Schreinerei oder in seiner Schmiede."

Als sie das Wort „Schmiede" aussprach, bemerkte er, dass sie die Stirn in Falten zog und dann den Kopf schüttelte, als wünschte sie, sie hätte nicht ausgerechnet diesen Beruf erwähnt. „Was ist, Rachel?"

„Oh, meine Güte." Sie wirkte richtig bestürzt. „Ich weiß nicht, was über mich gekommen ist, dass ich ausgerechnet den Beruf eines Schmieds nenne."

„Wegen Johannes Lapps Besuch?"

Sie fuhr sich mit der Hand an den Hals. „Himmel! Ich würde mit diesem Mann nie irgendwohin fahren wollen!", gestand sie. Diese Worte kamen mit einer solchen Vehemenz über ihre Lippen, wie er sie bei ihr noch nicht erlebt hatte. „Er ist überheblich und viel zu sehr von sich überzeugt. Mama hätte ihn nie zu Weihnachten einladen sollen!"

„Deine Mutter hatte ihn eingeladen?"

Sie faltete die Hände vor sich auf dem Tisch. „Das ist bei uns so üblich. Wir laden oft Leute zu Weihnachten ein. Aber seit ich meine Trauerkleider ausgezogen habe, macht es sich meine Mutter zur Aufgabe, mich mit irgendjemandem zu verheiraten."

„Warum stört dich das so sehr?"

„Ich bin eine erwachsene Frau. Ich kann mein Leben führen, ohne dass meine Mutter mir dabei helfen muss."

„Diese Angelegenheit muss dich stark stören." Er konnte an dem Runzeln auf ihrer Stirn erkennen, dass er mit dieser Vermutung Recht hatte.

„Ja, wirklich sehr." Rachel seufzte und sprach dann weiter. „Es ist nicht so leicht, in der Amischgemeinschaft als junge Witwe zu leben. Die Leute reden viel. Sie hoffen, Witwer mit jüngeren Frauen, die ihren Mann verloren haben, zusammenzubringen. Alles, damit mehr Kinder geboren werden, künftige Gemeindemitglieder. Besonders die Amisch der Alten Ordnung denken so."

„Je mehr Kinder also geboren werden, umso besser?"

„Ja, so ist es."

Die Kellnerin kam schon wieder an ihren Tisch, und sie hatten ihre Speisekarte immer noch nicht aufgeschlagen. „Was empfehlen Sie heute Abend?", fragte Philip die Frau in der hellgrünen Berufskleidung.

„Unser Weihnachtsmenü: Hühnchen und Klöße", kam die Antwort wie aus der Pistole geschossen. „Möchten Sie das gern bestellen?"

„Was meinst du, Rachel?", fragte Philip.

Sie nickte errötend mit dem Kopf und senkte die Augen. Philip bestellte für sich selbst das Gleiche. „Mit schwarzem Kaffee bitte."

„Ich bleibe bei Wasser", warf Rachel ein.

Schnell nahmen sie ihr Gespräch wieder auf. Philip stellte fest, dass sie sich genauso angeregt unterhielten wie im letzten Herbst bei ihrer Heimfahrt vom Friedhof in Reading. Wie kam es, dass eine junge amische Frau und ein moderner Journalist sich so gut verstehen konnten? Er konnte sich das beim besten Willen nicht erklären, aber er wusste, dass es so war. Ihr Geist war auf der gleichen Wellenlänge. Ja, ihm gefiel diese Formulierung wesentlich besser als die weltliche Bezeichnung, die von „Seelenverwandtschaft“ sprach. Passender für zwei Menschen, die denselben Herrn liebten und mehr als alles andere ihm dienen und ihn ehren wollten.

„Erzähle mir von den Informationen, die du mir mitgebracht hast“, bat Rachel aus heiterem Himmel. „Über meine Blindheit.“

Er war überrascht, freute sich aber zugleich, dass sie sich danach erkundigte, und begann, die Informationen, so gut er konnte, wiederzugeben. Er war überzeugt, dass Rachel bereit war, die Hilfe anzunehmen, die sie dringend brauchte.

* * *

Bei ihrer Rückfahrt nach Bird-in-Hand erklärte Rachel Philip, was der amische Ausruf „ach“ bedeutet. Er sagte, er habe dieses Wort so oft schon in Lancaster County gehört.

„Es bedeutet einfach ‚Oh!‘ Das ist alles.“

„Oh.“

„Nein ... ach.“ Er musste lachen. Was war nur in sie gefahren, dass sie so ausgelassen war? Sie würde natürlich nie zugeben, dass sie sich in seiner Nähe so wohl fühlte. Das brauchte sie auch nicht, wenn sie es sich genauer überlegte.

Sie begannen, über weniger ernste Dinge zu sprechen. Er wollte wissen, ob sie manchmal in Emmas Antiquitätenladen in der Dorfmitte von Bird-in-Hand gehe.

„Mama fährt hin und wieder in den Antiquitätenladen, um sich Emmas neue Waren anzusehen, aber es ist schon eine ganze Weile her, seit ich das letzte Mal dort war. Warum fragst du?“

„Ich habe daran gedacht, mir vielleicht einen Schreibtisch zu kaufen. Ähnlich dem Möbelstück, das in dem Gästezimmer steht, in dem ich wohne."

„Ja, das ist ein schöner Schreibtisch", nickte sie, auch wenn sie ihn nie mit eigenen Augen gesehen hatte. Sie hatte lediglich in den Fächern Staub gewischt. „Mama ist froh, dass sie ihn hat."

„Das kann ich verstehen."

„Ja, es ist ein guter Platz, um eine Postkarte zu verstecken, nicht wahr?" Wieder lachten sie miteinander. Sein Lachen klang so fröhlich.

Ihr Gespräch drehte sich bald um Esther und Levi. „Wunderbare Leute", bemerkte Philip. „Besteht irgendeine Möglichkeit, dass sie nach Lancaster County zurückkehren?"

„Komisch, dass du das fragst, denn ich habe mir lange Zeit gewünscht, dass sie zurückkommen. Aber ich denke, das steht nicht zur Diskussion. Sie haben in Holmes County in Ohio das Land, das sie schon immer haben wollten", erklärte sie. „Sie haben sehr lange darauf gewartet." Sie erzählte, dass es auch einer ihrer Herzenswünsche war, wieder Landwirtschaft zu betreiben. „Es ist ganz natürlich, dass wir Amisch eine Liebe zur Erde haben." Plötzlich musste sie an eine Bemerkung denken, die ihr Jakob oft gemacht hatte: dass er mit Erde unter den Fingernägeln geboren worden sei.

Philip sagte: „Mein Großvater besaß viel Land in Südvermont am Battenkill River. Der schönste Ort auf der ganzen Erde, dachte ich als Kind immer. Großvater baute sich dort ein Sommerhaus, umgeben von Bäumen und Gemüsegärten. Immer, wenn ich dorthin fahre, selbst jetzt noch, ist das für mich wie ein kleiner Vorgeschmack auf den Himmel. Ich denke, ich weiß also, was du meinst."

Rachel musste über seine Bemerkung lächeln. Anscheinend hatten sie noch etwas gemeinsam. „Ich kann nicht sagen, warum, aber irgendwie glaube ich, dass Annie und ich eines Tages wieder Bauern sein werden. Aber nur der Herr weiß, wie das geschehen kann."

„Gott unsere Pläne anzuvertrauen ist nicht immer leicht, nicht wahr?"

Etwas überrascht über diese Bemerkung, antwortete sie leise: „Lavina sagt, wir sollen geduldig auf ihn warten. Glaube mir, genau das lerne ich zur Zeit. Jeden Tag meines Lebens, seit ich die Hälfte meiner Familie bei dem Unfall auf der Kreuzung verlor."

„Du musst Schreckliches durchgemacht haben."

„Du brauchst kein Mitleid mit mir zu haben", sagte sie schnell. „Ich will kein Mitleid."

„Du bist sehr tapfer, Rachel."

Seine Stimme war jetzt sehr zärtlich. Sie hätte alles dafür gegeben, wenn sie in diesem Augenblick wenigstens einen kurzen Blick auf sein Gesicht hätte werfen können. Er war bestimmt ein gut aussehender Mann. Das hatte Annie gesagt. Sie hatte es ihr sogar wiederholt erzählt.

„Ich wollte dich etwas fragen", begann sie in dem Versuch, das Thema zu wechseln und von sich selbst abzulenken. „Aber wenn du das Gefühl hast, ich sei zu neugierig, dann sage es bitte. Ich wollte dich gern fragen, wie du dich auf deinen geistlichen Dienst vorbereitest. Adele erzählte Lavina und mir, dass du den Eindruck habest, der Herr wolle dich in seinen Dienst rufen."

„Ja, diesen Eindruck habe ich. Aber genau an diesem Punkt muss ich vertrauen lernen." Philip seufzte. „Ich bete jeden Tag um Gottes Führung."

„Heißt das, dass du mit deinem Beruf als Journalist nicht glücklich bist? Gefällt es dir bei der Zeitschrift nicht?"

„Das ist wahrscheinlich eine zu lange Geschichte für heute Abend. Was hältst du davon, wenn wir noch einmal miteinander essen gehen, bevor ich wieder fort muss?"

Er lud sie schon wieder ein, mit ihm irgendwohin zu fahren. Schon wieder! Oh, sie wollte ohne zu zögern sofort „Ja" sagen, aber sie wusste, dass es besser war, das nicht zu tun. „Ich weiß es nicht. Ich glaube, ich sollte mich zuerst auf meinen nächsten Schritt konzentrieren: auf die Fahrt zur Kreuzung ... morgen."

Philip schwieg lange. Sie fürchtete schon, sie könnte ihn beleidigt haben. Als er wieder sprach, waren seine Worte sanft.

„Dein Augenlicht ist wichtiger als alles andere, Rachel. Ich möchte dich auf keinen Fall von diesem wichtigen Ziel ablenken."

„Nein ... nein. Das verstehe ich. Ehrlich."

„Nach der Kreuzung können wir uns immer noch entscheiden, ob wir miteinander essen gehen wollen oder nicht."

Sie fühlte sich nicht in der Lage, eine vernünftige Antwort zu geben. Deshalb schwieg sie lieber. Am besten war es wahrscheinlich ohnehin, sich keine falschen Hoffnungen zu machen. Wie kam sie auf den Gedanken, dass ein Mann wie Philip mit einer Frau glücklich sein könnte, die solche ... Begrenzungen hatte?

* * *

Lange nach zweiundzwanzig Uhr erwachte Susanna aus einem schrecklichen Traum. Sie setzte sich in ihrem Bett auf und wischte sich den Schweiß von der Stirn. Sie rang um Atem und war verwirrt. Sie hatte einen seltsamen Alptraum gehabt. Seine düsteren Bilder wollten sie immer noch in die Tiefe reißen, obwohl sie schon wach war. Blue Johnny und der vor kurzem verstorbene Seth Fischer hatten im Traum mit ihr gesprochen. Seth Fischer hatte ihr eine Warnung aus dem Grab geschickt, und Blue Johnny versuchte, die Warnung abzublocken und jedes Wort, das Seth Fischer rief, zu ersticken. Sie hatte Schreien und Schimpfen gehört ... alles aus Blue Johnnys zornigem Mund. Einen so schlimmen Alptraum hatte sie noch nie gehabt.

Sie hatte gehört, dass in solchen Träumen manchmal eine Bedeutung steckte, aber so etwas wagte sie nicht einmal zu denken. Nein, denn sie hatte eine Vermutung, was dieser Traum bedeutete. Ja, sie wusste es. Seth Fischer hatte tatsächlich Erlösung gefunden. Genau, wie Lavina erzählte. Aber Blue Johnny war darüber wütend und versuchte, die Worte, die Seth Fischer zu sagen hatte, zu ersticken.

Zum dritten Mal in dieser Nacht schlüpfte Susanna unter ihren Decken hervor. Dieses Mal fiel sie auf die Knie und faltete die Hände in einem leidenschaftlichen Gebet. „Gott, allmächtiger Vater“, begann sie. „Falls irgendetwas von dem, was ich heute Abend in der Bibel gelesen habe, mich und die Sünden meiner Väter betrifft, falls ich etwas davon bekennen und mich davon abkehren soll, wie meine Tochter immer sagt, dann bitte ich dich, himmlischer Vater, mir zu zeigen, was ich tun soll. Amen.“

Sie ging davon aus, dass es rechtens war, so mit dem himmlischen Vater zu sprechen, besonders, wenn niemand in der Nähe war und die wichtigen Dinge belauschte, die ein Mensch zu sagen hatte.

* * *

Rachel war überzeugt, dass sie ihren Gefühlen in Bezug auf Philip trauen konnte. Sie wusste, was in ihm vorging, auch wenn sie sich nur ein paar Mal mit ihm getroffen hatte. Sie glaubte auch zu verstehen, was ihn bewegte, und war sicher, dass er vertrauenswürdig war. Trotzdem konnte sie keinen vernünftigen Grund finden, der erklärt hätte, warum sie sich kennen gelernt hatten. Wollte Gott, dass sie mehr als nur zufällige Freunde sein sollten?

Rachel wusste, dass sie diese Fragen am besten in Gottes Hände legte. Und dass sie es ihm überlassen sollte, was dabei herauskäme. Und so lag sie lange wach in ihrem Bett, nachdem sie mit dem Herrn über Philip Bradley und alles, was an diesem Weihnachtstag geschehen war, gesprochen hatte. Sie dachte an Johannes Lapp, der eine Braut suchte, die jünger war als er und die ihm noch mehr Kinder gebären sollte. Sie seufzte in die dunkle Nacht hinein und überlegte, wie es wohl wäre, wieder mit einem Mann verheiratet zu sein. Mit einem Mann, den sie genauso sehr liebte wie den gut aussehenden blonden Jakob Yoder, den sie mit achtzehn Jahren geheiratet hatte.

Es war nahezu unmöglich, derartige Gedanken in Bezug auf den allzu selbstsicheren Schmied zu hegen. Und so sehr sie Philip auch mochte, zögerte sie doch sehr, einen Engländer in Betracht zu ziehen, wenn es um das Heiraten ging. Aber unter seiner „weltlichen" Oberfläche – seiner Ausdrucksweise, seinem Denken und seiner Sicht von der Welt – glaubte sie, Spuren einer tiefen Sehnsucht zu entdecken. Einer Sehnsucht nach einem einfacheren Leben. Sie hörte sie aus den Fragen heraus, die er stellte. Außerdem schien seine Geduld keine Grenzen zu kennen. Und er besaß die Gabe, ihr das Gefühl der Sicherheit zu geben. Sie mochte ihn wegen jeder Eigenschaft. Er war ein Mann, von dem ihre Familie sofort begeistert wäre, wenn er nur in der Amischgemeinschaft geboren worden wäre, ein netter, kluger Bauernjunge aus der Beechdale Road oder der Maple Avenue, der zusammen mit seinem Papa und seinen Brüdern Getreide erntete und Heuballen band.

Oh, sie kannte seinen Geist, sie kannte ihn. Ja, zusammen mit Philip könnte sie der Zukunft mutig entgegenblicken, er gäbe ihr neues Selbstvertrauen, die Türen der Schüchternheit würden aufgehen und stünden endlich sperrangelweit offen. Sonnige Tage, ein Stück Land, auf dem eine reiche Ernte wuchs, klare Teiche und einen Wald, durch den man in der Morgendämmerung laufen konnte. Den Namen des Herrn mit einem Mann zu preisen, der ihm von ganzem Herzen dienen wollte. Diese Dinge wünschte sie sich mehr als alles andere in ihrem Leben. Nein, sie wünschte sie sich nicht nur, sie *brauchte* sie.

Aber würde Philip diese nächtlichen Gedanken, die sie im Augenblick beschäftigten, verstehen, wenn sie sie in Worte fassen könnte? Wahrscheinlich nicht. Trotzdem wusste sie in der Tiefe ihres Herzens, dass Philip ein gottesfürchtiger Mann mit einem tiefen Glauben war. Und er war immer so freundlich und liebevoll zu Annie. Einen richtig guten Vater würde er abgeben! Aber wäre sie bereit, um seinetwillen „eitel" zu werden?

Bevor sie endlich einschlief, dachte sie an das, was Philip ihr erzählt hatte: von Therapiemöglichkeiten, Selbsthilfegruppen und vielem anderen. Alle diese Informationen hatte er so liebevoll für sie zusammengetragen. Aber sie hatte den Eindruck, sie solle als ersten und wichtigsten Schritt die Gemeindeältesten bitten, über ihr zu beten. Die Heilung ihrer Gefühle war schon viel zu lange überfällig. Die Rückkehr ihres Augenlichts war damit verknüpft. Dessen war sie sich sicher. Es war Zeit, den Mut aufzubringen, die biblischen Anweisungen zu befolgen, die sie im Jakobusbrief gelesen hatte.

Morgen nach dem Predigtgottesdienst würde sie darum bitten, im Namen des Herrn Jesus mit Öl gesalbt zu werden.

19

Die winzige Zahnlücke, in der vorher Annies Milchschneidezahn gestanden hatte, erregte Philips Aufmerksamkeit, als er dem kleinen Mädchen und seiner Mutter am nächsten Morgen in sein Auto half. Beim Frühstück hatte er angeboten, sie zum Gottesdienst zu fahren. Sehr zum stummen Erstaunen von Rachels Eltern. Sie hatten ebenfalls Pläne, zum Gottesdienst zu gehen. Susanna ließ ihn jedoch nicht lange im Unklaren und machte ihm eilig den Unterschied zwischen den ihrer Meinung nach abtrünnigen Beachy-Amisch und den Amisch der Alten Ordnung klar. „*Wir* haben die Gemeinde und die Überlieferung unserer Vorväter nicht verlassen", sagte sie mit funkelnden Augen. „Wir besuchen *Haus*gottesdienste."

„Wer ist denn heute mit dem Predigtgottesdienst an der Reihe?", erkundigte sich Rachel und lenkte zu Philips Bewunderung fast mühelos von dem heiklen Thema ab.

„Thomas und Maria Beiler", erwiderte Susanna. Dann wandte sie sich an Philip und erklärte freundlich. „Das ist meine älteste noch lebende Schwester und ihr Mann."

„Und Thomas ist gewiss kein Zweifler", mischte sich Benjamin ein und brachte das Gespräch damit wieder auf den strittigen Punkt zurück. Er war festlich gekleidet: ein gepresstes weißes Hemd, braune Hosenträger, eine schwarze weite Hose und eine Weste. Seine Sonntagskleidung, hatte er erklärt, als Philip am Esstisch Platz genommen hatte.

„Thomas ist ein aufrechter amischer Mann", fügte Susanna hinzu. Fast hätte man meinen können, Benjamin und Susanna hätten sich fest vorgenommen, etwas unmissverständlich klarzustellen. Um Rachels willen?

Rachel nippte an ihrem Kaffee und brachte nicht einmal ein leises Lächeln über die Lippen. Philip vermutete, dass sie an ihre Fahrt zu der Kreuzung dachte, denn heute war der Tag, auf den sie so lange schon wartete. Als er sie genauer betrachtete, sah er, dass sie nachdenklich war und anscheinend betete. Er griff nach seinem Saftglas. Dabei musste er daran denken, wie er gestern Abend unschuldig ihre Hand zu dem Wasserglas geführt hatte. Ihr erstes Essen zu zweit allein. Was auch kommen würde, an diesen Weihnachtsabend würde er immer denken.

* * *

Der Gesang in der Gemeinde der Beachy-Amisch hatte eine gewisse Ähnlichkeit mit seiner eigenen Kirche. Jedoch mit der Ausnahme, dass die Lieder ohne musikalische Begleitung gesungen wurden. Philip, der mit Levi Glick aus einem Liederbuch sang, empfand den harmonischen, vollen Klang der Stimmen als sehr angenehm. Er war sehr froh, dass Levi und seine Frau sich entschieden hatten, heute den Sonntagsgottesdienst in dieser Gemeinde zu feiern. Als Besucher in „weltlicher" Kleidung wäre er sich noch mehr als Außenseiter vorgekommen, wenn er allein bei den amischen Männer in ihren konservativen dunklen Mänteln und weiten Hosen hätte sitzen müssen. Aber Levi begrüßte ihn mit einem herzlichen Lächeln und einer überspringenden Freundlichkeit und nahm Philip damit jegliche Anspannung.

Mitten in einem Lied fiel sein Blick zufällig auf Rachel und Annie, die neben einer älteren Frau, die er für Lavina Troyer hielt, weiter vorne saßen. Bei ihnen saßen außerdem Esther Glick und ihre zwei kleinen Mädchen. Alle Frauen und jungen Kinder saßen auf der linken Seite. Die Frauen trugen unauffällige Kapuzenumhänge in Blau, Lila oder Grün und dazu ihren weißen Gebetsschleier, wie es bei den Amisch Brauch war.

Die fünfte Strophe des Liedes sprach Philip besonders an, während er fröhlich in den Gesang der Männer um ihn herum einstimmte.

Taube, hört ihn. Ihr Stummen,
sein Lob mit freien Zungen singt.

Ihr Blinden, seht, euer Retter ist kommen;
und ihr Gelähmten: Vor Freude springt!

Philip dachte an Rachels geplante Fahrt zur Kreuzung. Während seines kurzen Aufenthalts in Bird-in-Hand hatte er die Stelle, an der die North Ronks Road die Bundesstraße 340 kreuzte, schon kennen gelernt. Bei mehreren Gelegenheiten hatte er, während er selbst auf der vorfahrtberechtigten Bundesstraße diese Stelle passierte, schon Pferde und Einspänner an der roten Ampel stehen sehen. Er hielt es für eine weise und vernünftige Entscheidung, hier eine Ampel aufzustellen. Dass Rachel und ihre junge Familie an dieser Stelle einen tödlichen Unfall erlitten hatten, daran wollte er am liebsten überhaupt nicht denken. Kein Wunder, dass Rachel und Annie so viele Monate unter den psychischen Folgen dieses schrecklichen Erlebnisses gelitten hatten. Kein Wunder, dass die junge Witwe so lang gebraucht hatte, bis sie zu dem Schritt, den sie heute plante, bereit war. Welchen Mut musste sie aufbringen, um erneut zu der Unfallstelle zu fahren, die ihr Leben so radikal und schmerzlich verändert hatte! Dabei spielte es kaum eine Rolle, ob sie den Schauplatz des Geschehens sehen konnte oder nicht. Er wollte ihr so viel Hilfe bieten, wie er nur konnte, auch wenn er vermutete, dass Levi und Esther die Hauptpersonen für Rachel sein würden. Aber er fuhr trotzdem mit. Er hatte sich sogar freiwillig gemeldet. Rachel schien sich darüber sehr zu freuen.

Während des letzten Liedes spürte Rachel, wie ihr Glaube immer stärker wurde. *Ihr Blinden, seht, euer Retter ist kommen ...*

Sie konnte es kaum erwarten, bis die Gemeindeältesten für sie beteten. Heute war der Tag, an dem ihre Heilung käme. Daran glaubte sie ganz fest!

* * *

Der Pastor nahm seinen Platz hinter einer einfachen Holzkanzel ein. Gleichzeitig wurde das Opferkörbchen herumgereicht. Es gab keine spezielle Weihnachtsmusik, keinen Weihnachtsbaum und keine Sterne. Die Wände waren schlicht weiß gehalten und ohne irgendein Kreuz oder Bild von Jesus. Ein einziger kleiner Kerzenleuchter hing in der Mitte des Ganges und verbreitete genügend Licht. Es gab keine Bilder oder Mosaike an den Fenstern.

Sobald der Pastor verkündete, über welchen Text er predigen wolle, hörte man ein leises Blätterrascheln. Philip schlug ebenfalls die genannte Bibelstelle auf und stellte überrascht fest, dass das Thema des Textes Gottes Heilung war. Er überlegte, ob Rachel vielleicht in letzter Zeit ein Seelsorgegespräch mit dem Pastor geführt hätte und dieser deshalb am Tag nach Weihnachten ein solches Thema für seine Predigt wählte. Wusste der Pastor von Rachels Plan, an diesem Tag zu der berüchtigten Kreuzung zu fahren?

Philip versuchte, der Predigt aufmerksam zu folgen. Gleichzeitig wollte er diesen Vormittag gern in einer Gebetshaltung verbringen. Philip konzentrierte sich auf Gottes große Gnade, mit der er Jesus gesandt hatte, um die Menschen zu heilen. Diese Heilung geschah, als Jesus vor seinem Tod am Kreuz geschlagen und verspottet wurde. Schweigend betete er und glaubte, dass dies der Tag sei, an dem Rachel wieder gesund werden würde.

Gemeinsam mit Rachel versammelten sich mehrere andere Gemeindemitglieder nach dem Gottesdienst mit den Ältesten und dem Pastor im Altarraum. Philip stand mit Levi und seinen vier Kindern im hinteren Teil des Raumes und wartete schweigend auf Rachel und Esther.

Die Ältesten salbten Rachel mit Öl. Philip beugte ebenfalls den Kopf. *Herr Jesus, bitte erfülle deinem Kind seinen Herzenswunsch ... heute, wenn es dein Wille ist.*

* * *

Nach den Gebeten der Ältesten erwartete Rachel hoffnungsvoll, dass sie sehen könnte. Als ihr Augenlicht nicht zurückkehrte, wollte sie auf direktem Weg zur Kreuzung fahren und damit das Mittagessen „um ein paar Minuten" verschieben, erklärte sie Esther und Levi auf dem Parkplatz vor dem Gemeindehaus. „Wärt ihr damit einverstanden, wenn wir jetzt gleich fahren?"

Großzügig bot Lavina Troyer an, mit Esthers und Levis Kindern und Annie im Gemeindehaus zu warten. Levi erklärte sich einverstanden, das Pferd und den Einspänner hinüber zur North Ronks Road und dann zur Kreuzung zu fahren. Wie geplant kamen Esther und Philip ebenfalls mit. Rachels Kusine führte sie vorsichtig über die Auffahrt und half ihr in den geschlossenen Wagen.

Levi schlug vor, dass Rachel und Philip hinter ihm und Esther Platz nehmen sollten. Rachel war von diesem Vorschlag überrascht, stellte ihn aber nicht in Frage, sondern tat, wie ihr geheißen wurde. Levi wollte sicher keiner Freundschaft zwischen ihr und einem Außenstehenden Vorschub leisten. Er hatte gewiss nur ihr Bestes im Sinn. Wenn sie auf dem Rücksitz saß, wurde sie dadurch vielleicht ein wenig vor der grausamen Wirklichkeit abgeschirmt. Vor den vielen Erinnerungen, die sicher auf sie einströmen würden.

* * *

Durch seine Bereitschaft, an dieser Fahrt teilzunehmen, setzte Philip sich einer nicht zu unterschätzenden Gefahr aus, wie er in der Zeitung gelesen hatte. Aufgrund der zunehmenden Bevölkerungsdichte und der wachsenden Ungeduld der Fahrer über die langsamen Pferdewagen auf befahrenen Durchgangsstraßen kam es immer häufiger zu Unfällen in Lancaster County. Jetzt saß er selbst in einem alten Einspänner neben einer attraktiven, jungen Frau, die fest entschlossen war, sich einem früher erlittenen tiefen Schmerz zu stellen und auf diesem Weg das Augenlicht wiederzuerlangen. Und den Schmerz, der an dieser Kreuzung auf sie wartete, auszuhalten.

Levi, ihr geübter Fahrer, der für einen Weihnachtsbesuch den weiten Weg von Ohio nach Pennsylvania auf sich genommen hatte, ließ die Zügel leicht schnalzen. Das Pferd trabte los und zog den Wagen aus dem Parkplatz vor dem Gemeindehaus hinaus auf die zweispurige Straße. Wenn irgendjemand, zum Beispiel seine Schwester, Philip gesagt hätte, dass er den Tag nach Weihnachten auf so seltsame Weise verbringen würde, hätte er das bestimmt nicht geglaubt. Trotzdem hatte er erst gestern freiwillig angeboten, Rachel auf diesem Weg zu begleiten. Dass er hier war, das Beste hoffte und auch dafür betete, zeigte, dass ihm Rachel viel mehr bedeutete, als er irgendjemandem gegenüber zugab. Am allerwenigsten sich selbst gegenüber.

* * *

Susanna wartete, bis Rosie Fischer allein war, ehe sie auf die alte Frau zuging, um ihr die Frage zu stellen, die ihr keine Ruhe ließ. Sie drückte Rosemarie ihr Beileid aus und sagte dann: „Außer Lavina scheint niemand genau zu wissen, was neulich bei euch geschehen ist. Deshalb frage ich dich am besten selbst. Was ist passiert?“

„*Ich* weiß es, denn ich war dabei, aber ich begreife trotzdem noch nicht alles“, erzählte ihr Rosemarie nach dem Predigtgottesdienst bei den Beilers. „Ich weiß nur: Seth flüsterte mir zu, dass er hören wolle, was Lavina Troyer zu sagen habe. Er wollte nicht, dass ich oder irgendjemand sonst sie hinderte, das zu sagen, was ihr auf dem Herzen lag. Und er hat noch etwas anderes zu mir gesagt.“

„Was denn?“ Susanna war ganz Ohr.

„Seth sagte, der Herr habe sein Herz auf diesen Besuch vorbereitet.“

„Was du nicht sagst!“, staunte Susanna und begab sich zusammen mit Rosemarie zur Küche, um zu helfen, für das gemeinsame Essen den Tisch zu decken. „Wenn ich es nicht mit eigenen Ohren von dir gehört hätte, würde ich das alles nicht glauben.“

Die alte Frau nickte und schaute sie mit leuchtenden Augen an. „Ich wünschte, du hättest dabei sein und es mit eigenen Augen sehen können. Das Gesicht meines Mannes strahlte wie noch nie zuvor in seinem ganzen Leben."

„Wo war Benjamin während der ganzen Zeit?" Susanna musste es wissen. Sie musste wissen, was in aller Welt vor sich gegangen war, das ihren Mann veranlasste, ihr nichts von dem zu erzählen, was Rosemarie gerade sagte. Das er vielleicht sogar vergessen wollte.

„Ob du es glaubst oder nicht, Ben stand auf und stürmte wie ein verängstigtes Tier aus dem Zimmer."

„Warum denn das?"

„Eine Herrlichkeit war plötzlich da und erfüllte den ganzen Raum."

Susanna wusste nicht, wie sie das verstehen sollte. „Eine *Herrlichkeit,* sagst du?"

„Ja, sie war einfach da und vertrieb das Böse aus dem Haus."

„Das Böse?"

„Es wand sich und bäumte sich auf und verschwand dann aus Seth. Das konnte man richtig sehen. Ich habe es mit eigenen Augen wahrgenommen. Er hustete und nieste bestimmt dreißigmal."

„Aber welches *Böse*?", wollte Susanna immer noch wissen.

„Diese Flüche ... all die Jahre der Zauberei und Beschwörungen. Mein Seth wurde auch von diesen Wunderheilungen befreit, so überraschend das klingen mag."

Susanna keuchte. „Was sagst du da?"

„Die Kusine deines Mannes betete die ‚Weisheitsgaben' förmlich aus meinem Mann heraus. Ich wusste vorher nicht, dass es so etwas überhaupt gibt."

Susanna dachte über diese Worte nach. Lavina sollte das Böse ausgetrieben haben? Warum sollte Seth Fischer eine solche Befreiung gebraucht haben? Was war denn *falsch* an den Wunderheilungen? Je mehr sie über das nachdachte, was Rosemarie soeben gesagt hatte, umso stärker drängte sich ihr eine bestimmte

Bibelstelle in den Sinn. *Unsre Väter haben gesündigt und leben nicht mehr, wir aber müssen ihre Schuld tragen.*

War dieser Vers die Erklärung? Konnte das sein? Jetzt, da sie darüber nachdachte, wünschte sie, sie wäre an jenem Tag in Seth Fischers Schlafzimmer dabei gewesen. Sie hätte wirklich gern gehört, was Lavina mit ihrem einfältigen Verstand und ihrem kindlichen Denken gesagt hatte.

Sie beschloss, sich Esthers Kassette noch einmal anzuhören.

* * *

Schneebedeckte Getreidefelder begrüßten sie auf beiden Seiten der schmalen Straße. An manchen Stellen schauten große Stellen mit gefrorenem Gras durch und erinnerten Philip daran, dass in ein paar Monaten das Weideland wieder zu neuem Leben erwachen würde. Unter dem Gewicht des Schnees und Eises beugten sich die Zweige der Bäume, während das Pferd den Einspänner und seine Insassen die North Ronks Road hinabzog. Philip fragte sich, ob Rachel die Schneelandschaft um sich herum sehen könnte, wenn sie nicht vor über zwei Jahren Eis und Schnee um ihr eigenes Herz aufgebaut hätte. Ob sie nicht ebenfalls unter einer schweren Last fast zusammenbrach.

Da Rachel so schweigsam neben ihm saß, beschloss er, ihrem offensichtlichen Bedürfnis nach Stille nachzukommen. Er malte sich vor seinem geistigen Auge Bilder von Rachels möglicher Zukunft aus, falls sie tatsächlich wieder sehen könnte. Ihr Leben würde wieder in normalen Bahnen verlaufen, und das Ziel, auf das er seit Monaten durch seine Nachforschungen hingearbeitet hatte, wäre erreicht. Er würde nach New York zurückkehren, weiterhin in der Bibel lesen, Gott um Führung bitten und die Gemeinschaft der christlichen Geschäftsleute in seiner Gemeinde suchen. Er könnte wieder anfangen zu schreiben und sogar den einen oder anderen Auftrag als freier Mitarbeiter seiner Zeitschrift annehmen.

Rachel dagegen bekäme bestimmt noch weitere Gelegenheiten, wieder zu heiraten. Sie müsste sich gewiss nicht mit dem unsympathischen Schmied aus Paradise abfinden. Außerdem wäre es schön, wenn Annie wieder eine Mutter hätte, die sehen konnte!

Gottes Wille steht über allem anderen ...

* * *

„Warum mussten Mama, Esther, Levi und Mister Philip ohne uns wegfahren?", fragte Annie Lavina im Vorraum des Gemeindehauses der Beachy-Amisch.

„Ach, Mädchen, deine Mama hat dir das doch bestimmt schon erklärt", antwortete die alte Frau dem kleinen Mädchen mit den klugen Augen.

„Aber wie soll es Mama helfen, wieder sehen zu können, wenn sie zur Kreuzung fährt?"

„Ja, das möchte ich auch gern wissen", fragte die kleine Ada, Annies Kusine zweiten Grades.

Lavina überlegte, wie sie es den Kindern am besten erklären sollte. Rachel hatte den Kindern doch bereits gesagt, was zu sagen war. Lavina seufzte und fragte sich, worauf sie sich da wohl eingelassen habe, als sie anbot, bei den fünf Kindern zu bleiben. „Manchmal muss ein Mensch einfach zurückgehen und sehen, was in der Vergangenheit war ... ", sagte sie.

„Aber wenn Mama nicht sehen kann", beharrte Annie, „wie soll sie das dann machen?"

„Ja, Rachel ist doch blind", stimmte Jakobus ihr zu. „Das ist sie jetzt doch schon seit über zwei Jahren." Maria und Elia schüttelten ebenfalls einmütig ihre kleinen Köpfe.

„Ich würde sagen: Wenn Gott will, dass Rachel in einem Einspänner zur Kreuzung fährt, dann steht es uns doch nicht zu, das in Frage zu stellen, oder?"

Damit war die Diskussion zu einem Abschluss gebracht. Lavina ging auf die Suche nach Sonntagsschulheften, die sie ihren jungen Schutzbefohlenen vorlesen wollte. Sie würde sie auffordern, sich auf den Boden zu setzen, und so tun, als wäre sie ihre Lehrerin, etwas, das sie bei ihrer alten Freundin Adele Herr immer bewundert hatte. Genau das wollte sie tun, bis Rachel und die anderen zurückkehrten und Rachel wieder normal sehen könnte. Wenigstens hoffte sie das und betete dafür ...

* * *

Der Morgen war kalt und windig gewesen, als Philip aufwachte. Der Wind wehte aus Norden und brachte ein paar Schneeflocken mit. Aber jetzt legte sich eine plötzliche Stille über das Land, grau und regungslos, als befänden sich die Menschen in dem Einspänner im Auge eines Sturms, vor dem künftigen Toben geschützt, so weit entfernt von dem Brausen, dass sie fast glaubten, der Sturm existiere überhaupt nicht.

Seine Gedanken wanderten zu Adele und ihrer klugen Antwort auf einen seiner Briefe, die er ihr vor seiner Abfahrt aus New York geschrieben hatte. Er hatte ihr sein Herz ausgeschüttet und mit ihr über seine persönliche und berufliche Zukunft gesprochen.

Es freut mich zu hören, dass du dich auf Gottes Hilfe bei deiner „Weggabelung" verlässt, hatte sie in ihrem Brief geschrieben.

Er wusste nicht genau, warum ihre Antwort ihn immer noch beschäftigte. Lag der Grund darin, dass er genauso wie Adele zu der Überzeugung gelangt war, dass sie einen nicht wieder gutzumachenden Fehler in ihrem Leben begangen hatte? Dass sie sich vor vierzig Jahren gegen Gottes Willen entschieden hatte? Jedes Mal, wenn er daran dachte, wie Adele Gabriels Heiratsantrag abgelehnt hatte, zuckte er innerlich zusammen. Gabriels aufrichtige Liebe war unerwidert geblieben. Sie hatte dem jungen amischen Mann das Herz gebrochen, als sie seinen Heiratsantrag ablehnte.

Sie fuhren zu viert immer noch in ungebrochenem Schweigen die Straße entlang. Philip vermutete, dass Levi und Esther im Stillen für Rachels Heilung beteten. Er selbst bat den Herrn um seine Hilfe während und nach der möglicherweise traumatischen Fahrt, auf der sie sich befanden. Dabei erforschte er sein eigenes Herz.

Als er die Augen wieder aufschlug, wehte der Wind erneut und blies die Wolken weg. Mit einem Mal badeten die Landschaft und die Straße vor ihnen in strahlendem Licht. Flüssiges Gold legte sich über die schneebedeckte Straße vor ihnen, über das Feld und den Bach und warf auf jedes Bauernhaus und jede Scheune, soweit das Auge reichte, einen strahlenden Schein. Aber am interessantesten war die Wirkung, die das plötzliche Sonnenlicht auf Rachel hatte.

„Die Sonne ist herausgekommen, nicht wahr?“, flüsterte sie und beugte sich nahe zu ihm herüber.

Er drehte den Kopf und staunte über den Anblick, der sich ihm bot. Ihr hübsches Gesicht war tränennass. „Ja, Rachel, die Sonne *scheint* wirklich“, sagte er und rang darum, seine Fassung zu bewahren.

Die Mittagssonne strahlte am Himmel. Er spürte die Wärme der Sonnenstrahlen. Aber unter seinem warmen Mantel erschauderte Philip.

20

Rachel hielt die Augen geschlossen. Das Strahlen, das sie umgab, hatte sie ergriffen. Sie fürchtete, es könnte viel zu schnell wieder verschwinden. *Herz, fürchte dich nicht!,* befahl sie ihrem ängstlichen Geist und rief sich die Verse aus dem Alten Testament ins Gedächtnis: *Denn der Herr, dein Gott, geht mit dir ...*

Sie atmete mehrmals langsam und tief ein und bat den Herrn, ihr viel Mut zu geben, damit sie die Erinnerungen, die vielleicht auftauchen würden, ertragen könnte. Und sie betete darum, dass sie keine Angst davor hätte, wieder sehen zu können. *Bitte, lieber Herr Jesus, hilf mir, auf die andere Seite zu kommen,* betete sie im Stillen. *Auf die andere Seite der Kreuzung.*

Plötzlich kam ihr ein Gedanke in den Sinn. Der Name der gefährlichen Unfallstelle hatte noch eine zweite Bedeutung. Wenigstens für sie. Die *Kreuz*ung war für sie gleichzeitig der Weg zum Kreuz. Warum hatte sie nur bis jetzt nie daran gedacht? Der Weg zum Kreuz war für ihren Heiland so qualvoll gewesen. Er hatte durchgemacht, was kein Mensch je ertragen sollte. Trotzdem hatte er sich entschieden, diesen Weg zu gehen. Er würde sie sicher heute verstehen und begleiten. Jesus selbst würde sie tragen, wenn die Erinnerungen kämen und die entsetzlichen Bilder, die sie zwei Jahre unterdrückt und verdrängt hatte. Sie stellte sich vor, wie der Herr sie auf den Arm nahm, so blind und schmerzerfüllt wie sie war, und sie auf seinen starken Armen trug.

Sie wischte sich die Tränen aus dem Gesicht und richtete ihr Herz auf die schmerzliche Reise aus, zu der der Herr sie aufgefordert hatte. Sie wehrte sich nicht mehr dagegen, dass ihre Gedanken zu dem Unfalltag zurückwanderten.

Vor zweieinhalb langen Jahren ...

* * *

Der Tag war für Mitte Juni außergewöhnlich heiß gewesen. Aber ein leichter Wind wehte und machte die warme Luft in dem geschlossenen Marktwagen ein wenig erträglicher. Jakob lenkte das Pferd zur North Ronks Road. Rachel war ein wenig unruhig, weil sie die Abkürzung zum Markt genommen hatten, aber Jakob versicherte ihr, dass es der beste Weg sei, um „Zeit gutzumachen". Sie waren zu spät aus dem Haus gekommen. Dafür gab sie sich die Schuld, weil sie den Wecker nicht gehört und verschlafen hatte, wodurch diese Hektik überhaupt erst entstanden war.

Sie lehnte den Kopf an Jakobs starke Schulter, schloß die Augen und genoss das Singen der Vögel, das Zirpen der Grillen und das gemütliche Klappern der Pferdehufe auf der Straße. Man hörte das Surren einer Windmühle, und hin und wieder ein vorbeitrabendes Pferd und das Knarren von Wagenrädern. Hinter ihnen spielten Aaron und Annie vergnügt auf dem Rücksitz.

In der Hand hielt sie einen Brief, den sie am Vorabend geschrieben hatte. Er war an Esther adressiert, ihre Kusine, die aus Bird-in-Hand in Pennsylvania nach Ohio umgezogen war.

* * *

„Wir kommen jetzt zur Kreuzung", sagte Esther. „Ich dachte, das solltest du wissen."

„Wie weit ist es noch?", fragte Rachel. Das Herz schlug ihr bis zum Hals.

Levi antwortete: „Noch ungefähr einen halben Kilometer."

Sie versuchte, sich zurückzusetzen und vorsichtig, Schritt für Schritt, die Ereignisse, die zu dem Unfall geführt hatten, Revue passieren zu lassen. Philips Nähe war ihr sehr wohl bewusst. Sie hatte das Gefühl, als schwebe sie durch Zeit und Raum, obwohl sie ganz genau wusste, dass sie bei Bewusstsein war.

* * *

„Schaut euch Papas selbst gebautes Spielzeug und die schönen Hubschrauber an!", rief der kleine Aaron, während sie auf die Kreuzung zufuhren.

Jakob scherzte mit seinem Sohn. In diesem Augenblick riss ihr der Wind den Brief aus der Hand. Er flog durch das offene Fenster. Sie sagte Jakob, dass sie ihn schnell wieder holen würde, was sie auch tat. Sie sprang schnell aus dem Wagen, während die Ampel auf Rot stand, und jagte hinter dem Brief her über das Feld.

Als sie den Brief aufhob und sich umdrehte, musste sie mit Entsetzen zusehen, wie die Stute mit den Vorderbeinen hochstieg und sich so aufgeregt benahm, wie sich ihr Zugpferd noch niemals benommen hatte. Jakob setzte alle seine Kraft ein und versuchte, das aufgescheuchte Tier unter Kontrolle zu bringen. Es war schrecklich anzusehen! Ihr versagte der Atem. Dann schoss das Pferd plötzlich vorwärts, mitten auf die befahrene Kreuzung.

Auch jetzt, als sie diese grauenvollen Augenblicke erneut durchlebte, kostete es sie alle Kraft, um sich einen Weg hinaus aus einem langen schwarzen Tunnel zu bahnen. Sie litt erneut darunter, dass sie ihre Kinder nicht finden konnte, die bestimmt starke Schmerzen aushalten mussten und unter einem schweren Schock standen. Sie suchte panisch, stolperte über das Chaos auf der Straße und rief immer wieder ihre Namen. Sie stolperte über die selbst gebauten Spielsachen und die zersplitterten Teile, die noch vor ein paar Minuten ihr Marktwagen gewesen waren.

Plötzlich sah sie ein helles Licht! Rachel erinnerte sich auf einmal an etwas, das tief in ihrer Seele vergraben war, eine kostbare Erinnerung, die sie zusammen mit allen anderen verloren und verdrängt hatte.

Sie kniete auf dem heißen Teer auf der Straße und hielt Jakob in den Armen. Er atmete noch. Sie war so froh. Er begann, sich zu bewegen und aufzuschauen. Seine Augen zuckten, als er in das helle Sonnenlicht blickte.

„Rachel ... ich sehe den Herrn Jesus ... Seine Arme sind weit offen ... für *mich.*" Er brach ab und atmete stockend ein. Dann hustete er und verzog vor Schmerzen das Gesicht. „Der Himmel ist hier, strahlend und hell ... ach, er ist so schön.“

Seine Augen schlossen sich langsam, und sie konnte fühlen, wie das Leben aus ihm wich. „Oh, Jakob“, jammerte sie. „Ich liebe dich so sehr. Bitte bleibe am Leben. Bleibe bei uns. Bitte verlasse uns nicht.“

Aber in der Stille, in der ihr Mann im Sterben lag, spürte Rachel einen tiefen Frieden. Wie ein lindernder Balsam, der sie erwärmte und ihre Seele tröstete. Sie sehnte sich danach, in diesem unbeschreiblichen Frieden zu bleiben. Jakob, ihr geliebter Mann, kehrte in ihren Armen heim zu seinem himmlischen Vater.

Dieses alles umfassende Bewusstsein erfüllte ihre Seele, ihren Geist und ihren Körper. In diesem Augenblick war sie ganz sicher, dass nichts sie je wieder auf so tiefe Weise anrühren könnte. Sie wollte für immer hier bleiben und ihren Mann nur eine Handbreite von der Ewigkeit entfernt festhalten. So nahe an dieser herrlichen Ewigkeit, die allen versprochen ist, die zu Jesus gehören. Die Tür zum Himmel war so nahe und der kurze Blick, den sie darauf werfen durfte, unbeschreiblich schön.

Ihr Friede war nur von kurzer Dauer. Aufgeregte Geräusche umgaben sie, Schritte, Stimmen.

„Alle zurücktreten“, befahl jemand, und sie merkte, dass sie von mehreren Menschen umringt war.

* * *

„Rachel ... es ist vorbei“, flüsterte Philip und ergriff ihre Hand. „Die Kreuzung liegt hinter dir ... du bist auf der anderen Seite.“ Er konnte nicht weitersprechen, so bewegt war er. Er hielt ihre zierliche Hand mit beiden Händen fest, streichelte sie sanft und tröstete sie, so gut er konnte.

Esther drehte sich auf dem Beifahrersitz zu ihnen herum und ergriff Rachels zweite Hand. „Du hast es jetzt hinter dir, liebe Rachel. Der Herr ist mit dir.“

„Wo sind wir?“, murmelte Rachel. Tränen liefen ihr über die Wangen.

„Gleich südlich der Kreuzung auf der Ronks Road“, erklärte Esther. „Levi ist an den Straßenrand gefahren, als du anfingst zu weinen. Wir bleiben hier stehen, bis du bereit bist weiterzufahren.“

„Du brauchst nur ein Wort zu sagen“, bestätigte Levi die Aussage seiner Frau.

„Ich möchte euch erzählen, was gerade geschehen ist“, begann Rachel.

Die Erinnerungen sprudelten aus ihr heraus, als hätten sie die ganze Zeit nur auf diesen Moment gewartet. Ihr Bericht über das Heimgehen ihres Mannes in den Himmel berührte Philip am meisten.

Rachel unternahm mehrere vergebliche Versuche, ihre Tränen zu unterdrücken. Trotz ihrer Gebete, die sie im festen Glauben vor Gott gebracht hatte, trotz der Erinnerungen, die zurückgekehrt waren, und trotz des Ringens, das sie in ihrem Inneren ausgefochten hatte, war sie immer noch blind. Oh, da waren schon die verschwommenen, gelegentlichen Lichtschimmer am Ende der Dunkelheit, aber sie konnte trotzdem nicht sehen. Sie war so froh, dass weder Philip noch Esther oder Levi sie danach fragten.

Sie war unbeschadet auf der anderen Seite der Kreuzung herausgekommen trotzdem stand sie nun wieder vor der trostlosen Wirklichkeit. Jakob und Aaron lagen immer noch in ihrem Grab und waren auf dem amischen Friedhof auf dem Hügel begraben. Sie war immer noch Witwe und hatte nur noch eines ihrer Kinder. Und keine Hoffnung, je wieder einen so lieben Mann zu bekommen wie Jakob Yoder.

Keine Hoffnung ...

In ihrer tiefen Verzweiflung begann sie zu schluchzen. Ihr Körper zitterte angesichts der Wahrheit, der sie nun ins Auge blicken müsste. Sie ließ Esthers und Philips Hand los und warf sich beide Hände vors Gesicht. Sie fühlte, wie Philip sie an sich drückte, während das Pferd lostrabte und der Wagen weiter die Straße hinabfuhr. Fort von der Kreuzung. Sie wehrte sich nicht gegen seine sanfte Berührung und war sich kaum bewusst, dass ihr Kopf auf seiner Schulter lag und er ihr beruhigende Worte zuflüsterte. In ihrer Trauer weinte sie auch darüber, dass Philip sie bald wieder verlassen und in seine eigene Welt zurückkehren würde, in der sie keinen Platz hatte.

„Dein Augenlicht ist wichtiger als alles andere“, hatte Philip gestern Abend gesagt. *Wichtiger ...*

Die Erinnerung an diese Worte überdeckte sein jetziges Mitgefühl. Der Wagen rollte in die Lynwood Road und fuhr zum Gemeindehaus zurück. Der lange Rückweg ...

* * *

Lavina hatte alle Sonntagsschullektionen vorgelesen und bemühte sich gerade, „Jesus liebt mich“ in der richtigen Melodie zu singen, als Annie fragte, wo denn ihre Mama so lange bleibe. „Ich bekomme allmählich einen riesigen Hunger“, verkündete sie.

„Ich auch“, nickte die kleine Ada.

„In meinem Bauch ist schon ein richtiges Loch“, sagte Maria und bekam von ihrem Bruder einen Rippenstoß verpasst.

Lavina vermutete, dass es jetzt nicht mehr lang dauern würde. „Zählen wir bis hundert. Vielleicht sind sie bis dahin zurück.“

Elia gab sein Bestes, aber der Vierjährige hatte große Mühe und brachte ständig die Zahlen durcheinander. Das erinnerte Lavina daran, wie mühsam für sie in ihrer Schulzeit das Zählen gewesen war. „Du musst mit deinem großen Bruder mitzählen“, riet sie dem Kleinen. Sie konnte nachempfinden, wie elend er sich fühlte.

Er nickte, und die anderen Kinder waren gern bereit, ihm zu helfen. Nur Annie schien nicht ganz bei der Sache zu sein. Sie machte sich unübersehbar Sorgen um ihre Mama.

Auch Lavina machte sich Sorgen.

21

„Ich kann dir gar nicht sagen, wie froh ich bin, dass ich diese Fahrt hinter mir habe“, erzählte Rachel Esther in ihrem Schlafzimmer unter vier Augen. „Es war so beängstigend, aber jetzt weiß ich, dass ich zusammen mit den furchtbaren Erinnerungen auch die allerschönste Erinnerung verdrängt hatte.“

„Du meinst Jakobs Heimgang?“

Rachel nickte. „Ich verstehe einfach nicht, wie ich ein solches Erlebnis verdrängen konnte.“

„Dein Herz war gebrochen. Das könnte der Grund sein. Sei nicht zu streng mit dir, Liebes.“

„Wahrscheinlich hast du Recht.“

„Vielleicht hat dir der Herr diese ganz besondere Erinnerung genau für heute aufgespart ... als du sie am dringendsten brauchtest“, sagte Esther leise. „Ist es nicht so, dass Gott dir Jakob für kurze Zeit zur Seite stellte und ihn dann aus diesem Leben zu sich rief? Ich habe seit dem Unfall oft daran gedacht, dass wir bestimmt etwas daraus lernen sollen. Wir alle.“

„Ich glaube, ich weiß jetzt auch, was ich daraus lernen sollte.“

Esther schwieg. Rachel ergriff die Hand ihrer Kusine. „Die Lektion, die ich lernen soll, ist, dass ich den Segen, den ich im Leben bekomme, nie als selbstverständlich hinnehmen darf. An dem Morgen, an dem wir zum letzten Mal auf den Markt fahren wollten, sagte Jakob zu mir, dass wir immer das vermissen, was wir nicht haben. Ich musste das auf einem ganz schweren Weg lernen. Jeder einzelne Tag ist ein Geschenk Gottes.“

„Die Güte des Herrn hat kein Ende ... sie ist neu jeden Morgen“, bestätigte Esther.

„Und auch wenn mein Augenlicht nicht zurückgekommen ist, hoffe ich immer noch, dass ich eines Tages wieder sehen werde ... zu dem Zeitpunkt, den Gott für richtig hält.“ Rachel wollte das wirklich glauben und kämpfte schwer gegen die Hoffnungslosigkeit an, die sich in ihrem Inneren breitmachen wollte.

Sie saßen schweigend in der Stille des Schlafzimmers auf Rachels Bett. Rachels großes und Annies kleines Bett waren ordentlich gemacht und mit selbst genähten Steppdecken und Rachels gehäkelten Wolldecken bedeckt.

„Möchtest du vielleicht über Philip sprechen?“, fragte Esther Rachel überraschend. „Er ist ein ganz besonderer Mann. Levi ist sehr von ihm angetan ... Er glaubt, Philip ist von Gott zu etwas Besonderem berufen in seinem Leben.“

Rachel dachte über diese Bemerkung nach. „Aber warum sollen wir über ihn reden?“

„Weil Gott auch in *deinem* Leben etwas Besonderes vorhat, Rachel.“

„Ich ... ich verstehe nicht, was du damit sagen willst. Warum willst du jetzt über Philip Bradley reden?“ Ihr Mund wurde so trocken wie Watte.

„Schrecke nicht davor zurück, für Philip zu beten. Das ist alles. Es könnte sein, dass Gott einen Plan für euer beider Leben hat ... gemeinsam.“

Sie fragte sich, ob ihre Gefühle für Philip so offensichtlich waren. Ob Esther deshalb dieses Thema angesprochen hatte. Sie wagte nicht nachzufragen. *Dieses* Geheimnis musste auch vor Esther verborgen bleiben.

* * *

Philip genoss es, sich mit Levi zu unterhalten. Das Haus schien im Augenblick fast unbewohnt zu sein, auch wenn er wusste, dass die Glickkinder und Annie im Wintergarten spielten. Rachel und Esther hatten sich nach oben zurückgezogen. Das tat Rachel bestimmt gut. Am Ende der Fahrt war sie sehr aufgewühlt gewesen.

Sie hatten ein köstliches Mittagessen aus gebratenem Truthahn und Schinken, Kartoffelbrei, Soße und verschiedenstem Gemüse als Beilagen gehabt. „Köstliche Reste vom Weihnachtsessen“, hatte Esther gesagt. Es war erstaunlich, wie schnell und geschickt sie ein solches Mahl allein zubereitet hatte. Rachel hatte ihr nicht helfen können. Sie war so erschöpft gewesen, dass sie sich ausgeruht hatte.

Dass Ben und Susanna nicht im Haus waren, weil sie bei anderen Gemeindemitgliedern der Alten Ordnung Mittag aßen, bedeutete, dass Levi und Philip sich ungezwungen unterhalten konnten. Nachdem jetzt der Tisch abgeräumt und die Küche sauber gemacht war, hatten sie das Wohnzimmer ganz für sich allein.

„Ich hatte gehofft, ich könnte Rachel helfen, ihr Augenlicht wiederzubekommen“, erklärte Philip und erzählte von den Informationen, über die er mit Rachel gesprochen hatte. „Leider sieht sie immer noch nicht. Ich überlege, ob ihr ein christlicher Therapeut oder auch ein weltlicher Therapeut, der mit so etwas Erfahrung hat, vielleicht weiterhelfen könnte.“

„Vielleicht.“ Levi lächelte mitfühlend.

„Kennst du hier in der Gegend jemanden, der so etwas kann?“

„Ich weiß nur, dass Rachel mehrmals mit der Frau ihres Pastors gesprochen hat.“

„Gibt es vielleicht eine Selbsthilfegruppe, der sie sich anschließen könnte?“

Levi runzelte die Stirn. „Ich weiß wirklich nicht, ob sie eine solche Gruppe braucht. Ich habe den Eindruck, ihre Trauer um Jakob und Aaron hat sie inzwischen überwunden.“

Philip drängte nicht in ihn und fragte nicht nach einer Erklärung. Er vertraute der Meinung dieses Mannes. Es war schwer, ihm nicht zu vertrauen. „Ich hoffe, ich habe mich nicht zu sehr in Rachels Angelegenheiten eingemischt, weil ich ihr von dem Material erzählte, das ich gesammelt habe. Ich ging sogar so weit, ihr von Gesprächen, die ich mit mehreren Psychotherapeuten in New York geführt habe, zu erzählen.“

„Wie hat sie es aufgenommen?“

„Gut ... sehr gut. Aber ich hoffe, sie versteht, dass ich gekommen bin, um ihr zu helfen ... und nicht, um Verwirrung zu stiften.“

Levi betrachtete ihn neugierig. „*Nur,* um ihr zu helfen? Wirklich?“

Philip zuckte mit den Achseln und wusste nicht, was er sagen sollte.

„Ich glaube, es steckt mehr dahinter, Philip.“

Wie Levi Glick, den er erst gestern kennen gelernt hatte, Philips persönliche Kämpfe zu kennen und zu verstehen schien, war Philip ein Rätsel.

* * *

Der Tag des Herrn verlief richtig angenehm, fand Susanna, als sie mit Benjamin vom Predigtgottesdienst nach Hause fuhr. Jetzt war es viel heller. Die Sonne schien strahlend vom Himmel und glitzerte auf dem Schnee und dem Eis. Die Straße verlief leicht bergab an den Feldern vorbei, die jetzt ihren Winterschlaf hielten und an den still daliegenden Höfen ihrer amischen Nachbarn vorbei.

Susanna fragte sich, wie es Rachel wohl ergangen sei, die in einem Einspänner zur Kreuzung hatte fahren wollen. Zum ersten Mal seit über zwei Jahren. Immerhin war ihre Tochter in guter Gesellschaft. Wenigstens waren genug Leute bei ihr, da nicht nur Esther und Levi sie begleitet hatten, sondern auch Philip Bradley.

Sie hielt es für besser, dieses Thema Ben gegenüber jetzt nicht anzusprechen. Er war in den letzten Tagen so ruhig. Trotzdem brannte es ihr auf dem Herzen, über Rosemaries Bericht von der „Befreiung“ zu sprechen, die Seth Fischer angeblich erlebt hatte.

Susanna wusste, dass sie ihre inneren Kämpfe vorsichtig ansprechen sollte. Dieses Thema lag ihr schwer im Magen und ließ ihr keine Ruhe. Sie bereitete also den Boden für das Gespräch vor und hoffte, Ben würde sich nicht zu sehr aufregen. „Rosemarie hat mir von der Veränderung ihres Mannes kurz vor seinem Tod erzählt“, sprach sie vorsichtig das Thema an. „Ich dachte, vielleicht sollten wir beide auch darüber sprechen.“

„Das ist alles schön und gut. Aber ich habe dem nichts hinzuzufügen."

„Aber du hast es doch mit eigenen Augen gesehen, nicht wahr?"

„Es war ein seltsamer Anblick, Susie. Das kann ich dir sagen."

„Seth Fischer hat Rosemarie erzählt, dass der Herr ihn auf Lavinas Besuch vorbereitet habe. Was sagst du dazu?"

Ben zog die Augenbrauen hoch. „Das ist doch nicht dein Ernst."

„So hat Rosemarie es mir erzählt."

„Aber das kann doch ... "

Susanna wollte keine Verzögerung in ihrem Gespräch zulassen und drängte weiter. „Rosemarie glaubt wirklich, dass ihr Mann an jenem Tag Rettung fand ... und sie auch, sagt sie ... Das alles, weil Lavina für sie betete."

„Das könnte sein", murmelte Ben.

„Lavina ist eine ehrliche und mutige Seele."

Ben nickte. Seine Augen wurden feucht. „Vielleicht mehr als wir alle."

Was er damit sagen wollte, wusste Susanna nicht. Aber sie hatte den Eindruck, dass ihr Mann seine Entscheidung getroffen und sich eine ehrliche Meinung darüber gebildet hatte, was im Haus der Fischers passiert war. Dessen war sie sicher.

Benjamin sah nach dem langen Vormittag müde aus. Sie durfte ihn also nicht noch mehr bedrängen. Schnell ließ Susanna das Thema fallen, ohne noch ein weiteres Wort darüber zu verlieren. Später, wenn ihr Mann sich ausgeruht hatte, würde sie den Faden wieder aufgreifen.

* * *

Philip hatte mit seiner Vermutung Recht behalten. Rachel war wirklich entmutigt. Es war eine weise Entscheidung gewesen, sie zu einem kurzen Spaziergang zum Mühlbach hinter dem Haus einzuladen. An diesem Bach hatte er das erste Mal festgestellt, dass Rachel nicht sehen konnte. Er war damals spazieren gegangen, um etwas Sonne zu tanken. Inmitten der leuchtenden

Herbstfarben hatte er sich an den Bach gesetzt, der durch das Grundstück der Zooks lief, und hatte Holzstückchen ins Wasser geworfen. Er hatte nicht vergessen, wie schön die junge Frau war, die damals auf der kleinen Brücke stand, die die beiden Bachufer miteinander verband. Damals hatte die kleine Annie ihre Mutter Schritt für Schritt geführt.

Jetzt war es an ihm, die zarte Frau zu führen, deren Wangen von der Kälte bereits gerötet waren, obwohl sie in ein langes schwarzes Tuch gehüllt war und einen Winterhut auf dem Kopf trug. „Wir werden nicht lange wegbleiben", sagte er und schaute auf den verschneiten Weg, der vor ihnen lag. „Ich dachte, ein kurzer Spaziergang würde uns beiden gut tun." Er fügte nicht hinzu: „Nach allem, was du heute durchgemacht hast." Stattdessen sagte er: „Außerdem ist es eine gute Ausrede, damit wir beide ein wenig Zeit allein haben können."

Philip sah, dass sie über seine Bemerkung lächelte. Dieses Lächeln gab ihm den Mut, weiterzusprechen. Das Wetter diente ebenfalls dazu, die Dinge ein wenig aufzuhellen, obwohl Rachel das strahlende Sonnenlicht nicht sehen konnte, während sie an seinem Arm untergehakt mit ihm spazieren ging.

„Ich habe mir etwas überlegt ... Ich möchte dir einen Vorschlag machen. Was hältst du davon, wenn ich Vorkehrungen treffe, damit du einen Arzt sprechen kannst? Ich kenne mehrere Ärzte in New York, und mit etwas Hilfe durch meinen Schwager glaube ich, könnten wir es schaffen, dass du relativ bald einen Termin bekommst."

Sie antwortete nicht auf seinen Vorschlag und zeigte auch keinerlei Reaktion.

„Ich bin bereit, alles zu tun, um dir zu helfen. Ich könnte dich sogar mitnehmen, wenn ich nach New York zurückfahre. Aber zweifellos willst du erst darüber nachdenken. Und beten."

„Ich brauche nicht darüber nachzudenken *oder* zu beten", sagte sie leise, als sie den Weg zur Brücke einschlugen. „New York City ist deine Welt. Ich habe nicht den Wunsch, von hier fortzugehen."

Er hatte befürchtet, dass sie ihm eine Absage erteilen würde. Das war auch kein Wunder. Wie sollte eine Amischfrau ... noch dazu, wenn sie blind war ... sich in dem hektischen, lärmenden Gedränge von Manhattan zurechtfinden? Er konnte sich Rachel auch kaum dort vorstellen.

„Es war nur eine Idee", war alles, was er sagte.

„Ich danke dir für deinen Vorschlag, Philip. Das ist sehr lieb von dir."

Sehr lieb ...

War er das? Wenn er wirklich lieb wäre, würde er ihr sagen, wie wunderbar sie in seinen Augen war. Wie wunderschön. Dass ihre fröhliche und liebevolle Art durch jede ihrer Handlungen, durch jedes ihrer Worte und jede ihrer Taten durchleuchtete.

Aber wenn er diese Dinge sagte, wüsste er nicht, wohin das führen würde. Das entscheidende Problem bei der ganzen Sache war, dass er nicht wusste, wie er sozusagen den „Sprung zurück in die Vergangenheit" schaffen sollte, heraus aus dem modernen Leben und hinein in das schlichte Leben der Amisch. Selbst wenn er wusste, dass er Rachel so sehr liebte, dass er sie heiraten könnte, wüsste er trotzdem nicht, ob sie ihm ähnliche Gefühle entgegenbrachte.

Sie kamen zu der Mitte der kleinen Brücke, wo sie sich umdrehten und an das Geländer lehnten. Er blickte auf die gefrorenen Eisschichten im Bachbett, unter denen er das Wasser plätschern hören konnte.

„Erzähle mir, was du siehst", flüsterte Rachel neben ihm.

„Sonnenschein und Schnee. Und kahle schwarze Baumstämme zwischen großen Nadelbäumen."

„Sind Vögel da?"

„Hier und da ein paar Krähen."

Sie seufzte. „Im Frühling werden hier wieder viele Vögel leben, die Nester bauen und ihre Jungen aufziehen ... "

Er ließ dieses Bild in der Stille zwischen ihnen stehen und wagte es nicht, diesen Augenblick mit einer Antwort zu stören.

Aber Rachel hatte ihn gebeten, ihr Bilder mit Worten zu malen. Also sprach er weiter. „Der Himmel ist so blau wie ein ruhiger, klarer Teich. Und die Wolken sind wie Wattebäusche in der Ferne. Das heißt, es könnte morgen bewölkt sein."

Sie kicherte. „Du schreibst nicht zufällig für den Wetterbericht, oder?"

„Das ist etwas, das ich bestimmt nicht tue. Frage mich nach Terminen, politischen Interviews, Kolumnen und Artikeln, aber frage mich nicht nach dem Wetter."

„Das finde ich lustig."

Er schaute sie an und sah, dass sie grinste. Rachel Yoder hatte einen feinen Sinn für Humor. Philip musste laut lachen. „Ich werde diesen Ort vermissen", seufzte er und hielt sich gerade noch rechtzeitig zurück, ehe er hinzufügte, dass er auch sie vermissen würde.

* * *

Alles lief so schön, sogar das Wetter hielt, bis Philip sagte, er werde „diesen Ort vermissen". Wieder fragte sie sich, ob er versuche, die starke Anziehungskraft, die zwischen ihnen bestand, zu überspielen. Wenn sie diese Anziehungskraft fühlte, dann fühlte er sie doch bestimmt auch. Andererseits wusste sie nicht, wie das normalerweise zwischen einem Mann und einer Frau lief. Sie war in ihrem ganzen Leben bisher nur von einem einzigen Mann umworben worden. Und dieser Mann war jetzt bei Jesus.

Sie würde sich von Philips Bemerkung nicht niederdrücken lassen. Immerhin hatte er sie zu einem Spaziergang eingeladen. Nur er und sie. Und es würde nicht mehr lange dauern, bis sie ihm eine Antwort geben müsste, ob sie mit ihm zum Abendessen ausgehen wollte. Unsicher, wie sie dieses Thema ansprechen sollte, ließ sie ihn den Himmel, die Felder und die Scheune des Nachbarn beschreiben.

„Weißt du, Rachel", sagte er, „ich glaube, Esthers Brief hat dir damals bei dem Unfall das Leben gerettet ... indem er aus dem Fenster flog."

„Wahrscheinlich hast du Recht. So habe ich es nie gesehen."

„Gott hat dich aus einem bestimmten Grund am Leben erhalten, glaube ich."

Sie lächelte. „Das sagt Esther auch immer. Und auch meine Mutter. Damals habe ich mir gewünscht, der Herr hätte mich auch zu sich geholt."

„Ich kann mir gut vorstellen, wie du dich damals gefühlt hast", erwiderte Philip. „Aber jetzt hast du es so weit geschafft! Und ich bete dafür, dass du Gott auch weiterhin in deinem Leben wirken lässt."

Etwas Schöneres hätte er nicht sagen können. Besonders an diesem Tag. „Ich habe die feste Absicht, wieder sehen zu können", erklärte sie ihm.

„Ich glaube auch, dass du es schaffst. Ich werde nicht aufhören, für deine Heilung zu beten, bis du wieder sehen kannst."

Das fand sie interessant. Warum sagte er so etwas? Hatte er vor, mit ihr in Kontakt zu bleiben?

„Es ist sehr wichtig für mich, dass du wieder sehen kannst."

Jetzt hatte er es wieder gesagt. Es war also nicht etwa Interesse an ihr als Frau, das ihn nach Bird-in-Hand zurückgebracht hatte. Er war bestimmt nur aus Mitleid gekommen. Aus keinem anderen Grund.

„Ich habe vor langer Zeit mein Herz Jesus übergeben." Es war ihr ein inneres Bedürfnis, ihm davon zu erzählen. „Das war lange bevor Jakob und ich heirateten. Seit damals habe ich gelernt, dass wir Gottes Zeitplan nicht immer verstehen können. Wenn du also sagst, dass mein Augenlicht für dich wichtig ist ..., muss ich dir sagen: Ich weiß, dass es für Gott noch viel wichtiger ist."

Das war eine der mutigsten Aussagen, die sie je gemacht hatte. Sie glaubte tatsächlich, dass sie auf dem Weg war, sich in eine ziemlich selbstbewusste Frau zu verwandeln. Genau das, was sie schon immer sein wollte.

* * *

Susanna war sich sehr wohl bewusst, dass ihre Tochter mit Philip zu einem Spaziergang aufgebrochen war, aber sie fragte sich, warum die beiden so lange fort blieben. Sie waren jetzt schon zwanzig Minuten oder noch länger aus dem Haus. Bei allem, was recht war! Trotzdem versetzte die Vorstellung, dass die beiden zusammen waren, sie bei weitem nicht mehr so sehr in Unruhe wie noch im Herbst, als Philip das erste Mal hier war.

Nein, sie dachte immer mehr, dass sie es vielleicht schaffen könnte, ihn so zu ändern, dass er in ihre amische Gemeinschaft passte. Natürlich hatte sie keine Ahnung, was Benjamin zu so etwas sagen würde. Was er davon hielte, einen Schwiegersohn zu bekommen, der früher ein „weltlicher" Engländer und jetzt ein Amisch geworden war. Aber es könnte nicht schaden, ihn zu fragen. Andererseits sollte sie vielleicht lieber damit warten, bis sie von Rachel erfuhr, ob überhaupt irgendwelche romantischen Gefühle in der Luft lagen.

Außerdem wollte sie von Ben erst einmal mehr über Seth Fischers Bekehrung hören. Sie fand, wenn es für den betagten Ältesten richtig gewesen war, dann sollte sie oder noch besser sollten *sie beide* vielleicht auch darüber nachdenken. Sie konnte es kaum erwarten, dass ihr Mann von seinem Mittagsschlaf erwachte.

* * *

Ihr Spaziergang zum Bach neigte sich dem Ende entgegen. Rachel konnte die Geräusche aus dem Haus hören: Copper, der im Hof herumsprang, und die Menschen, die sich im Haus aufhielten.

„Hast du darüber nachgedacht, ob du heute Abend mit mir zum Essen ausgehen willst?", fragte Philip.

„Wann musst du nach New York zurückfahren?", fragte sie. Sie hielt sich an seinem Arm fest, während sie zum Haus zurückgingen.

„Morgen nach dem Frühstück. Ich habe mehrere anstehende

Termine für die Zeitschrift. Für einige habe ich noch überhaupt nichts vorbereitet." Er machte eine Pause, und sie schlenderten einen Augenblick schweigend weiter. „Ich hatte überlegt, dass wir heute Abend irgendwo in ein ruhiges Restaurant gehen könnten, wenn du magst."

Sie wollte den Schmerz der bevorstehenden Trennung nicht noch länger hinausziehen. Aber wie in aller Welt hätte sie diesem wunderbaren Mann eine Absage erteilen können? „Es wäre wirklich sehr schön, mit dir essen zu gehen", antwortete sie schließlich.

„Dann rufe ich gleich im Restaurant an und bestelle uns einen Tisch." Aus seiner Stimme sprach Erleichterung.

Trotzdem wünschte sie, er müsste nicht am nächsten Tag fortfahren. Am besten überhaupt nicht.

22

Das Abendessen verlief in einer angenehm ruhigen Atmosphäre im historischen Strasburg Inn im Washington House Restaurant. Das Haus war im Kolonialstil erbaut, und das Restaurant war elegant eingerichtet. Das weiche Kerzenlicht verbreitete eine warme und einladende Stimmung. Bei seinem Anruf hatte Philip einen Tisch für zwei bestellt und war angenehm überrascht, als er und Rachel zu einem Tisch am Fenster geführt wurden. Durch das knisternde Feuer im Kamin auf der anderen Seite des Raumes wurde die heimelige Atmosphäre noch verstärkt.

„Es ist genau so, wie ich es mir gewünscht hatte", bedankte er sich bei der Kellnerin. „Vielen Dank."

„Ich wünsche Ihnen einen schönen Abend", sagte sie mit professioneller Miene und einem freundlichen Lächeln. Hier gab es keine unhöflichen, neugierigen Seitenblicke.

„Lancaster County ist eine der freundlichsten Gegenden, in denen ich je gewesen bin", bemerkte Philip, als sie Platz genommen hatten.

Rachel lächelte und nickte ihm über der gestärkten weißen Tischdecke hinweg zu. „Das überrascht mich wirklich nicht. Viele, die hier leben, sind gottesfürchtige Menschen. Vielleicht ist das der Grund. Pennsylvania wurde von Menschen gegründet, die auf der Suche nach einem Platz waren, an dem sie sich niederlassen und Gott so anbeten konnten, wie sie es für richtig hielten."

Daran hatte er noch nicht gedacht. „Ich kann mich erinnern, dass ich in der Schule von William Penn gehört habe. Er war ein frommer Quäker und gründete diesen Staat und schuf für die Mitglieder seiner Gemeinde eine Kolonie."

„Und auch für jeden anderen, der sich ihm anschließen wollte. Du hast ein gutes Gedächtnis, muss ich sagen."

„Nun, du weißt ja, wie das ist. Manche Dinge merkt man sich

einfach." Als er in ihr unschuldiges Gesicht blickte, das in dem Kerzenlicht faszinierend leuchtete, wurde ihm erneut bewusst, wie viel ihm diese Frau bedeutete.

* * *

Rachels Neugier wuchs. Während des Essens begann Philip, wiederholt Fragen nach der amischen Lebensweise zu stellen. Überlegte er ernsthaft, sich konservativen Kreisen anzuschließen? Sie durfte solche Gedanken nicht zulassen, selbst wenn sie der Wahrheit entsprechen sollten. Sie wollte nicht verletzt werden, indem sie entgegen alle Vernunft auf eine Zukunft mit Philip hoffte.

Trotzdem hörte sie aufmerksam zu und beantwortete seine Fragen so gut sie konnte. Dabei genoss sie ein köstliches Essen, wie sie es in keinem Restaurant bisher vorgesetzt bekommen hatte. Sie bedauerte nur, dass sie die hübsche Umgebung nicht sehen konnte, die ihr Philip ausführlich beschrieb ... und dass sie Philip nicht sehen konnte.

Wie wäre es, wenn sie sein Gesicht sehen könnte, das sie von der anderen Seite des Tisches anlächelte? Würde sie Gottes Geist aus seinen Augen strahlen sehen?

Während sie diesen Gedanken nachhing, ergriff er ihre Hand. „Ich möchte wirklich gern mit dir in Kontakt bleiben, Rachel."

Philips Stimme und die Zärtlichkeit seiner Hand ließen ihr Herz schneller schlagen. Sie wusste, dass sie diesen Mann viel zu sehr mochte. Meine Güte, wie gern sie ihn hatte! Morgen würde Philip nach New York abfahren. Dorthin, wo sein Zuhause war. Sie wagte es nicht, ihm zu zeigen, was sie fühlte. Das wäre nicht klug.

Rachel kannte das Gefühl der Angst sehr gut, und in diesem Augenblick regte es sich übermächtig in ihrem Herzen. „Würde es dir etwas ausmachen, mir eine Tasse Kaffee zu bestellen?", fragte sie mit heiserer Stimme und entzog ihm sanft ihre Hand.

* * *

Susanna stand vor der Tür zum Zimmer ihrer Tochter und konnte sich nicht richtig entschließen anzuklopfen. Es war fast schon zu spät, um Rachel noch zu stören. Womöglich weckte sie sogar Annie auf. Trotzdem *musste* sie mit Rachel sprechen, bevor sie sich schlafen legte.

„Ich muss dir etwas gestehen", flüsterte sie, als Rachel die Tür einen Spaltbreit öffnete.

„Was ist denn, Mama?"

„Bitte, könntest du mit nach unten kommen?" Susanna stand auf dem Gang und wartete, bis Rachel sich die Hausschuhe angezogen hatte. Dann beleuchtete sie mit ihrer Laterne die Treppe, und die beiden Frauen begaben sich in den Salon.

„Ist alles in Ordnung?", fragte Rachel mit einem Stirnrunzeln, während sie auf dem Sofa Platz nahm.

„Oh, ja, alles ist in bester Ordnung ... jetzt endlich." Sie wollte gleichzeitig weinen und lachen. Aber zuerst musste sie ihrer Tochter unbedingt erzählen, was geschehen war. „Dein Papa und ich führten heute Abend ein sehr, sehr langes Gespräch ... mit Esther und Levi. Kurz nachdem du und Philip das Haus verlassen habt, begann dein Vater und erzählte mir alles über Seth Fischers Bekehrung. Er erzählte, wie es war, als Gottes Macht unseren Gemeindeleiter auf seinem Krankenbett von seinen falschen Bindungen befreite."

„Das hat Papa erzählt?"

Susanna legte sich die Hand auf die Brust und atmete tief ein, bevor sie weitersprach. „Seth Fischer war einer der Hauptgründe, warum in all diesen Jahren die Zauberdoktoren mit ihren Wunderheilungen so viel Einfluss hatten. Aber damit sage ich dir ja nichts Neues."

„Mama, du klingst so furchtbar aufgeregt", staunte Rachel. „Wie kommt das nur?"

„Ich sage dir gleich, wie das kommt." Susanna machte eine kurze Pause, um Luft zu holen, so aufgewühlt war sie. „Ach, ich fühle mich so wunderbar gut. Durch und durch gereinigt. Ich habe gewartet, bis du nach Hause kamst. Denn ich wollte dir unbedingt erzählen, was Papa sagte."

Rachel hörte mit großer innerer Spannung zu, obwohl sie äußerlich ruhig auf dem Sofa saß und die Hände auf dem Schoß faltete.

„Du weißt doch, dass du mir immer und immer wieder erzählt hast, dass die Sünden der Väter bis in die dritte und vierte Generation weiterwirken?"

„Das sagt die Bibel ... nicht ich."

„Nein ... nein. Du hast Recht. Papa und ich haben über alles gesprochen. Und ich muss dir gestehen, dass ich mir vor ein paar Tagen heimlich eine von diesen Kassetten angehört habe, die Esther dir schickte. Ich habe sie mir aus deinem Zimmer ausgeliehen und mir angehört ... mehrere Male." Sie ließ Rachel keine Zeit zu einer Antwort. Sie musste unbedingt loswerden, was ihr auf dem Herzen lag, ehe sie platzte. „Ich möchte genauso vorbereitet sein, in den Himmel zu kommen, wie Seth Fischer. Ich möchte wissen, dass meine Sünden vergeben sind ... hier auf Erden."

„Mama?"

„Ja, du hast richtig gehört. Ich möchte bereit sein, wenn Jesus kommt, um seine Braut heimzuholen. Ich möchte ein reines und sauberes Herz haben, das nicht mit Sünden befleckt ist."

„Oh, Mama, was erzählst du denn da?"

„Papa sagte: ‚Wir haben unser ganzes Leben lang immer wieder gehört, dass die Menschen erlöst werden müssen. Früher von Gabriel Esh und später immer wieder von irgendwelchen Mennoniten. Wir werden nicht jünger, Susie. Wir hätten damals schon unser Leben ändern müssen, als wir den jungen Gabriel mit dem Bann belegten.'"

„Das hat Papa gesagt?"

„Wortwörtlich. Dann beteten wir mit Esther und Levi und befolgten alles, was sie sagten: Wir bekannten die Sünden der Zauberei bei unseren Vorfahren auf beiden Seiten unserer Familie. Und auch unsere *eigenen* Sünden. Dann sagten wir uns von diesen Sünden los. Ach, du kannst dir nicht vorstellen, was für eine Freude über uns beide kam."

„Oh, danke, Herr Jesus", flüsterte Rachel und beugte sich vor, um die Hand ihrer Mutter zu drücken. „Mama, das ist einer der glücklichsten Tage in meinem Leben."

Susanna rutschte zu ihrer Tochter hinüber. Sie fielen einander in die Arme und weinten vor Freude.

* * *

Rachel wollte diesen herrlichen Augenblick einfach genießen. Auf keinen Fall wollte sie jetzt darüber nachdenken, was auf ihre Eltern wahrscheinlich zukäme. Sie würden mit dem Gemeindebann belegt werden, wenn sie in ihrer Amischgemeinschaft erzählten, was an diesem Abend geschehen war. So viel stand fest. Natürlich würde das sehr auf den neuen Bischof und auch auf die Gemeindemitglieder ankommen. Aber dass Rosemarie, die Witwe des verstorbenen Bischofs, zusammen mit ihrem Mann ebenfalls das Geschenk der Erlösung empfangen hatte, würde bestimmt ein starkes Gewicht bei der Entscheidung der Gemeinde der Alten Ordnung haben.

Rachel hatte gehofft, bis zum Ende dieses Tages wieder sehen zu können. Stattdessen hörte sie jetzt von dem Licht, mit dem Gottes Wahrheit in das Leben ihrer Eltern leuchtete, die sich immer streng an die Alte Ordnung gehalten hatten. *Dieses* Heilungswunder war im Lichte der Ewigkeit weitaus wichtiger als ihr Augenlicht, das sie schon so lange herbeisehnte.

Viele Gedanken wirbelten ihr durch den Kopf, als sie wieder neben ihrem Bett stand. Sie war zu wach, um jetzt schlafen zu können, und ließ den Abend mit Philip Revue passieren. Den Augenblick, als er ihre Hand gehalten und ihr erklärt hatte, dass er mit ihr in Kontakt bleiben wolle, und fast zu viele Fragen über das Leben in der Amischgemeinschaft gestellt hatte und sie daran erinnert hatte, dass „Glaube Mut erfordert".

Ihr wurde erneut bewusst, dass Philips und auch Esthers Besuch ihr zeigten, wie sehr Gott sie trotz ihrer Blindheit lieben musste.

Sie dachte darüber nach, wie Gott angefangen hatte, in ihrem Leben und in dem Leben ihrer Familie zu wirken, sowohl durch Esthers Kassetten als auch durch Adele Herrs Geschichte über Gabriel Esh. Ihre Gedanken wanderten zu dem Augenblick an diesem Mittag zurück, als sie sich daran erinnert hatte, wie ihr geliebter Jakob sterbend in ihren Armen gelegen hatte. Wie sehr hatte ihn Gottes Liebe erfüllt. Wie kostbar war der Tod von Gottes Kindern ...

Zu Tränen gerührt kniete Rachel neben ihrem Bett nieder und schüttete vor ihrem himmlischen Vater ihr Herz aus und dankte ihm für all die erstaunlichen Dinge, die er in ihrem Leben bewirkt hatte. Dann fügte sie hinzu: „Herr, du weißt, dass ich mich abmühe und kämpfe. Ich stelle mich auf deine Verheißungen, dass du mich heilen willst. Aber jetzt werde ich das tun, was Lavina schon vor Tagen zu mir sagte: Ich lege meinen Kopf heute Nacht auf mein Kissen und will einfach *in dir ruhen.* Wenn ich mein ganzes Leben lang blind bleibe, dann will ich das auch akzeptieren. Lass mich dein sein und bleiben, Herr."

23

Am nächsten Morgen schlug Susanna als Erstes vor, für Rachel zu beten. „Nachdem ich so lange wegen Blue Johnny auf dich eingeredet habe, ist es jetzt höchste Zeit, dass ich den Herrn im Himmel um deine Heilung bitte."

Rachel wusste nicht ganz, wie sie mit diesem Vorschlag umgehen sollte, senkte aber gern den Kopf, während ihre Mutter dafür betete, dass sie „nach deinem Willen und zu deiner Ehre, Herr" wieder sehen könne.

„Danke, Mama", flüsterte Rachel und umarmte ihre Mutter.

„Ich gebe nicht auf", sagte ihre Mutter und drückte Rachel fest an sich. „Wir werden weiter beten und weiter glauben."

Als sie an diesem Morgen das Gebet ihrer Mutter hörte, war ihr klar, wie viel zwischen ihnen beiden in den letzten Jahren aus dem Lot geraten war. Jetzt konnte ihre Beziehung langsam geheilt werden.

Sie und ihre Mutter waren in wenigen Tagen wirklich weit gekommen. Rachel wusste, dass sie das allein dem Herrn verdankte. Ihre Mutter war jetzt nicht mehr ihre Gegnerin. Nein, sie waren Schwestern im Herrn! Genauso wusste sie, dass es nie wieder so werden würde, wie es vorher zwischen ihnen gewesen war. Sie würden vorwärts gehen. In die Zukunft.

Nachdem sie ihrer Mutter geholfen hatte, ihrem einzigen Übernachtungsgast das Frühstück zu servieren, ließ Rachel Philip und ihren Vater im Esszimmer allein, wo die beiden sich angeregt unterhielten. Sie ging ans Telefon, um Nancy Beiler anzurufen. Rachel war froh, dass sie mit der lieben Frau sprechen konnte, die auch nach so langer Zeit immer noch darauf bestand, „Tante Nancy" genannt zu werden.

„Erinnerst du dich an mich?", fragte sie, als die Frau das Gespräch entgegennahm.

„Aber ... die kleine Rachel, natürlich erinnere ich mich! Wie um alles in der Welt geht es dir denn, meine Liebe?"

„Oh, ich denke, wir sollten uns irgendwann einmal zusammensetzen und eine heiße Schokolade trinken und ein paar Kekse essen."

„Eine gute Idee."

Sie plauderten noch ein wenig über bevorstehende Arbeitseinsätze und dergleichen. Dann erwähnte Nancy, dass sie gehört habe, dass der „alte Seth Fischer gestorben ist ... und das ausgerechnet an Weihnachten."

„Ja, heute ist seine Beerdigung."

„Stimmt es, was wir gehört haben ... dass Seth Fischer Heilsgewissheit hatte, bevor er starb?"

„Lavina Troyer war dabei und kann es bezeugen. Und auch mein Vater."

„Kaum zu fassen!"

„Eine wunderbare Neuigkeit, nicht wahr?"

In diesem Augenblick hörte Rachel Philip sein Gepäck nach unten tragen. Deshalb sagte sie zu Tante Nancy: „Vielleicht sehe ich dich ja bei der Beerdigung von Seth Fischer?"

„Ich werde versuchen zu kommen. Es war schön, deine Stimme zu hören, Rachel."

„Der Herr sei mit dir." Dann legte sie auf und versuchte vergeblich ihr schmerzlich pochendes Herz zu beruhigen. Philip würde sie in ein paar Minuten verlassen!

Sie hatte schon vor langer Zeit gelernt, dass es nicht angebracht war, sich von seinen Gefühlen beherrschen zu lassen. Es war einfach übertrieben, sich wegen eines Engländers, der seinen Besuch hier beendete, aufzuregen! Rachel war doch kein Kind mehr. Man hatte sie gelehrt, Tränen „hinunterzuschlucken," die sich Bahn brechen wollten. Das lag schon lange zurück. Das war damals gewesen, als sie noch ein kleines Mädchen war. Trotzdem hatte sie fast ihr ganzes Leben lang ihre Gefühle immer unterdrückt. Das lag nicht daran, dass sie das gewollt hätte. Der Himmel wusste, dass sie das nicht gewollt hatte.

Als Kind hatte man ihr erzählt, dass sie ihre Gefühle ersticken könnte, wenn sie sich einfach ganz ruhig hinsetzte oder hinstellte, sich die Hände auf die Augen legte und sie „ganz fest" zudrückte. Wenn sie das tue und lang genug warte, würde der Kloß in ihrem Hals schon weggehen. „Früher oder später trocknen auch deine törichten Tränen aus und laufen dir nie wieder über die Wangen", hatte ihre große Schwester Lizzy gesagt.

Wenn Rachel die Tränen unterbinden wollte, musste sie zusätzlich den Atem ganz lang anhalten. Doch selbst diese Methode half manchmal nicht besonders gut.

Dieser Augenblick, hier und jetzt, hatte sich schon eine ganze Weile angekündigt. All die Tage und Wochen, in denen sie an Philip Bradley gedacht hatte, in denen sie von ihm geträumt und für ihn gebetet hatte ... nur damit er jetzt Lebewohl sagte. Zum zweiten Mal.

Aber sie weigerte sich, vor ihm Tränen zu vergießen. Sie musste sie „austrocken" lassen, denn Philip stand jetzt bei ihr im Salon. Sie musste „Lebewohl" sagen, ohne ihn auch nur ahnen zu lassen, dass er ihr so viel bedeutete.

„Ich wollte noch sagen, wie schön es für mich war, dich besser kennen zu lernen, Rachel", sagte Philip von der anderen Seite des Raumes.

Sie nickte schweigend.

„Es war mein Ernst, als ich sagte, dass ich gern für dich einen Termin mit einem Arzt in New York City vereinbaren würde."

Er meint einen Psychiater, dachte sie.

„Wenn du es dir anders überlegst, dann lasse es mich bitte wissen." Er schwieg einen Augenblick. Sie spürte die Schwermut, die sich im Raum ausbreitete. „Ich lasse meine Visitenkarte hier auf dem Tisch liegen ... deine Eltern sind bestimmt so nett und geben dir die Informationen. Und ... falls du anrufen willst ... wegen dieser Sache ... Ich hoffe, du rufst an."

Ich hoffe, du rufst an ...

Sie hörte seine Worte, die so herzzerreißend distanziert klangen. Aber was konnte sie mehr erwarten? Dass er sie in die Arme nähme? Dass er ihr sagte, wie sehr er sie liebe? Dass er für immer mit ihr zusammen sein wolle?

In diesem Augenblick kam Annie ins Zimmer gelaufen. „Oh, Mister Philip. Sie fahren schon?"

Rachel konnte es kaum ertragen, den Wortwechsel der beiden anzuhören und ihrem Abschied beizuwohnen. Als Annie wieder aus dem Zimmer stürmte, drehte sich Rachel zum Fenster um, das am Ende des Salons war. Sie hatte Philip den Rücken zugewandt und drückte die Augen „ganz fest zu" und presste sich die Faust auf den Mund. Es hatte keinen Zweck. Der Kloß in ihrem Hals war zu groß, er ließ sich nicht vertreiben.

Während sie versuchte, ihre Gefühle unter Kontrolle zu bekommen, so wie es die Amisch taten, geschah etwas Erstaunliches: Sie merkte plötzlich, dass sie die Formen der Fichten vor dem Fenster erkennen konnte. Es war, als schaue sie durch den Schleier ihrer Gebetshaube. Die Umrisse der Bäume wurden von Sekunde zu Sekunde deutlicher. Und je länger sie hinschaute, umso klarer wurde alles vor ihren Augen.

Während der ganzen Zeit, in der Philip noch redete, blinzelte sie, um ihre Augen an das Licht zu gewöhnen. Sie staunte über dieses Wunder, das hier passierte. Die Dunkelheit, der dunkle Schleier, der sie seit dem Unfall nicht losgelassen hatte, begann, sich aufzulösen. Es war, als wäre eine Wolke langsam und sanft von ihren Augen genommen worden.

Schritt für Schritt konnte sie die Farben unterscheiden. Sie konnte das Dunkelgrün der Fichten erkennen, das strahlende Blau des Himmels, das blendende Weiß des Schnees. Formen, Linien, Schatten, Kanten ... all das, was sie früher für selbstverständlich gehalten hatte, bevor alles um sie herum in Dunkelheit versunken war.

Sie atmete tief ein und konzentrierte sich auf die Großartigkeit des Himmels, die Umrisse der Büsche am Bachufer, den Schatten, den die Apfelbäume im Obstgarten hinter dem Haus warfen. Selbst das Silo und die Tabakscheune des Nachbarn, die über einen Kilometer entfernt waren, konnte sie jetzt plötzlich sehen. Sie war geheilt. Sie konnte sehen!

Sie wollte sich umdrehen und Philip ins Gesicht schauen. Von ganzem Herzen rang sie mit dem Wunsch, ihn endlich anzuschauen. Sie wollte mit eigenen Augen die feinen Gesichtszüge sehen, die Annie beschrieben hatte, den sanften Geist aus seinen Augen strahlen sehen. Er stand hier im Zimmer. Ganz nahe bei ihr.

Aber was wäre, wenn sie es ihm sagte und ihr Augenlicht dann doch wieder versagte? Wie damals in der Nacht, als Blue Johnny versuchte, sie mit seinen Zaubersprüchen zu heilen? Es hatte nicht lange gedauert, und das verschwommene Bild vor ihren Augen war wieder verschwunden gewesen. Die leere Dunkelheit, die danach einkehrte, war schlimmer gewesen als zuvor. Durfte sie es denn riskieren, dass Philip sich ihr gegenüber verpflichtete, weil er glaubte, sie könne sehen, nur um danach an eine blinde Frau gekettet zu sein?

„Wenn es dir recht ist, würde ich dich gern irgendwann anrufen", sagte Philip.

„Ich ... ich weiß nicht genau", brachte sie mühsam über die Lippen. Sie war hin- und hergerissen zwischen unbändiger Freude, weil sie wieder sehen konnte, und großer Traurigkeit, weil Philip fortging. Aber sie konzentrierte ihren Blick auf die schöne, reiche Landschaft vor dem Fenster. Sie richtete ihre Augen ganz langsam auf näher liegende Gegenstände: das Fensterbrett, sein weißer Gitterrahmen, der in der Mitte ein Kreuz bildete. Sie betrachtete verwundert den viktorianischen Tisch mit der Marmorplatte. Vor Jahren hatte sie diesen Tisch zusammen mit Mama bei einer Auktion erstanden. Ihr Blick wanderte liebevoll über die rosafarbene Sturmlampe. Zuletzt starrte sie völlig erstaunt auf ihre eigenen Hände, die sie um ihre Hüfte gefaltet hatte.

Seufzend brach Rachel das Schweigen. „Danke für dein Angebot, Philip. Es ist nett von dir, mich zu einem New Yorker Arzt bringen zu wollen ... " Sie schwieg einen Augenblick, dann sagte sie: „Ich wünsche dir eine sichere Heimreise ... Und Gott segne dich immer", fügte sie leise hinzu. Gleichzeitig sehnte sich ihr Herz danach, das kaum fassende Wunder hinauszurufen. Aus der

Tiefe ihrer Seele schrie eine Stimme, sie solle es ihn wissen lassen. Rachel kann wieder sehen!

So viele Monate hatte sie auf diesen Augenblick gewartet! Aber sie wusste, dass der Zeitpunkt ungünstig war. Sie konnte Philip jetzt nicht die Wahrheit sagen.

Erst als die Haustür ins Schloss fiel, ließ sie ihren Tränen freien Lauf. Dann stand sie auf und trat in die leichte Rundung des Fensters, wo er sie von außen nicht sehen konnte, und schaute ihm nach, wie er zu seinem Auto ging.

Rachel erhaschte einen Blick auf sein Gesicht, wenn auch nur für einen kurzen Augenblick. „Lieber ... lieber Philip“, flüsterte sie und stellte fest, dass Annie Recht gehabt hatte, als sie von seinem guten Aussehen gesprochen hatte. Seine kastanienbraunen Haare glänzten in der Wintersonne. Sie atmete tief ein und wandte den Blick nicht von ihm ab, während er den Motor des Autos anließ, langsam mit dem Wagen zurückstieß und auf die Olde Mill Road einbog.

Jetzt, da er fort war, begann sie, ihre Entscheidung in Frage zu stellen. Was hatte sie getan? Hatte sie den größten Fehler ihres Lebens begangen, weil sie Philip nicht erzählt hatte, was geschehen war? Dass sie wieder sehen konnte. Sie war ganz sicher, dass er ihr seine Liebe erklärt hätte, wenn er gewusst hätte, dass sie wieder sehen konnte. Aber trotzdem hatte sie ihm die Wahrheit vorenthalten.

Sie hörte Schritte vor der Tür. „Rachel?“

Es war ihre Mutter.

„Oh, Mama, ich kann sehen!“, rief sie aus.

Susanna runzelte ungläubig die Stirn. „Du kannst was?“

„Meine Augen sind ganz klar. Ich sehe dein grünes Arbeitskleid und deine alte Arbeitsschürze. Und du schaust mich so entgeistert an, als hieltest du mich für verrückt!“

„Oh, Gott sei Dank!“ Susanna eilte auf sie zu und umarmte ihre Tochter. Dann rief sie Benjamin und Annie. „Kommt, schnell! Etwas Wunderbares ist geschehen!“

Rachel und Susanna liefen in die Halle hinaus, als Annie hereingestürmt kam. „Annie, komm her ... lass mich dich ansehen, mein kleiner Liebling", rief Rachel ihr zu.

Annie blinzelte, als sie allmählich begriff, was geschehen war. Sie riss verblüfft den Mund auf. „Sagtest du ... oh, Mama, du kannst sehen?" Die Augen ihrer Tochter schauten sie forschend an. „Du *kannst* es wirklich! Du kannst sehen!"

Rachel vergoss Freudentränen, als sie niederkniete und sich von ihrem lieben Kind umarmen ließ. „Oh, Annie, Gott hat dich so wunderschön gemacht", sagte sie immer und immer wieder. „Ach, du bist das hübscheste kleine Mädchen, das ich je gesehen habe."

„Gott hat unsere Gebete erhört", flüsterte Susanna und strahlte über das ganze Gesicht.

Benjamin tauchte aus dem Wohnzimmer auf und schaute die drei über seine Lesebrille hinweg an. „Was hat denn dieser ganze Lärm hier zu bedeuten?"

„Es ist wegen Mama", sagte Annie. Sie ließ Rachel los und lief auf ihren Großvater zu. Sie umarmte ihn an den Knien. „Mama kann wieder sehen. Sie kann mich sehen ... und dich auch!" Annie schaute zu Susanna hinauf und dann auf ihren kleinen Hund hinunter, der Benjamin in die Halle gefolgt war. „Mama kann *alles* sehen!"

„Gelobt sei Gott", war alles, was er sagte. Sein breites Grinsen, wie Rachel es noch nie bei ihm erlebt hatte, sagte mehr als alle Worte. „Gelobt sei Gott."

* * *

Später, als sich die Aufregung ein wenig gelegt hatte, lief Annie davon, um zu malen. Susanna ging in die Küche, wahrscheinlich, um Tante Lea und Esther anzurufen und ihnen die Neuigkeit zu erzählen. Benjamin kehrte zu seiner Zeitung zurück. Rachel ging wieder in den Salon und suchte die Visitenkarte, die Philip ihr dagelassen hatte.

Sie erblickte sie. Eine kleine, weiße, rechteckige Karte. Sie lag mitten auf Mamas Teetisch aus Kirschbaum. Sie nahm die Karte in die Hand und war versucht, sie zu lesen, den Namen seiner Arbeitsstelle zu lesen, die Adresse, unter der er zu erreichen wäre. Aber stattdessen drehte sie die Karte unsicher in der Hand hin und her. Schließlich widerstand sie der Versuchung, sich die Karte anzuschauen, und zerriss sie in winzig kleine Stücke. Sie eilte hinaus und warf die Papierschnipsel in die Mülltonne. Es wäre das Beste für sie, nicht länger an Philip Bradley oder seine kleine Karte zu denken.

Sie stand auf der Veranda hinter dem Haus und hatte ihr Tuch eng um sich geschlungen. Ihr Blick wanderte über den Apfelgarten, der jetzt kahl vom strahlend blauen Himmel abstach. Dann wanderte er weiter zu dem verschneiten Weg, der zum Mühlbach führte, wo sie und Philip erst gestern noch spazieren gegangen waren. Was hatte er gesagt: Dass der Spaziergang eine Ausrede sei, damit sie ein wenig allein sein könnten? Warum hatte er so etwas gesagt? Brauchte er eine Ausrede? Was hatte er *eigentlich* sagen wollen, als sie nebeneinander auf der kleinen Brücke gestanden hatten? Etwas Wichtiges, etwas Schönes ... Dessen war sie sich sicher.

Sie ließ ihre Augen über die ovale Gartenlaube schweifen, die nahe beim Haus stand, und an der sich im Sommer wieder Efeu und Weinreben bis hinauf zu dem runden Dach rankten und sie in saftiges Grün tauchten.

„Leb wohl, Philip", flüsterte sie in die eisig kalte Luft hinaus. „Leb wohl ... für immer."

24

Liebe? Konnte dieses Gefühl für Rachel Yoder *Liebe* sein? Was war nur mit ihm los? Konnte *echte* Liebe so etwas in einem Menschen auslösen? Er war verwirrt und durcheinander. Und wenn ja, woher konnte ein Mensch je wissen, ob er den Richtigen oder die Richtige gefunden hatte, den Menschen, mit dem er den Rest seines Lebens verbringen wollte?

Philip hing diesen Fragen nach, während er auf der Bundesstraße 340 nach Osten und dann auf der Harvest Road weiter nach Süden zu Emmas Antiquitätenladen fuhr. Er stieg aus dem Auto und bahnte sich vorsichtig seinen Weg über den schneebedeckten Gehweg. Er war gespannt, ob er einen schönen Schreibtisch vielleicht aus dem letzten Jahrhundert finden würde, und warf einen Blick in das Schaufenster des Geschäfts. Überrascht erblickte er einen Schreibtisch mit Rollladen aus Kirschbaum, der nur wenig kleiner war als der Schreibtisch in der Frühstückspension der Zooks. Fest entschlossen, die Gedanken an Rachel aus seinem Kopf zu verbannen, öffnete er die Tür und stand auch schon vor der jungen mennonitischen Ladenbesitzerin.

„Oh, hallo ... Ich hatte nicht damit gerechnet, Sie so schnell wieder hier zu sehen." Sie lächelte ihn so herzlich an, dass ihr ganzes Gesicht strahlte. „Sie hätten mich beinahe verpasst. Ich wollte gerade mein Schild an die Tür hängen und nach Hause fahren, um Mittagessen zu kochen. Mitten im Winter habe ich den Laden normalerweise nur zwei Stunden am Tag offen. Aber heute hatte ich so das Gefühl, dass vielleicht jemand vorbeikommen und sein Weihnachtsgeld ausgeben wollte."

„Dann komme ich ja genau zum richtigen Zeitpunkt."

Sie nickte. „Womit kann ich Ihnen dienen?"

Er deutete auf den antiken Schreibtisch. „So ein Stück suche ich schon lange."

„Ja, ich erinnere mich. Das sagten Sie schon, als Sie das letzte Mal hier waren. Mein Mann und ich waren bei mehreren Auktionen in Massachusetts", erklärte sie und führte ihn zu dem Schreibtisch, der aus dem Ende des 19. Jahrhunderts stammte. „Sie haben nicht mehr angerufen, und deshalb steht er seit Ende September hier." Sie grinste. „Anscheinend steht Ihr Name darauf. Denn sonst wollte ihn bis jetzt niemand kaufen."

„Aber liegt er auch in meiner Preisklasse?", scherzte er.

„Nun, ich könnte mir gut denken, dass ich Ihren Vorstellungen weitgehend entgegenkomme." Sie wischte einen Staubfusel von der Schreibtischplatte und strich mit der Hand über das glatte Holz.

Philip gefiel Emmas freundliche Art. Sie war lebhaft und fröhlich. Ihr unauffälliges geblümtes Kleid unterstrich ihr sanftes, freundliches Wesen. Falls er je sein Leben änderte, wäre es wohl die geringste seiner Sorgen, seine Garderobe umzustellen und sich schlichter und konservativer zu kleiden. Schwieriger wäre es da schon, sich der amischen Kirche anzuschließen, besonders, da er in ihren Augen ein „weltlicher" Christ war. Nicht so sehr wegen seiner Überzeugungen als vielmehr aus der Sicht der amischen Gemeindemitglieder, die seine Ansichten vielleicht nicht ganz teilten. Er müsste sich beweisen.

Als er sich bei diesen Gedanken ertappte, fragte er sich, was in aller Welt ihn nur zu solchen Hirngespinsten veranlasste. Machte sein Unterbewusstsein Überstunden? Aber warum?

Um sich abzulenken, nahm er den Schreibtisch genauer unter die Lupe und stellte fest, dass er ähnliche Fächer wie der alte Schreibtisch in der Frühstückspension hatte, schmale Schubladen und viele kleine Fächer. „Fächer und Löcher" nannte Großmutter Bradley diese Aufteilung immer gern. Aber die Erinnerung an seine Großmutter lenkte seine Gedanken wieder auf Rachel und ihre eigentümliche, altmodische Art, sich auszudrücken. Wie sollte er je wieder mit seinem Leben zurechtkommen, wenn er jeden Augenblick an die hübsche und liebenswerte junge amische Frau denken musste?

„Wie sieht Ihr bestes Angebot aus?", fragte er und fuhr mit der Hand über die glatte Oberfläche.

„Da Sie so weit gefahren sind, um ihn sich anzusehen, würde ich sagen: 750 Dollar."

Der Schreibtisch befand sich in einem ausgezeichneten Zustand. Philip wusste also, dass dies ein sehr gutes Angebot war. Es lag bestimmt nicht viel höher als der Preis, den Emma selbst bezahlt hatte. „Ich nehme ihn", sagte er, ohne lange nachzudenken, und konnte sich dieses Möbelstück schon in seinem New Yorker Apartment vorstellen. Sein Schreibstudio wäre der ideale Platz für diese Rarität. Und außerdem hätte es noch etwas Gutes: Er hätte eine gute Ausrede, um seinen unpraktischen Computertisch loszuwerden, den er im Augenblick besaß.

Eine Ausrede ...

In Gedanken war er wieder bei Rachel und genoss den herrlichen Spaziergang mit ihr durch den Schnee zu dem zugefrorenen Bach. Dort hatte er mit ihr auf der Brücke gestanden. So nahe, dass er ihre Haare riechen, den Duft ihrer Schönheit einatmen hatte können.

Warum kaufte er einen Schreibtisch und wollte ihn nach New York verfrachten, wenn sein Herz doch hier in Bird-in-Hand schlug? Eilig verwarf er den unvernünftigen Gedanken, sich zu überlegen hier zu bleiben. Er würde nach New York zurückkehren. Es hatte keinen Sinn, diese Entscheidung in Frage zu stellen.

Nachdem er mit Emma den Kauf abgewickelt hatte, musste er nun noch einen kleinen Anhänger mieten, damit er den Schreibtisch mit seinem Auto befördern könnte.

„Ein guter Gedanke", sagte sie. „Die Transportkosten sind sehr hoch."

„Heutzutage ist alles teuer. Aber danke für den hervorragenden Preis, den Sie mir gemacht haben." Er lächelte sie an. Sie hatte ihm einen Gefallen getan.

Während er in Richtung Westen nach Lancaster fuhr, dachte er über die jahrzehntelange Liebe seiner Eltern zueinander nach, wie glücklich ihre Ehe gewesen war. Janice und Ken kamen ihm ebenfalls in den Sinn. In seinen Augen waren seine Schwester und ihr Mann ein Musterehepaar. Eine der wichtigsten Voraussetzungen für eine gute Ehe waren eine ähnliche Herkunft und ähnliche Interessen. Diese Binsenweisheit hatte er oft genug in Büchern und Zeitschriften gelesen.

Seine und Rachels Herkunft waren völlig gegensätzlich. Wie könnte eine Beziehung zwischen ihr und ihm gut gehen und in den Augen Gottes gesegnet sein ... und in den Augen der Menschen? Und ihre Interessen? Was hatten sie denn außer ihrem Wunsch, Ackerland zu besitzen und es zu bearbeiten, noch gemeinsam?

Das Bild eines munteren kleinen Kindes tauchte vor seinem geistigen Auge auf. Die blonde Annie mit ihren blauen Augen. Er hatte sich immer ein Haus voll kleiner Mädchen und Jungen gewünscht, so lange er zurückdenken konnte. Er und Rachel liebten Kinder. Und sie unterhielten sich gern miteinander und verbrachten ihre Zeit mit offenen Gesprächen. Am wichtigsten war: Sie hatten den starken Wunsch, dem Herrn in allen Dingen zu dienen und ihn zu ehren, und sie wollten beide auch gern die Gute Nachricht von Jesus Christus weitersagen. Wenn er so darüber nachdachte, stellte er fest, dass sie doch einige gemeinsame Interessen hatten.

Aber wie sollte er damit umgehen? Rachel anrufen, wenn er wieder in New York wäre? Vielleicht an Silvester fröhlich mit ihr am Telefon plaudern? Eine Brieffreundschaft beginnen? Was?

Jeder von uns muss irgendwann in seinem Leben eine Entscheidung treffen. Die Worte, die Adele ihm geschrieben hatte, kamen ihm in den Sinn.

Er schaltete das Radio ein und war dankbar für einen christlichen Musiksender. Vielleicht hülfe ihm die Musik, weitere Spekulationen zu verdrängen. Genügte es nicht, dass er sich bemüht hatte, ihr durch sein reges Interesse an ihrer Gesundheit, durch seinen Wunsch, ihr zu helfen, ihr Augenlicht wiederzubekommen, seine Zuneigung gezeigt hatte? Wie viele moderne Männer würden anbieten, eine amische Frau nach New York City mitzunehmen? Mit diesem törichten Vorschlag hatte er es übertrieben. Dass sie ihm postwendend eine Absage erteilte, war wahrscheinlich ganz gut gewesen. Und vernünftig.

Natürlich stimmte es, dass er Rachel sehr gern hatte. Bei dem sicheren Abstand, den er inzwischen zum Gästehaus am Obstgarten hatte, konnte er sich das eingestehen. Solange er mit seinem Auto auf der Straße war, unterwegs, um sich einen Anhänger zu mieten und nach Hause zu fahren, konnte er das. Philip wusste auch, dass sie davon ausging, dass sie ihn höchstwahrscheinlich nie in ihrem Leben wieder treffen würde. Damit hatte sie auch Recht. Immerhin hatte er davor zurückgeschreckt, ihr seine Liebe zu erklären. Er hatte nicht einmal einen Versuch in diese Richtung unternommen. Aber fast in jeder wachen Minute seit ihrer ersten Begegnung bis zu seinem jetzigen Besuch hatte er an sie gedacht ... und sie vermisst.

Welche Dinge hatten ihn also gehindert, ihr seine Liebe zu gestehen? Seine Karriere als Journalist, seine Eltern, seine Schwester und ihre Familie ... das alles hatte gewiss einen Teil dazu beigetragen. Aber wenn er im Geiste seine Liste durchging, wusste er, dass er das Großstadtleben eigentlich nicht liebte; eher war das Gegenteil der Fall. Seine Eltern und Janice, Ken und Kari rechneten wahrscheinlich damit, dass er irgendwann heiratete. Und möglicherweise auch aus New York wegzöge. Sie waren also kein Hinderungsgrund.

New York war immer sein Zuhause gewesen. Die Stadt war alles, was er wirklich kannte. Sich zu fragen, wer die nächste Titelgeschichte oder das nächste Feature schrieb. In fremde Länder zu fliegen, um Botschafter und Politiker zu interviewen. Hektisch Grobentwürfe zu Papier zu bringen, sie umzuschreiben und zu überarbeiten ... alles, um irgendwelche lebensnotwendigen Termine einzuhalten. Die Karriereleiter in der Firma hinaufzusteigen, um noch mehr Stress und Verantwortung zu übernehmen. Nie Zeit zu haben, um innezuhalten und den süßen Duft des Lebens einzuatmen. Und das Schlimmste: sich regelmäßig zu beklagen, weil er so viel Zeit damit verbrachte, dem hinterherzuhecheln, was die *Gesellschaft* als Erfolg beschwor.

Seufzend dachte er wieder an Adele und Gabriel. Wie gut sie zueinander gepasst hätten. Trotzdem hatten sie nicht zueinander gefunden. Warum? Weil Adele zu lange gezögert hatte? Vielleicht. Aber es steckte noch mehr dahinter, und er wusste genau, was es war. Adele war nicht bereit gewesen zuzugeben, dass sie Gabriel brauchte, dass er der einzige Mann war, mit dem sie ihr Leben teilen wollte. Der einzige Mann auf der ganzen Welt.

„Angst ist das Gegenteil von Glauben", hatte Levi Glick in den letzten Tagen mehrmals zu ihm gesagt.

Philip drehte die Lautstärke des Autoradios auf und hörte sich die musikalische Wiedergabe des alten Kirchenliedes „Ich übergebe alles Jesus" an. Schon als Junge hatte er die einfache, schlichte Melodie dieses Liedes geliebt, aber heute sprach ihn vor allem der Text des Liedes an.

Am Ende des Liedes summte er mit ... und sang weiter, als die Musik bereits zu Ende war. „Alles übergebe ich Jesus; demütig beuge ich mich vor seinen Füßen; alle weltlichen Freuden lasse ich hinter mir ... "

Seine einsame Baritonstimme sang diese Worte in die Stille des Autos hinein. Diese fröhliche Hingabe an Jesus, die in dem Lied zum Ausdruck kam, steckte ihn an. Während er noch sang, wusste er, dass er Rachel Yoder von ganzem Herzen liebte. Ohne den geringsten Zweifel. Sie war die Frau seines Lebens, die einzige Frau, die ihn ausfüllen konnte, die sein Herz mit der einfachen Freude erfüllen konnte, nach der er sich so sehr sehnte. Sie war die Frau seines Herzens, und es drängte ihn, ihr das zu sagen.

Vor der Andersonbäckerei verlangsamte er das Tempo, machte kehrt und fuhr wieder in Richtung Osten zurück, an den verschlafenen Weilern Witmer und Smoketown vorbei, fort aus Lancaster City und wieder zurück nach Bird-in-Hand. Und er war von ganzem Herzen glücklich. Noch nie in seinem ganzen Leben hatte ihn eine Erkenntnis so glücklich gemacht.

* * *

Seth Fischers Beerdigung war eigentlich gar keine so traurige Angelegenheit. Wenigstens nicht für Rachel und für ihre Familie. Viele Amisch hatten Seth Fischer seit über fünfzig Jahren gekannt. Schon seit damals, als er die Leitung der Amisch-Gemeinde in diesem Bezirk übernommen hatte. Viele hatten auch von seiner so genannten Bekehrung ... ganz am Ende seines Lebens gehört.

Da sie sich so sehr über ihre Heilung freute, begleitete Rachel ihre Eltern zu der Beerdigung, um dem Mann, dessen Tod höchstwahrscheinlich eine große Veränderung in der Amischgemeinde nach sich ziehen würde, die letzte Ehre zu erweisen. Unterwegs kamen sie an der Kreuzung vorbei. Der Anblick dieser Stelle löste bei ihr keine Anspannung oder Beunruhigung mehr aus. In Zukunft würden sie sich bei ihren Einspännerfahrten zu Besuchen bei Freunden und entfernten Verwandten in Intercourse, Gordonville und noch weiter im Osten viel Zeit sparen. Sie hatte so viel Grund, dankbar zu sein.

Weit über fünfhundert amische Trauergäste nahmen an der Beerdigung teil, die im alten Bauernhaus des verstorbenen Gemeindeleiters stattfand. Der Gottesdienst dauerte drei Stunden und war von Tradition und festen Formen geprägt. Aber die Gespräche nach der Beerdigung unter den Amisch machten Rachel viel Mut. Es hatte sich überraschend schnell herumgesprochen, dass Seth Fischer sich von seiner Zauberei losgesagt hatte, und auch, dass Rachel Yoder wieder sehen konnte!

Rachel erblickte unter den vielen Menschen Blue Johnny. Sie war etwas verwirrt, ihn hier zu sehen. Aber andererseits hatte er natürlich jedes Recht, hier zu sein. Eigentlich war es logisch, dass er hier war. Immerhin hatte Seth Fischer *ihn* auserwählt, als Gabriel vor über vierzig Jahren die Gabe des Wunderheilens abgelehnt hatte.

Rachel ließ Mama und Annie kurz alleine, als alle draußen standen und sich mit ihren dicken Mänteln und Schals vor der eisigen Kälte schützten. Die Trauergäste warteten darauf, dass der Sarg aus dem Haus auf die lange weiße Veranda getragen würde, damit ihn alle noch ein letztes Mal sehen konnten. Ihr Vater und Levi standen in der Nähe und machten Rachel allein durch ihre Gegenwart Mut.

Sie bahnte sich ihren Weg durch die Trauergemeinde. Schließlich stand sie nahe neben dem Mann, der sie wiederholt bedrängt hatte, weil er ihr seine Heilungsgaben übertragen wollte. Sie sprach ihn flüsternd an. „Blue Johnny, entschuldige bitte."

Blue Johnny drehte sich um und schaute sie an. Sein Gesicht verriet weniger Überraschung als vielmehr Freude. „Nun, wenn das nicht Rachel Yoder ist. Und ... habe ich nicht gesagt, dass du eines Tages zu mir kommen würdest?"

„Kann schon sein, dass du das gesagt hast, aber deshalb bin ich jetzt nicht hier." Rachel schaute ihm direkt ins Gesicht und betete im Stillen um Weisheit. „Ich bin durch die Macht Gottes geheilt worden. Ich brauche keine bösen Mächte, um wieder sehen zu können. Und ich glaube, auch du suchst in der Tiefe deines Herzens die Wahrheit ... genauso wie fast alle anderen, die hier sind." Sie atmete tief ein und hielt eine Sekunde den Atem an. Dann sprach sie weiter: „Seth Fischer wurde von seiner Teufelsgabe befreit, bevor er starb. Wenn du das nicht glaubst, kannst du mit Rosemarie, seiner Witwe, sprechen." Sie brach ab und deutete auf das Haus, wo Seth Fischers Witwe gerade auf die Veranda herausgekommen war. „Frage Rosie doch, was Gott ihrem Mann auf seinem Sterbebett sagte."

Blue Johnnys dunkle Augen wurden ernster. „Ich habe die Leute davon reden hören, was in Seth Fischers Schlafzimmer vor sich ging. Es ist schwer zu glauben, dass eine einfältige Frau einen so starken Mann derart beeinflussen können soll."

„Der Herr sagt in seinem Wort: ‚Ein kleines Kind wird sie führen.' Also muss man wahrscheinlich diese Art von kindlichem Glauben haben, wenn man in das Himmelreich kommen will."

Er legte den Kopf leicht auf die Seite. Bei dem düsteren Blick in seinem hageren Gesicht fragte sie sich, ob er vielleicht doch zuhöre, was sie sagte. „Jesus kann auch dich von der Zauberei befreien. Du musst nicht in deinen Sünden bleiben, Blue Johnny.

Du kannst dich von dem abkehren, wozu der Teufel dich in all diesen Jahren getrieben hat."

Seine Augenwinkel zuckten. Er wirkte jetzt richtig nervös. „Das höre ich schon mein Leben lang immer wieder von irgendeinem Bibelfanatiker. Es ist nur so: Die Leute blicken zu mir und meinem schwarzen Kästchen auf und sehen in mir einen mächtigen, guten Wunderheiler." Er hob die Hand, um sich unter dem Hut am Kopf zu kratzen. „Aber noch nie hat eine amische Frau so zu mir gesprochen wie du gerade."

Rachel schüttelte den Kopf. „Ich bin keine Predigerin, falls du das glauben solltest. Aber ich diene dem Herrn so gut ich kann. Wenn der Herr will, dass ich mit dir über Gott und sein Wort spreche, dann tue ich das gern."

Blue Johnny verzog das Gesicht zu einer Grimasse, sagte aber kein Wort.

Der Leichnam des verstorbenen Gemeindeleiters wurde in einem langen Sarg aus Pappelholz aus dem Haus getragen. An den Schultern war er breiter und oben lief er schmal zu. Es war Zeit, einen letzten Blick auf den Verstorbenen zu werfen.

„Ich werde für dich beten, Blue Johnny."

„Beten ... für mich?" Aus seinen Augen sprach tiefe Verwunderung.

Rachel nickte. „Ja, ich bete für dich."

Jetzt lächelte er nicht mehr, sondern nickte nur bedächtig mit dem Kopf.

* * *

Niemand war zu Hause, als Philip zu der amischen Frühstückspension zurückkehrte. Und obwohl er es an der Haustür versuchte und sie offen vorfand, entschied er sich trotzdem dafür, draußen zu bleiben, bis die Zooks und Rachel zurückkamen. Er saß eine gute halbe Stunde auf der Veranda, bis seine Füße und Hände vor Kälte fast taub waren. Deshalb stieg er wieder in sein Auto und wartete dort.

Mit einem Blick auf die Uhr an seinem Armaturenbrett beschloss er, Rachel und ihrer Familie eine weitere halbe Stunde zu geben. Wenn sie bis dahin nicht zurück wären, würde er für Rachel eine Nachricht hinterlassen. *Ich muss unbedingt mit dir sprechen, liebste Rachel,* würde er darauf schreiben. Er würde den Zettel für alle sichtbar mitten auf die Windfangtür stecken ... so dass Benjamin oder Susanna ihn auf jeden Fall sehen mussten, wenn sie ins Haus traten. Natürlich ginge er damit ein gewisses Risiko ein. Er konnte nicht sicher sein, dass eine solche Nachricht je ihren Weg in Rachels Hände finden würde. Vielleicht würde sie von seinem Zettel nie etwas erfahren.

Während er gemütlich in seinem warmen Auto saß, dachte er an verschiedene Gespräche mit Rachel zurück, besonders an ihr letztes gemeinsames Abendessen, bei dem sie ausführlich über die Unterschiede zwischen ihrem Lebensstil und seinem gesprochen hatten. Er stellte sich sein künftiges Leben als amischer Mann vor. Würde er die vielen technischen Annehmlichkeiten, die er gewohnt war, vermissen? Würde der einfache amische Lebensstil seinem regen Verstand genug Nahrung geben? Was wäre, wenn er des einfachen Lebens müde würde? Hätte er dann Sehnsucht, in die Großstadt zurückzukehren, und würde seine Entscheidung, in die Gemeinde einzutreten, bereuen?

Nein, für ihn gab es nur Rachel. Sie war die Antwort auf das Rufen seines Herzens. Amisch oder nicht, sie war die Frau, die er liebte. Und was es auch kostete, er würde den Graben, der sie bis jetzt getrennt hatte, überspringen.

Mache nicht den gleichen Fehler wie ich, hatte Adele ihn gewarnt und dabei von sich und von Gabriel Esh gesprochen. Philip hatte viel aus Adeles Geschichte gelernt: Er wollte nicht den falschen Weg einschlagen und dadurch die Frau seines Herzens verlieren. Er *war* bereit, den Schritt zu einem einfachen Leben, zu Ruhe und Gottesfurcht zu wagen. Für ihn waren das die biblischen Aspekte eines „heiligen" Lebens. Genau das, was ihn seit seinem ersten Besuch in Lancaster County so faszinierte, bei dem sein Herz sich neu zu Gott bekehrt hatte.

Philip betete leise und stellte sich vor, wie er in der Gegend von Bird-in-Hand lebte und vielleicht das Land bearbeitete, wie er seinen Nachbarn bei der Ernte half, seiner geliebten Frau zur Seite stand, damit sie besser mit ihrer Blindheit zurechtkäme, wie er von Gottes Gnade und Liebe sprach, wie er vielleicht für eine christliche Zeitschrift als freier Mitarbeiter hin und wieder einen Artikel schrieb, und wie er mit Rachel an seiner Seite glücklich und gesegnet alt werden würde. Und so Gott wollte, wie er mit Rachel viele Kinder bekäme und sie zu dem Mann am Kreuz führte.

Ja, alle seine Zweifel waren endgültig ausgeräumt. Er war nach Hause gekommen.

* * *

Nach der Beerdigung wurden die Tische mit Tellern und Besteck für das gemeinsame Essen aus kaltem Braten, heißem Kartoffelbrei und Soße, verschiedenen Obstsorten und Kaffee gedeckt. Nachdem sie die jungen und alten Männer zuerst bedient hatten, wie es bei den Amisch üblich war, sorgte Rachel dafür, dass neben ihr ein Platz für Lavina frei blieb. Die Frauen und Kinder aßen später, während die Männer draußen in der Scheune und in den Ställen herumstanden und über Maultiere, bevorstehende Auktionen und was es sonst noch Wichtiges gab, sprachen.

„Gott hat dein Gebet erhört", freute sich Lavina und drückte Rachel fest die Hand.

„Ja, das hat er."

Lavinas Kopf nickte eifrig. „Er ist immer treu, würde Adele sagen."

Rachel beugte sich vor und umarmte Annie. Dabei fiel ihr die Zahnlücke in ihrem Mund auf. „Wann kommt denn der neue Zahn heraus? Was meinst du?" Sie deutete auf die kleine Lücke.

Annies Zunge tastete nach dem neuen Zahn. Plötzlich wurden ihre Augen riesengroß. „Ich fühle ihn, Mama! Mein großer Zahn kommt schon heraus. Jetzt werde ich ein großes Mädchen."

Lavina und Rachels Schwestern Lizzy und Maria lachten laut über Annies Bemerkung, dass sie nun bald ein großes Mädchen sei. Das Verhalten ihrer Schwestern machte Rachel Mut und nährte in ihr die Hoffnung, dass die Beziehung zu ihnen vielleicht auch bald besser werden würde. Vielleicht würden jetzt, da sie wieder sehen konnte, ihre Geschwister und deren Familien nicht mehr so viel Abstand zu ihr halten. Vielleicht verstünden sie sogar, dass sie nicht verrückt war oder unter irgendeinem bösen Fluch stand. Sie glaubte und vertraute fest darauf, dass die Beziehung zu allen ihren Geschwistern allmählich besser werden würde. Zu allen elf Geschwistern!

Aber vorerst wollte sie beten und den Herrn fragen, wie sie mit der lieben Lizzy über Gott sprechen sollte. Sie vertraute fest darauf, dass er ihr helfen würde, ihrer älteren Schwester von Gottes Gnade und Vergebung zu erzählen. Vielleicht könnte Lizzy genauso wie Rachel begreifen, dass die Gabe der „Wunderheilung" nicht von Gott stammte. Lizzy könnte dann ihrerseits dieses Wissen an ihren jüngsten Sohn, den aufgeweckten und oft impulsiven Josua, weitergeben. Im Augenblick konnte Rachel nichts anderes tun als hoffen und glauben, dass der Herr ihr seine Weisheit schenkte und ihr zeigte, was sie sagen sollte ... und wann.

„Ist euer New Yorker Gast schon wieder abgereist?", flüsterte Lavina über ihrer Nachspeise.

„Ja, heute Morgen nach dem Frühstück."

„Bevor du wieder sehen konntest?"

„Nein ... danach."

Lavina riss verblüfft den Mund auf. „Dann ... *weiß* er, dass du geheilt bist?"

Sie schüttelte langsam den Kopf und blickte sich am Tisch um. Sie wollte nicht, dass jemand ihrem Gespräch lauschte. „Ich konnte es ihm einfach nicht sagen, Lavina."

„Aber warum denn nicht?"

„Weil ich es für richtig hielt, ihm nichts zu verraten. Ich ... oh, Lavina, ich wollte, dass er mich mag, egal ob ich blind bin oder nicht."

„Du hast also nichts von Adele und Gabriel gelernt."

Mit schmerzendem Herzen spürte Rachel, wie ihr Selbstvertrauen dahinschwand. Seit wann war Lavina plötzlich so direkt? Sie wusste nicht, wie sie diese Traurigkeit, weil Philip fort war, ertragen sollte. Durch den Tadel der alten Frau wurde ihr ihre Situation noch schmerzlicher bewusst.

„Du liebst ihn, Rachel. Das weiß ich. Es steht dir ins Gesicht geschrieben."

„Aber so ist es am besten", war alles, was Rachel mühsam über die Lippen brachte.

25

Der Himmel begann, sich mit strahlend goldenen und roten Streifen zu durchziehen. Rachel beobachtete diesen herrlichen Anblick von ihrem Rücksitz im Einspänner aus und genoss die Heimfahrt in vollen Zügen. Nie wieder würde sie ihr Augenlicht als selbstverständlich hinnehmen. Gott hatte ein Wunder gewirkt, um es ihr wiederzugeben. Sie konnte nicht anders, sie musste einfach die Wolken, Bäume, Felder, Nachbarhäuser und sogar die farblosen Zaunpfähle anschauen, nein förmlich mit den Augen aufsaugen.

Der Winter war schon immer die stillste Jahreszeit. Die Kälte schien fast alle Geräusche zu verschlucken. Man hörte nur hier und da Stiefelschritte, die an gefrorenen Schneedecken nagten, oder Pferdehufe, die auf den festgefahrenen Straßen klapperten. Hin und wieder erklang ein fröhliches Kinderlachen, wenn sie auf einem zugefrorenen Teich spielten. Rachel hatte das Gefühl, das alles zum ersten Mal in ihrem Leben zu sehen und zu hören.

„Der Beerdigungsgottesdienst für den alten Gemeindeleiter hat ja viele Leute zum Fischerhof gelockt", bemerkte Benjamin vom Fahrersitz aus.

Susanna nickte. „Ich glaube, viele Leute kamen einfach aus Neugier."

„Wie meinst du das?" Benjamins Stimme klang sehr ernst.

„Weißt du, man hat so viel über Seth Fischers Bekehrung gehört. Einige haben vielleicht erwartet, einer der Prediger würde aufstehen und die letzten Worte des Verstorbenen zitieren oder so etwas."

„Ich finde, das hätten sie auch tun sollen."

Mama seufzte so laut, dass Rachel es vom Rücksitz aus hören konnte. „Zur Zeit verbreiten sich Gerüchte sehr schnell in der Gemeinde."

„Ja. Von *mir* hatten auch schon ein paar gehört", mischte sich

Rachel ein. „Ich habe den Eindruck, dass jemand sich ans Telefon gehängt und alle angerufen hat."

Susanna verrenkte sich fast den Hals, als sie zu ihrer Tochter nach hinten schaute und sie über das ganze Gesicht anstrahlte. „Ich konnte doch so etwas Wunderbares wie die Heilung meiner Tochter nicht einfach für mich behalten, oder?"

Rachel hoffte, ihrer Mutter ginge es in Bezug auf Seth Fischers Bekehrung ebenso, und sie würde auch davon überall erzählen. Denn in Rachels Augen war dies ein noch größeres Wunder als die Heilung ihrer Augen.

„Was um alles in der Welt hat denn das zu bedeuten?", rief Benjamin aus, als sie sich auf der verschneiten Olde Mill Road ihrem Haus näherten.

Rachel hatte ihren Blick auf der anderen Seite des Wagens über die Landschaft schweifen lassen und alles betrachtet, was sie zu Gesicht bekam. Annie drückte sie dabei liebevoll an sich. Als sie sich auf den Ausruf ihres Vaters hin jetzt umdrehte, erschrak sie. Philips Auto stand auf dem Gästeparkplatz vor der Pension, und Philip saß höchstpersönlich in dem Auto! Sie blieb äußerlich still, obwohl ihr Herz so heftig pochte, dass sie sicher war, ihre Mutter würde es auf dem Vordersitz schlagen hören.

Annie sprang aus dem Wagen, sobald das Pferd stehen blieb. „Es ist Mister Philip!", rief sie und lief durch den Schnee. „Er ist zurück ... zum zweiten Mal!"

„Sieht so aus, als bekämen wir einen englischen Schwiegersohn, Mama", grinste Benjamin.

„Benjamin! Ziehe doch keine voreiligen Schlüsse!" Mama drehte sich wieder um, aber dieses Mal berührte sie sanft Rachels Hand. „Dein Papa und ich hätten nichts dagegen einzuwenden ... für den Fall, dass du dich das fragst. Wir werden ihm schon helfen, richtig zu leben ... amisch und so."

Rachel brachte immer noch kein Wort über die Lippen. Philip hatte sich an diesem Morgen von allen verabschiedet. Warum war er zurückgekommen?

Hand in Hand mit Annie kam er schnurstracks auf den Einspänner zu. „Ich habe auf dich gewartet, Rachel“, sagte er mit einem breiten Lächeln auf seinem gut aussehenden Gesicht.

„Mama ... schau, wer da ist!“, rief Annie mit einem strahlenden Grinsen, das ihre Zahnlücke zeigte.

Rachel richtete ihren Blick auf Philips Gesicht. Zum ersten Mal sah sie ihn aus der Nähe. Ihre Augen folgten seinem Haaransatz, bewunderten seine dichten hellbraunen Haare, seine feinen Backenknochen und seine gerade Nase, seinen vollen Mund. Philip war wirklich eine Augenweide, aber es war sein Geist, der sie als Erstes zu ihm hingezogen hatte. Das wollte sie nie vergessen.

„Wir gehen jetzt ins Haus“, verkündete Mama so laut, dass es alle hören konnten, besonders Annie, die von dieser Idee nicht besonders angetan war. Aber sie ging trotzdem mit.

Benjamin brauchte noch ein paar Sekunden, bis er das Pferd festgebunden hatte. Dann stapfte er davon, ohne sich auch nur einmal umzudrehen.

„Rachel?“ Philip schaute ihr forschend in die Augen und kniff ungläubig die Augen zusammen. „Kann es sein ... dass du sehen kannst?“

Sie nickte. „Ich wusste nicht, ob es klug wäre, es dir heute Morgen zu sagen.“

Ohne eine Sekunde zu zögern, stieg er in den Einspänner und setzte sich neben sie. „Seit wann siehst du wieder?“, fragte er.

„Während du dich verabschiedetest, kehrte mein Augenlicht plötzlich zurück. Ich war vollkommen überrascht ... Deshalb habe ich mich nicht zu dir umgedreht ... und dir nichts gesagt.“

Sein Lächeln war warm und aufrichtig. „Ich hatte mich schon gefragt, warum du mir den Rücken zukehrst ... aber jetzt verstehe ich es.“

„Warum bist du zurückgekommen?“

„Weil ... ich dich liebe, Rachel. Ich konnte nicht fortfahren, ohne dir das zu sagen.“ Er ergriff ihre Hände, die in dicken Fäustlingen steckten. „Ich liebe dich seit unserem ersten gemeinsamen Tag ... in Reading.“

Sie blickte ihn an und begann zu zittern, aber nicht aus Angst, sondern weil ihre Gefühle so übermächtig stark waren. „Aber wie soll das werden?"

„Ich möchte amisch werden, Rachel. Ich möchte ein einfaches Leben führen ... zusammen mit dir und Annie."

Sie wusste, wenn sie jetzt versuchen würde zu sprechen, kämen ihre Worte viel zu unnatürlich ... viel zu hoch über ihre Lippen. Sie bemühte sich mit aller Kraft, ihre Tränen zurückzuhalten und den Kloß, der in ihrer Kehle steckte, hinunterzuschlucken. Ihr Herz wollte vor Freude fast zerspringen.

„Mein ganzes Leben lang hatte ich das Gefühl, dass mir etwas fehlte", sprach Philip weiter. „Es war dein Lebensstil, dein Herr, den ich suchte." Sein Lächeln sprach mehr als tausend Worte. „Und ich habe *dich* gesucht."

„Oh, Philip ... " Rachels Herz kannte die Antwort, noch bevor er hier, unter dem Schutz des Winterhimmels und des Wagendaches die Frage stellen konnte. „Ich liebe dich, Philip. Ich liebe dich auch!" Sie sank in seine liebevolle Umarmung. Glückstränen legten sich wie ein Schleier auf ihre Augen.

„Ich möchte alles richtig machen, so wie es bei euch üblich ist ... Soll ich bei deinem Vater um deine Hand anhalten?", fragte Philip ernst, während sie einander tief in die Augen schauten.

Sie lächelte. „So etwas machen die Amisch eigentlich nicht, aber wenn du willst, ist das bestimmt ganz gut." Je mehr sie darüber nachdachte, umso mehr kam sie zu dem Schluss, dass ihrem Vater diese Idee gefallen könnte.

Philip hielt also bei Benjamin Zook um die Hand seiner Tochter an, und Benjamin reagierte mit großer Freude. Mama wünschte den beiden von Herzen alles Gute. Benjamin erklärte Philip die Regeln der Verlobungszeit bei den Amisch. Als sie Annie die Nachricht erzählten, sprang sie vor Freude durch das ganze Haus. Aber das schien niemanden zu stören, am allerwenigsten Rachel und Philip.

26

Philip konnte Adeles viele Fragen kaum beantworten, als er sie über sein Mobiltelefon anrief. Sie wollte wissen, wann diese ganzen „aufregenden" Dinge geschehen seien, wann er und Rachel heiraten würden, wo sie wohnen wollten und ob er es schon seiner Familie erzählt habe. Sie war so entzückt, dass sie es kaum in Worte fassen konnte.

„Ich habe Geld gespart für eine Anzahlung auf ein Bauernhaus", erzählte er ihr. „Rachel und ich haben noch keinen Hochzeitstermin festgelegt, aber du wirst es als Erste erfahren, wenn es so weit ist. Was meine Familie betrifft: Ich werde es ihnen an Silvester erzählen. Wir wollen miteinander in das neue Jahr hineinbeten. In unserer ... in *ihrer* Kirche."

„Wie um alles in der Welt willst du mit dem amischen Leben zurechtkommen?"

Sie war wieder die Adele, die er kennen und lieben gelernt hatte. Die Adele, die gezielte Fragen stellte und klare Antworten erwartete! Aber die liebe alte Dame hatte nur sein Bestes im Sinn, das wusste er.

„Ich glaube, ich habe mir in den letzten drei Monaten jeden möglichen Aspekt des amischen Lebens durch den Kopf gehen lassen. Wie schwer kann es einem Mann fallen, der das Großstadtleben verabscheut? Außerdem muss ich mein Auto nicht aufgeben, sagt Rachel." Er schwieg und fuhr etwas ernster fort: „Ich habe mich seit meinem ersten Besuch im Landhaus meines Großvaters in Vermont nach einem solchen Leben gesehnt. Und Rachel ... du weißt selbst, wie wunderbar sie ist!"

Adeles Lachen war warm und herzlich. „Ihr werdet ein herrliches Leben führen, Philip. Der Herr segne euch beide."

Sie plauderten noch eine Weile weiter. Dann versprach er, sich in den nächsten Tagen wieder zu melden. „Du hörst bald wieder von mir. Besonders wegen der Hochzeit."

„Rufe mich an, wenn du Zeit hast, und bitte richte Rachel

meine herzlichsten Grüße aus. Gott schenke euch viele kleine Bradleys. Oh, und wenn es dir nichts ausmacht, sag Rachel doch bitte, sie solle Lavina ausrichten, dass ich ihre Farbkopien von Gabriels Kunstwerken bekommen habe."

„Gabriel war ein Künstler?"

„Offensichtlich. Die Zeichnungen, die Lavina mir geschickt hat, stammen aus seiner Kindheit", erzählte sie. „Vergiss nicht, sein Name bedeutete: ‚Gott ist meine Stärke'. Es war also zu erwarten, dass er viele Begabungen besaß, nicht wahr?"

Philip freute sich über ihre Worte. Adele hatte in letzter Zeit einen ganz neuen Blick bekommen. So vieles hatte sich für die liebe Frau geändert, die in ihrem Leben so viel verloren hatte. Philip und Rachel konnten aus ihren Fehlern lernen, selbst den richtigen Weg zu finden. „Ich rufe dich bald wieder an."

„Ein glückliches Neues Jahr, Philip. Vergiss nicht: Gott ist immer treu."

Immer treu ...

* * *

Rachel ging an das Telefon in der Küche und wählte die Nummer von Onkel Amos' Geschäftstelefon in seinem Schreinerschuppen. Natürlich müsste er ins Haus gehen, um Esther ans Telefon zu holen. Aber ihre Nachricht war diese Unannehmlichkeit wert.

Endlich hörte sie Esthers Stimme. „Kannst du mit Levi heute Abend zu uns kommen?", fragte sie.

„Meine Güte, Rachel. Du bist ja ganz außer Atem. Geht es dir gut?"

Rachel atmete langsam und tief durch, damit sie die Worte sagen konnte, ohne dass ihr mitten im Satz die Stimme versagte. „Philip Bradley ist zurückgekommen. Er liebt mich, Esther. Und ich liebe ihn auch. Ach, ich bin so glücklich!"

„Was du nicht sagst!", kam die begeisterte Reaktion. „Wir kommen sofort."

Rachel legte auf und fühlte sich ganz schwindelig. Aber trotz aller Aufregung spürte sie einen tiefen Frieden. Sie dachte an ihren Lieblingsvers aus dem Philipperbrief: „Und der Friede Gottes, der alles Verstehen übersteigt, bewahre eure Herzen und Sinne in Christus Jesus."

Rachel kehrte ins Wohnzimmer zurück und trat an den Kamin, wo sie, dankbar, dass ihr Vater ein warmes Feuer entfacht hatte, die Hände aneinander rieb. Als ihr wärmer war, ging sie ans Fenster und schaute auf die aufziehende Abenddämmerung hinaus, die sich über die schneebedeckten Fichten legte. Sie war von ganzem Herzen dankbar für Gottes Güte und Barmherzigkeit.

* * *

Philip trat neben sie ans Fenster. „Unsere Freundin Adele freut sich mit uns."

„So etwas hatte ich von ihr erwartet."

„Sie lässt dich herzlich grüßen." Er ergriff Rachels zierliche Hand und schaute tief in ihre schönen braunen Augen. „Weißt du noch, wie Gabriel Esh seine Postkarte unterschrieb?"

Rachel nickte glücklich. „‚Bald werden wir zusammen sein, meine Liebe.' Das waren seine letzten Worte."

„Du hast es nicht vergessen."

„Wie könnte ich so etwas vergessen?"

Glücklich umarmten sie einander, dann drehten sie sich zum Fenster und schauten zum Himmel hinauf, an dem jetzt glitzernde Sterne und ein silberner Vollmond standen. Der Winterwind hatte die eindrucksvolle Wolkenfront weggeblasen und einem klaren, strahlenden Zwielicht Platz gemacht. Die Zukunft lag genauso hell und strahlend vor ihnen.

Epilog

Ich glaube fest, dass über unserem Leben Gottes Treue steht. Mein geliebter Philip zitiert oft Adeles Worte, selbst bei scheinbar zufälligen Dingen, die auf dem Hof passieren. Ja, Gottes Hand ist in unserem Leben so deutlich zu sehen.

Nur wenige Tage vor unserer Hochzeit bot Lavina an, uns ihr großes Bauernhaus zu vermieten. Sie sagte, so viel Platz hätte sie sowieso nie gebraucht. Es ist auch wirklich dreimal so groß, wie wir es eigentlich brauchen. Aber das ist ganz gut so, denn kurz, nachdem wir dort eingezogen waren, erklärte Adeles Arzt, dass sie nicht mehr in einem Pflegeheim bleiben müsse. „Komm doch zu uns und wohne hier bei uns", schlugen wir ihr vor. Philip, Papa und ich fuhren nach Reading und holten sie und ihre wenigen Habseligkeiten zu uns auf den Hof.

Wir sind jetzt eine große, glückliche Familie. Adele und Lavina leben im Großvaterhaus, das auf der Südostseite des Haupthauses angebaut ist. Sie kümmern sich wie fröhliche alte Schwestern umeinander. Und sie sind zu uns wie zwei liebevolle Großmütter.

Lavina hat entschieden, dass sie uns nach ihrem Tod ihr Haus und einen Teil des Landes vermachen will. Natürlich hoffen wir, dass es bis dahin noch sehr lange dauert. Philip bearbeitet zusammen mit Lavinas älterem Bruder und Vetter das Land. Und er scheint jede Minute davon zu genießen.

In ein paar Wochen kommt unser erstes Baby. Philip hat als Namen für einen Jungen Gabriel vorgeschlagen. Adele findet das „einfach herrlich". Und Lavina auch. Annie zählt die Tage, bis sie nicht mehr ein „einsames Einzelkind" ist, wie sie es ausdrückt. Ich habe alle Hände voll zu tun mit Kochen und Einmachen und damit, Babykleidung und Wiegendecken für unseren ersten kleinen Bradley zu nähen und zu häkeln.

Meine Augen sehen wieder so gut wie früher, und die Alpträume kommen jetzt auch nicht mehr so oft. Ich bin dankbar für das dunkle Tal, durch das mich der Herr geführt hat. Jetzt kann ich mit anderen Menschen, die Schweres erleiden müssen, viel besser mitfühlen. Ich hatte schon reichlich Gelegenheit, mit Menschen über den Herrn zu sprechen. Manchmal habe ich den Eindruck, eine Tür nach der anderen tut sich mir auf.

Und für Philip auch. Er schreibt eine Kurzgeschichtensammlung, die in einer amischen Gemeinde spielt. In seinen Geschichten verarbeitet er seine neuen Erfahrungen als amischer Bauer. Er hat sogar seinen Computer, seinen Drucker und jede Menge anderer Sachen verkauft und ist rundum zufrieden, seine Geschichten mit der Hand auf dem alten Schreibtisch zu Papier zu bringen, den er in Emmas Laden gekauft hat. Der Schreibtisch erinnert uns alle an Gabriels Postkarte, die Adele immer noch glücklich in ihrem Zimmer hängen hat.

Philips Eltern und Schwester waren schon zu Besuch bei uns. Sie sind bei uns immer herzlich willkommen. Seine Nichte Kari ist so nett zu Annie. In diesem riesengroßen Haus gibt es einfach viel zu viele Zimmer. Eines Tages sind sie vielleicht alle voll mit Kindern. So der Herr will.

Du wirst die Kinder deiner Kinder sehen ... Ach, Jakob lächelt bestimmt auf uns herab.

Neulich habe ich gehört, dass der Schmied Johannes Lapp einer Witwe aus dem Bezirk, in dem er wohnt, den Hof macht. Das halte ich für sehr gut. Natürlich bin *ich* nicht unbedingt die Richtige, um zu sagen, dass man sich seinen Lebenspartner in seinem eigenem Dorf suchen soll! Aber Philip und ich wissen, dass Gott uns zusammengeführt hat. So einfach ist das.

Am Ende des Tages unternehmen wir bei jedem Wetter lange Spaziergänge und beobachten den Sonnenuntergang oder wenigstens den Himmel und die Felder, die uns umgeben. Philip nennt das die „beste Entspannungstherapie“, die es auf der Welt geben kann.

Wir haben eine gute Gemeinschaft mit mehreren jungen Ehepaaren aus unserer Beachy-Gemeinde. Eine Gruppe von Männern hat Philip unter ihre Fittiche genommen. Am schwersten fiel mir, mich an Philips rauen Bart zu gewöhnen. Aber inzwischen ist sein Bart fast so weich wie Gänsedaunen. Er fügt sich hier richtig gut ein. Bald wird niemand mehr wissen, dass er irgendwann einmal *kein* Amisch war.

Die Kreuzung wird uns immer an Gottes Gnade und Barmherzigkeit in unserem Leben erinnern. Jedes Mal, wenn wir dort vorbeifahren, denken wir daran, wie sehr Gott uns gesegnet hat.

Esther und ich haben wieder angefangen, uns Briefe zu *schreiben.* Das ist ganz schön, auch wenn ich es genoss, ihre Stimme auf den Kassetten zu hören. Wenn wir tatsächlich eine zu große Sehnsucht nacheinander haben, greifen wir einfach zum Telefon. Sie ist ebenfalls wieder schwanger. Wahrscheinlich werden es dieses Mal Zwillinge!

Unser neuer Bischof ist viel offener und will, dass die Amisch in ihrer Bibel lesen, sagt Mama. Er ermutigt sie sogar, sich das erst vor kurzem in die Sprache der Amisch übersetzte Neue Testament zu kaufen. Ich freue mich jeden Tag über die Dinge, die Gott hier tut.

Und noch etwas Wunderschönes ist geschehen: Lizzys und Marias Familien besuchen uns nicht nur, sie zeigen sogar Interesse an einem Bibelkreis. Selbst meine Brüder Noah, Josef und Matthäus suchen neuerdings Kontakt zu uns. Trotzdem hoffe ich immer noch auf den Tag, an dem *alle* Zooks ein großes Familientreffen haben werden. Vielleicht bei Philip und mir hier in Lavinas Haus ...

Annie ist in ihrem ersten Schuljahr eine fleißige Schülerin. Sie freut sich darauf, bald mit Philip – sie nennt ihn Papa – gemeinsam Kürbisse zu ernten. Und dann müssen wir ihm zeigen, wie man Apfelmost macht.

Wunderheiler gibt es immer noch in unserer Gegend. Aber immer mehr Leute bringen ihre „Kunst“ mit Voodoo und schwarzer Magie in Verbindung. Diese Erkenntnis verbreitet sich. Unter anderem verdanken wir das auch unseren Pastoren. Und natürlich Gabriel Esh, der vor so langer Zeit diesen Stein ins Rollen brachte. Gott lässt uns auf den Schultern der Leute stehen, die uns als gottesfürchtige Vorbilder vorausgingen.

Vor einigen Monaten ist Blue Johnny aus unserer Gegend fortgezogen, habe ich gehört. Bislang ist noch niemand aufgetaucht, der seinen Platz einnehmen wollte. Wir beten jeden Tag in unserer Gemeinde dafür, dass die Amisch bereit werden, den Weg zu Jesus zu gehen und bei ihm Heilung für ihren Körper, ihren Geist und ihre Seele zu finden.

Gestern kam Mama mit ein paar Mustern für Babydecken vorbei. Mir gefällt der Abendstern am besten. Sie und ich werden also zusammen mit Lavina und Adele nächste Woche einen kleinen Nähtag einlegen. Annie wird an dieser Decke für ihr neues Geschwisterchen ihre ersten Stiche nähen.

Nachdem ich jahrelang Dunkelheit und Schmerzen in einem selbst gemachten Kokon ertragen habe, tut es so gut, aus meiner Schutzhülle und den Narben herauszukriechen, und meine neu gewonnenen Flügel auszubreiten. An manchen Tagen sind sie leicht verwundbar, aber eines weiß ich mit Gewissheit: Der Herr schenkt mir jeden Tag genügend „Kraft". Kein volles Maß an Selbstvertrauen, aber ich weiß, dass ich ihm vertrauen kann. Ich nehme jeden Tag als Geschenk an und probiere meine neuen Flügel aus.

Weitere Bücher von Beverly Lewis

Was auch geschehen mag
Bestell-Nr. 330 382
230 Seiten, gebunden

In der beschaulichen Amisch-Gemeinschaft von Hickory-Hollow in Pennsylvania scheint die Zeit – auch für die junge Katie Lapp – stehen geblieben zu sein. Als sie urplötzlich einem Geheimnis um ihre Herkunft auf die Spur kommt, zerfällt ihr bisheriges Leben in seine Einzelteile ...

Kannst du mir vergeben?
Bestell-Nr. 330 419
278 Seiten, gebunden

Ihrer bisherigen Identität beraubt, verlässt Katie die behütete Amisch-Gemeinschaft. Die Welt, in die sie auf der Suche nach ihrer Mutter gerät, ist unbarmherzig – der Bruch mit den liebgewonnenen Traditionen droht sie zu zerreißen ...

Werden wir uns finden?
Bestell-Nr. 330 447
240 Seiten, gebunden

Obwohl Katie das vornehme Leben in der Villa ihrer Mutter genießt, leidet sie unter der Trennung von ihrer Amisch-Familie. Und dann ist da auch noch Daniel, ihre erste große Liebe. Wofür wird sie sich entscheiden?